Elmore Leonard

Letztes Gefecht am Saber River

Roman

Aus dem Englischen von
Florian Grimm

liebeskind

I

Paul Cable saß im Schatten der Pinien, nach vorn gebeugt, die Stiefel gekreuzt und die Ellenbogen auf die Knie gestützt. Er hob noch einmal das Fernglas, und das zweigeschossige Lehmhaus, das vierhundert Meter entfernt den Hang hinunter lag, erschien still vor seinen Augen.

Es war Denamans Laden. Ein einfacher, hellbrauner Bau, typisch für den Süden Arizonas, mit einer hölzernen Laderampe, aber ohne Vordach, das vor der Sonne schützte. Es war der einzige Gemischtwarenladen von Hidalgo bis Fort Buchanan im Norden, und vor Ausbruch des Krieges diente er auch als Poststation von Hatch & Hodges.

Der Laden war ihm vertraut, und es war gut, ihn zu sehen, weil es bedeutete, dass Cable und seine Familie fast zu Hause waren. Martha war neben ihm, die Kinder standen dicht dahinter. Sie konnten es kaum erwarten, nach zweieinhalb Jahren wieder in ihre Heimat zurückzukehren. Aber der Anblick eines Mannes, den Cable nie zuvor gesehen hatte – ein Mann mit nur einem Arm –, hielt sie zurück.

Er stand auf der Laderampe, gegenüber dem leeren, sonnenüberfluteten Hof, und starrte auf die Weidenbäume, die den Fluss hinter dem Haus verdeckten. Die rechte Hand hatte er in die Hüfte gestemmt, sein linker Ärmel steckte straff und ordentlich in seiner Hosentaille. Die verblichenen, roten Buchstaben des Schriftzuges DENA-

MAN'S STORE liefen in voller Breite über der Schwingtür des Ladens.

Cable beobachtete den Mann. Er hatte irgendetwas an sich.

Vielleicht, weil er nur einen Arm hatte. Nein, dachte Cable, das erinnert dich an die zweieinhalb Jahre Krieg, aber du hast etwas gespürt, noch bevor du gesehen hast, dass er nur einen Arm hat.

Ihm wurde bewusst, dass dies die Kriegsgewohnheiten mit sich brachten, die er angenommen hatte, um zu überleben. Die Gewohnheit, keiner Regung zu trauen, die man nicht sofort zuordnen konnte. Die Gewohnheit, sich nicht blind in etwas hineinzustürzen. Er hatte gelernt, sich in Geduld zu üben, die Situation sicher einzuschätzen, bevor man zur Tat schritt. So sicher, wie man eben sein konnte.

Cables Fernglas streifte über die verwitterte Fassade des Lehmhauses und folgte dem Blick des Einarmigen zu den Weidenbäumen und dem Fluss, der versteckt hinter den herunterhängenden Zweigen lag.

Eine junge Frau mit einem Eimer in der Hand trat zwischen den Bäumen hervor, und Cable sagte: »Da kommt Luz. Hier …« Er gab das Fernglas an seine Frau weiter, die sich hingekniet hatte und nun auf ihren Fersen saß, während sie mit einer Hand ihre Augen vor dem Sonnenlicht abschirmte.

Martha Cable hob das Fernglas. Nach einem Augenblick sagte sie: »Es ist Luz Acaso. Aber irgendwas an ihr ist anders.«

»Aus ihr ist eine erwachsene Frau geworden«, sagte Cable. »Sie muss jetzt achtzehn sein.«

»Nein«, sagte Martha. »Etwas anderes. Ihre Haltung. Die Art, wie sie sich bewegt.«

Sie beobachtete durch das Fernglas, wie die junge Frau mit langsamen Schritten über den Hof ging. Sie schaute zu Boden und hob erst den Blick, als sie an der Rampe angelangt war und die Stufen hochstieg. Als sie aufschaute, konnte man ihr warmes, ernstes Gesicht im Sonnenlicht erkennen. Martha erinnerte sich an Luz' wissenden Blick, an ihre leicht geöffneten Lippen, immer bereit für ein Lächeln oder lauthals loszulachen. Nun aber lag Müdigkeit in ihrem Gesichtsausdruck. Ihre Augen wanderten zu dem Mann auf der Rampe, der sie anblickte. Dann schaute sie rasch weg und trat in den Laden.

Sie ist müde oder krank, dachte Martha. Oder sie hat Angst.

»Ist sie ins Haus gegangen?«, fragte Cable.

Martha senkte kurz das Fernglas und nickte. »Aber der Mann steht immer noch da. Cable, ich glaube, sie hat Angst vor ihm.

»Vielleicht.« Er beobachtete, wie Martha den Mann auf der Laderampe in Augenschein nahm. »Aber warum sollte sie, wenn Denaman da ist?«

»Wenn er da ist«, sagte Martha.

»Wo sollte er sonst sein?«

»Ich wollte gerade dieselbe Frage stellen.«

»Gut, nehmen wir an, dass er sich im Haus aufhält.«

»Und Manuel?« Sie meinte Luz' Bruder.

»Manuel kann überall sein.«

Martha beobachtete immer noch den Mann auf der Rampe, um sich einen Eindruck von ihm zu verschaffen. Er war groß, kräftig gebaut, aber schlank, mit schwarzem Haar und einem Schnurrbart. Vielleicht Ende dreißig. Sein linker Arm fehlte zwischen Schulter und Ellbogen.

»Ich glaube, er war im Krieg«, sagte Martha.

»Wahrscheinlich.« Cable nickte nachdenklich. »Aber auf welcher Seite?« Darauf kommt's an, sagte er sich. Du traust ihm nicht. Jeder Mann erweckt aus der Ferne dein Misstrauen, deine Abneigung. Es ist gut, vorsichtig zu sein, aber damit kann man es auch übertreiben.

Er dachte kurz an John Denaman, den Mann, der ihm am Anfang geholfen hatte. Vor zehn Jahren hatte er ihn dazu überredet, sich hier im Tal des Saber River niederzulassen. Es wäre gut, John wiederzusehen. Und es wäre gut, Luz zu sehen, mit ihr zu sprechen und mit Manuel. Luz' und Manuels Vater hatte für Denaman gearbeitet, bevor eine Krankheit ihn plötzlich dahinraffte. Danach zog John die beiden auf, als wären es seine eigenen Kinder.

»Er geht jetzt ins Haus«, sagte Martha.

Cable wartete einen Augenblick. Dann wandte er sich um, hievte sich hoch und sah seine Tochter, die nur wenige Fuß von ihm entfernt stand. Clare war sechs, sie war ihr ältestes Kind: ein zierliches, ruhiges Mädchen, mit den dunklen Haaren und Augen seiner Mutter und ansatzweise deren feinen, markanten Gesichtszügen. Sie sah ihrer Mutter ähnlich, genau wie die Jungen nach ihrem Vater kamen. Unsicher stand sie da, die Hände vor der Brust verschränkt.

»Schwester, du trommelst deine Jungs zusammen.«

»Fahren wir weiter?«

»In ein paar Minuten.«

Er blickte ihr nach, bis sie inmitten der Bäume verschwunden war, und einen Augenblick später hörte er die schrille Stimme von einem der Jungen. Das musste Davis sein, fünf Jahre alt. Sandy, nicht ganz vier, war bestimmt direkt hinter ihm, machte jede Bewegung seines Bruders nach. Fast jede.

Cable holte seinen braunen Wallach zwischen den Bäumen hervor und stieg auf. »Er wird wieder rauskommen, wenn er mich hört«, sagte er. »Aber warte, bis du uns miteinander reden siehst, bevor du runterkommst. Verstanden?«

Martha nickte. Sie lächelte zaghaft, als sie sagte: »Es wird wahrscheinlich ein alter Freund von Denaman sein.«

»Wahrscheinlich.«

Cable gab dem Rotfuchs die Sporen und ritt den blassgelben Ausläufer des Hangs hinunter. Er saß aufrecht und fest im Sattel, sein rechtes Knie berührte den Schaft seines Karabiners, ein Spencer, und sein rechter Ellbogen den Walker Colt an seiner Hüfte. Die Augen hatte er auf den Laden gerichtet. Der Mann konnte ein Späher sein, dachte er. Vielleicht waren die zweieinhalb Jahre nicht vorbei.

Sobald er beschlossen hatte, zur Armee zu gehen, verkaufte er seinen gesamten Viehbestand, die ganzen Rinder, zweihundertfünfzig Stück, und alle Pferde bis auf drei. Er hatte seine Frau und die Kinder in den Planwagen gesteckt und nach Sudan, Texas, gebracht, zu Marthas Eltern. Er tat dies, weil er unerschütterlich an die Konföderation glaubte wie an seine Freunde, die für sie ins Feld gezogen waren.

Wegen seiner Prinzipien hatte er den Saber River in Arizona hinter sich gelassen und war nach Chattanooga, Tennessee, geritten, mit einem Gewehr, einem Revolver und zwei Pferden. Dort schloss er sich dem 8. Texas-Kavallerie-Regiment von J. A. Wharton an, das unter dem Befehl von General Nathan Bedford Forrest stand.

Drei Wochen später, als Forrest auf Murfreesboro vorrückte, erlebte Cable die ersten Kampfhandlungen und wurde verwundet. Am 3. September wurde Paul Cable zum Captain ernannt und General Forrests Eskorte zugeteilt. Vom Soldaten zum Captain in nur drei Wochen – das kam vor unter Forrests Kommando. Nach Murfreesboro wurde er noch zwei Mal verwundet, das dritte und letzte Mal am 28. November 1864 an einem Ort namens Huey's Mills. Er wurde von einer Salve aus dem Sattel geholt, als sie den Duck River überquerten, um Wilsons Unionskavallerie nach Franklin, Tennessee, zurückzudrängen. Cable wurde mit Schusswunden an der linken Hüfte und am Oberschenkel ins Lazarett in Columbia gebracht. Am 8. Dezember teilte man ihm mit, er solle sich nach Hause begeben, »auf welchem Weg auch immer«. Es gab Männer, die schwerere Verletzungen davongetragen hatten als er und die sein Feldbett brauchten. Und bald würde es eine ganze Flut von Verwundeten geben, denn General Hood stand kurz davor, in Nashville über die Yankees herzufallen. Geh nach Hause, wurde ihm gesagt, und danke Gott für deine Schussverletzungen.

Für Cable war der Krieg also vorüber, obwohl im Osten noch gekämpft wurde und er ihn immer noch in den Knochen spürte. Er war noch keine dreißig, ein Mann mit hagerem Gesicht und überdurchschnittlich groß, aber er sah älter aus, nachdem er unter Nathan Bedford Forrest gedient hatte: Auf Chickamauga folgten Fort Pillow, Brice's Crossroads und Thompson's Station, drei Angriffe in West Tennessee und hundert namenlose Scharmützel. Er war ein besonnen auftretender Mann, daran hatte der Krieg nichts geändert. Ein klar denkender Mann, der sich selbst Lesen und Schreiben beigebracht hatte, die Grundregeln, dann hatte ihm seine Frau geholfen.

Martha Sanford Cable war jetzt siebenundzwanzig. Ein Mädchen aus dem Westen von Texas, das aber auf einer Klosterschule in New Orleans erzogen worden war. Vor sieben Jahren hatte sie Sudan verlassen und war als Paul Cables Ehefrau an den Saber River gezogen, um ihm dabei zu helfen, ein Haus zu bauen, und ihm eine Familie zu schenken …

Nun kehrten sie zurück in das Haus, das sie gebaut hatten, mit der Familie, die sie gegründet hatten. Sie waren bei Denamans Laden angelangt, nur vier Meilen von ihrem eigenen Stück Land entfernt.

Und Cable erreichte den Hof des Ladens, die Augen immer noch auf die Rampe gerichtet und die Schwingtür, die von der fahlen Fassade des Lehmhauses eingefasst war. Er zog bei seinem Rotfuchs die Zügel an und ritt im Schritt weiter.

Der rechte Türflügel öffnete sich und der einarmige Mann trat heraus. Er ging bis zum Rand der Laderampe, blieb dort stehen und schaute auf Cable herab. Seinen Daumen hatte er am Gürtel eingehakt.

Cable kam näher. Er hatte die Augen fest auf den Mann gerichtet, ergriff aber erst das Wort, als er das Pferd einige Meter vor ihm zum Stehen gebracht hatte. Vom Sattel aus waren Cables Augen auf Kniehöhe des Mannes.

»Ist John Denaman da?«

Der Mann verzog keine Miene. »Er ist nicht mehr hier.«

»Ist er weggezogen?«

»Könnte man sagen.«

»Vielleicht kann ich mit Luz sprechen.«

Die eingefallenen Wangen und der buschige Schnauzbart, der seine Mundlinie bedeckte, gaben dem Mann einen harten, knorrigen Gesichtsausdruck, aber nicht angespannt. »Sie kennen Luz?«, fragte er.

»Seit sie acht ist«, antwortete Cable. »Seit dem Tag, als ich zum ersten Mal einen Fuß in dieses Tal gesetzt habe.«

»Nun …« Der Anflug eines Lächelns veränderte die finstere Miene des Mannes. »Dann müssen Sie Cable sein.«

Cable nickte.

»Heimgekehrt aus dem Krieg.« Der Mann schien immer noch zu lächeln. »Luz hat von Ihnen und Ihrer Familie gesprochen. Ihr Bruder auch. Er erzählt, dass Sie gemeinsam die Apachen in die Flucht geschlagen haben, als die Ihre Herde überfielen.«

Cable nickte. »Wo ist Manuel?«

»Irgendwo unterwegs.« Der Mann hielt inne. »Waren Sie schon bei sich zu Hause?«

»Wir sind auf dem Weg dorthin.«

»Dann werden Sie eine Überraschung erleben.«

Cable blickte ihn gleichgültig an. »Was soll das heißen?«

»Das werden Sie schon herausfinden.«

»Ich glaube, Sie wechseln das Thema«, sagte Cable sanft. »Ich habe Sie gefragt, was aus John Denaman geworden ist.«

Einen Augenblick lang blieb der Mann stumm. Dann wandte er sich um und rief durch die offene Tür: »Luz, komm raus hier!«

Cable musterte ihn. Er sah, wie das knochige Gesicht des Mannes wieder auf ihn herabblickte, und fast im selben Moment tauchte die junge Frau im Türrahmen auf. Cables Hand tippte an die gekräuselte Krempe seines Huts.

»Luz, mein Schatz, es ist schön, dich zu sehen.« Er

sprach warmherzig, und er wäre auf die Rampe gesprungen, um ihr einen Kuss zu geben, wenn die Anwesenheit dieses Mannes ihn nicht davon abgehalten hätte.

»Paul …«

Er sah in ihren Augen und an ihrem Mund, wie überrascht sie war, aber nur einen Augenblick lang, dann erwiderte sie seinen Blick mit einem Lächeln, das ernst war und freudlos, ein Lächeln, das sich just in dem Moment verflüchtigte, als der einarmige Mann das Wort ergriff.

»Luz, erzähl ihm, was mit Denaman geschehen ist.«

»Sie haben es ihm nicht gesagt?« Sie blickte kurz zu Cable und schien zu zögern. »Er ist tot, Paul. Er ist vor fast einem Jahr gestorben.«

»Vor neun Monaten«, sagte der einarmige Mann. »Ich kam Ende August hierher. Er starb im Monat zuvor.«

Cables Augen hefteten sich auf den Mann. Er blickte ihn durchdringend an, denn er hatte gespürt, dass Denaman tot war, er hatte es gespürt an der Art und Weise, wie der Mann sprach, am Tonfall seiner Stimme.

»Sie hätten es mir geradeheraus erzählen können«, sagte Cable.

»Nun, jetzt wissen Sie es.«

»Man könnte meinen, Sie würden ein Spiel daraus machen.«

Der Mann blickte ungerührt zu Cable herunter. »Warum belassen Sie es nicht dabei?«

»Paul«, sagte Luz, »es kam völlig unerwartet. Er war nicht krank.«

»Sein Herz?«

Luz nickte. »Er ist kurz nach Mittag zusammengebrochen, und am Abend war er tot.«

»Und Sie sind zufälligerweise einen Monat später hier aufgetaucht«, sagte Cable und blickte den Mann erneut an.

»Warum fragen Sie nicht gleich, was ich hier treibe?« Beim Geräusch des zweispännigen Planwagens auf dem abfallenden Hang blickte der Mann auf. »Ist das Ihre Familie?«

»Meine Frau und die drei Kinder.«

Der Mann schaute wieder nach unten. »Sie haben die lange Reise vergebens gemacht.« Er schien fast zu lächeln.

»Gut«, sagte Cable, »und warum?«

»In Ihrem Haus leben ein paar Männer.«

»Wenn das so ist, werden sie ausziehen müssen.«

Das Lächeln kam nicht, aber der Mann starrte gebannt auf Cable herab. »Kommen Sie rein, und ich erzähle es Ihnen.« Dann drehte er sich abrupt um, warf noch einmal einen Blick auf den Planwagen und trat in den Laden.

Cable konnte die klirrenden, knarzenden Geräusche des Wagens hören, der nun ganz nah war, aber er nahm seine Augen nicht von Luz, bis sie ihn ansah.

»Luz, wer ist das?«

»Sein Name ist Edward Janroe.«

»Der Mann tut so, als gehöre ihm der Laden.«

Sie hob kurz die Augen. »Das tut er. Die Hälfte davon.«

»Aber warum …«

»Kommen Sie?« Janroe stand in der Tür. Er blickte Cable an und deutete mit einem Kopfnicken auf Luz. »Der muss man alles aus der Nase ziehen. Ich bin zu dem Schluss gekommen, dass die Mühe nicht lohnt.« Er wartete, bis sich Cable im Sattel rührte, um abzusteigen. »Ich bin im Haus«, sagte er und trat von der Tür weg.

Cable ließ die Zügel fallen und über den Boden hängen. Er schwang sich vom Pferd und ging die Stufen zur Rampe hoch. Einen Moment lang blickte er stumm zu Luz Acaso.

»Bist du mit ihm verheiratet?«

»Nein.«

»Aber er lebt seit acht Monaten hier und besitzt die Hälfte des Ladens?«

»Davon kann man halten, was man will.«

»Ich will nichts davon halten. Ich will wissen, was hier los ist.«

»Er wird dir alles sagen, was du wissen willst.«

»Luz, glaubst du etwa, ich will herumschnüffeln? Ich will dir helfen.«

»Ich brauche keine Hilfe.« Sie sah an ihm vorbei auf den Wagen, der gerade auf den Hof fuhr.

In Ordnung, dachte er. Zwing sie nicht dazu. Dann ging ihm auf, dass Martha ohnehin besser mit Luz sprechen konnte. Warum also auf der Sache herumreiten und sie verunsichern? Martha würde in wenigen Minuten alle Einzelheiten aus ihr herausgekitzelt haben.

Cable klopfte ihr sachte auf die Schulter und trat an ihr vorbei in das Halbdunkel des Ladens.

Er ging die Theke entlang, die die Vorderwand säumte, wobei er mit der Hand über ihren speckigen, abgenutzten Rand fuhr und den Blick über die fast leeren Regale wandern ließ. Es gab vereinzelte Konserven, Stoffballen, Arbeitskleidung, Kartons, bei denen man nicht wusste, was in ihnen steckte. An einem Holzbalken darüber hingen Rochester-Öllampen, Eimer und Seilbündel. Die meisten Waren in den Regalen sahen schon älter aus, als würden sie seit Langem hier liegen.

Cable senkte den Blick und blieb beinahe stehen, als er Janroe am Ende der Theke entdeckte, an der Tür, die in den nächsten Raum führte. Janroe beobachtete jede seiner Bewegungen.

»Sie gehen ganz normal«, sagte Janroe sanft. »Haben keine sichtbaren Wunden. Aber ohne Verletzung hätten die Sie sicher nicht laufen lassen.«

»Wenn ich länger gehe, merkt man es«, sagte Cable. »Oder wenn ich zu lange im Sattel sitze.«

»Das hört sich genau nach der Art von Wunde an, die man sich wünscht. Wo haben Sie sich die geholt?«

»Auf dem Marsch nach Nashville.«

»Mit Hood?«

»Vor ihm. Mit Forrest.«

»Sie haben Glück gehabt. Ich meine, dass Sie noch ganz sind.«

»Schätze schon.«

»Das kann auch anders laufen. Ich habe unter Kirby Smith gedient, ein Jahr lang, von Sommer '61 an, und wir sind den Kentucky River hochmarschiert, in Richtung Lexington. In der Nähe von Richmond stießen wir auf einen Yankee-General namens Bull Nelson.« Janroes Augen verengten sich, und er verzog leicht den Mund, als er sich daran erinnerte. »Er hatte nur junge Rekruten, eine zusammengewürfelte Einheit, und ich kann Ihnen sagen, wir haben es denen so richtig gegeben. Haben sie niedergemäht und in die Hölle geschickt, und diejenigen, die wir verschont haben, sind gerannt, wie man noch nie jemanden um sein Leben laufen gesehen hat. Danach hat die Kavallerie alles zusammengekehrt, und wir haben an diesem einen Nachmittag über viertausend Gefangene gemacht.«

Janroe hielt inne, und seine Stimme wurde leiser. »Aber sie hatten eine Batterie auf einem Kamm postiert, hinter einer Steinmauer. Ich bin mit einigen Männern da hoch, um sie zu stellen … und am nächsten Tag wachte ich mit einem Arm weniger in einem Feldlazarett in Richmond auf.«

Er beobachtete Cable genau. »Verstehen Sie, was ich meine? Wir haben sie zurechtgestutzt. Die Schlacht war aus und vorbei. Aber wegen dieser einen Batterie, die zu grün hinter den Ohren war, um aufzugeben, oder zu ängstlich, habe ich einen gesunden Arm verloren.«

Aber du hast noch einen Arm übrig und bist nicht mehr im Krieg, dachte Cable und hätte es beinahe laut ausgesprochen. Stattdessen nickte er nur und schaute auf die Regale.

»Vielleicht hat Luz Ihnen gerade erzählt, dass ich bei der Armee war«, meinte Janroe.

»Nein, sie sagte nur Ihren Namen und dass ein Teil des Ladens Ihnen gehört.«

»Das ist doch mal ein Anfang. Was wollen Sie sonst noch wissen?«

»Warum Sie hier sind.«

»Sie haben es gerade selbst gesagt. Mir gehört ein Teil dieses Ladens.«

»Was hat Sie dann hergetrieben?«

»Sie sind ein misstrauischer Mensch.«

»Hören Sie«, sagte Cable ruhig, »John Denaman war mein Freund. Er stirbt urplötzlich, und dann tauchen Sie auf und übernehmen die Hälfte seines Ladens.«

»Das ist richtig. Wollen Sie wissen, wie er gestorben ist?«

Als Cable keine Antwort gab, hob Janroe die Augen zu

den fast leeren Regalen. »Er hatte nicht genug Waren auf Lager. Es kam zu selten Geld rein. Das machte ihm Sorgen, weil er nicht wusste, wie es mit dem Geschäft weitergehen sollte.« Janroe senkte den Blick wieder auf Cable. »Er sorgte sich sogar wegen Luz und Vern Kidston. Die beiden pflegten Umgang miteinander, habe ich gehört, und der alte Mann hatte Meinungsverschiedenheiten mit Vern. Wegen unterschiedlicher politischer Ansichten, könnte man sagen. Es war eine Verknüpfung von mehreren Dingen, die den Alten umgebracht hat. Sorgen und sein fortgeschrittenes Alter. Und wenn Sie glauben, dass da noch irgendetwas anderes im Spiel war, ist das reine Einbildung.«

»Kommen wir noch einmal auf Vern Kidston zurück«, sagte Cable. »Ich habe noch nie von ihm gehört. Mit dem, was Sie erzählen, kann ich nicht viel anfangen.«

Janroes schmales Lächeln verschwand. »Vern kam vor etwa zwei Jahren hierher, habe ich gehört. Er verdient seinen Lebensunterhalt, indem er die Kavallerie der Unionstruppen mit Pferden versorgt. Er bringt sie hoch nach Fort Buchanan.«

»Lebt er hier in der Nähe?«

»Im dem alten Toyopa-Haus. Wie weit ist das von Ihnen entfernt?«

»Ungefähr sechs Meilen.«

»Man erzählt, Vern hat es wieder hergerichtet.«

»Das muss ihn eine Menge Arbeit gekostet haben. Das Haus war halb niedergebrannt.«

»Vern hat genügend Männer.«

»Ich muss ihn treffen.«

»Das werden Sie. Das werden Sie ohne jeden Zweifel.«

Cable hatte seine Augen auf Janroe geheftet. »Es scheint, als könnten Sie es kaum erwarten.«

»Da kommt wieder Ihr argwöhnischer Charakter zum Vorschein.« Janroe richtete sich auf und ging ins Nebenzimmer. »Kommen Sie. Es ist Zeit für einen Drink.«

Cable folgte ihm, während er die Augen durch den Raum schweifen ließ, der ihm noch gut in Erinnerung war: von der Tür, die zur Küche führte, über den Rollschreibtisch und den Hatch-&-Hodges-Kalender bis zum offenen Kamin in der Ecke und den lederbezogenen Stühlen; zu den Porträts der Heiligen Familie und den Landschaftsbildern der Sierra Madre an den Wänden, zur Treppe, die ins Obergeschoss führte (vier Zimmer gab es oben, erinnerte sich Cable), und schließlich zum runden Esstisch, der zwischen den vorderen Fenstern stand. Er beobachtete, wie Janroe in die Küche ging und mit einer Flasche Mescal und zwei Gläsern wiederkam. Die Gläser hielt er mit seinen Fingern fest, die Flasche hatte er sich unter den Arm geklemmt.

Janroe deutete mit einem Nicken auf den Tisch. »Setzen Sie sich. Sie werden einen Drink gebrauchen können.«

Cable zog einen Stuhl heran und stieg darüber hinweg. Er beobachtete, wie Janroe Platz nahm und die Gläser mit dem klaren, farblosen Schnaps füllte.

»Hat es mit Vern Kidston zu tun, dass ich einen Drink brauche?«

Janroe nahm einen Schluck von seinem Mescal und stellte das Glas dann vorsichtig auf den Tisch. »Vern ist derjenige, der in Ihrem Haus lebt. Nicht Vern selbst, einige seiner Männer.« Janroe beugte sich vor, als wartete er auf Cables Reaktion. »Sie leben in Ihrem Haus, und ein Teil von Verns Pferdeherde grast auf Ihrer Weide.«

»Nun …«, Cable hielt das Glas hoch und betrachtete es im Licht, das durch das Fenster hinter Janroe fiel, »ich kann es ihm nicht verdenken, es ist gutes Weidegras.« Er nahm einen Schluck von dem süßlichen Schnaps. »Aber nun wird er dafür sorgen, dass seine Männer ausziehen. Das ist alles.«

»Glauben Sie das?«

»Wenn er das Haus nicht räumt, hole ich das Gesetz.«

»Welches Gesetz?«

»Fort Buchanan. Das liegt am nächsten.«

»Und auf welche Seite, glauben Sie, werden sich die Yankees schlagen«, fragte Janroe, »auf die des ehemaligen Rebellen oder auf die des Mustangfängers, der sie mit Pferden versorgt?«

Janroe schaute auf, und Cable drehte sich auf seinem Stuhl um, als Luz den Laden betrat. Hinter ihr kam Martha, die Sandy an der Hand hielt und Clare und Davis vor sich herschob.

»Wir werden sehen«, sagte Cable und erhob sich. Er streckte die Hand aus, während Davis auf ihn zulief und sich an sein Bein drückte.

»Mr. Janroe, das ist meine Frau Martha.« Er schaute zu Janroe hinüber, der keine Anstalten machte, sich zu erheben. »Der Junge hier heißt Davis. Der Kleine ist Sanford, und unsere Tochter, die fast sieben ist, heißt Clare.« Cable zwinkerte seiner Tochter zu, aber die starrte unverhohlen auf Janroes leeren Hemdsärmel.

Martha legte ihre Hand auf die Schulter des Mädchens und lächelte den sich immer noch am Tisch fläzenden Mann an.

»Mr. Janroe«, sagte Martha ruhig, »Sie wissen nicht, wie

gut es tut, wieder hier zu sein.« Sie befürchtete, eines der Kinder könnte nach Janroes fehlendem Arm fragen. Cable wusste das. Er sah es ihr an, obwohl Martha nach außen hin gelassen blieb.

Luz sagte: »Ich habe sie zum Abendessen eingeladen.«

Janroe starrte Clare an. Als sie wegschaute, hefteten sich seine Augen auf Davis, als wollte er ihn herausfordern, etwas zu sagen. Dann, ganz langsam, lehnte er sich auf seinem Stuhl zurück und blickte Luz an.

»Nimm die Kinder mit. Sie essen in der Küche.«

Luz zögerte, nickte dann rasch und hielt Sandy die Hand hin. Der Junge sah zu ihr hoch und klammerte sich am Rock seiner Mutter fest.

»Sie sind daran gewöhnt, bei mir zu sein«, sagte Martha freundlich. Sie schob Clare sanft nach vorne und lächelte Luz zu, aber die junge Mexikanerin erwiderte das Lächeln nicht. »Während Cabe … während Paul nicht da war, hatten die Kinder kaum Kontakt zu Fremden. Ich fürchte, sie sind im Augenblick etwas scheu.«

»Wenn sie hier essen«, sagte Janroe, »dann essen sie in der Küche.«

Martha errötete. »Mr. Janroe, ich wollte nur erklären …«

»Mrs. Cable, da gibt es nichts zu erklären. In diesem Haus sitzen Kinder nicht zusammen mit Erwachsenen am Tisch.«

Martha spürte Zorn in sich aufsteigen und blickte hinüber zu ihrem Mann, zu Cable, der gelassen dastand, mit jener ruhigen, undurchdringlichen Miene, die zu lesen und zu respektieren sie gelernt hatte. Es steht mir nicht zu, ihm zu antworten, dachte sie. Aber der Drang war zu stark, und sie konnte ihre Worte nicht zurückhalten, obwohl ihre Stimme ruhig und kontrolliert war, als sie sprach: »Da Sie es nun drei Mal wiederholt haben, Mr. Janroe, werden wir uns für immer und ewig daran erinnern, dass in diesem Haus Kinder nicht mit Erwachsenen zusammen essen.«

»Mrs. Cable.« Janroe sprach leise. Er hatte sich aufrecht hingesetzt und seine Hand lag flach auf dem Tisch. »Wenn Ihr Mann hier in der Gegend einen Freund hat, dann bin ich es. Nicht, weil ich für den Süden oder gegen den Norden bin. Nicht, weil ich auf der Seite dessen bin, der im Nachteil ist. Sondern, weil ich keinen Grund habe, mit Ihrem Mann keinen freundschaftlichen Umgang zu pflegen. Aber das ist natürlich eine recht dünne Basis für eine Freundschaft.«

»Wenn Sie meinen, dass ich unhöflich war«, sagte Martha geduldig, »dann entschuldige ich mich hierfür. Vielleicht habe ich …«

»Einen Augenblick.« Janroe hob die Hand, um sie zu unterbrechen. »Ich möchte, dass Sie etwas verstehen. Ich habe es nicht nötig, mich bei Ihrem Mann anzubiedern. Wenn Sie nicht bei mir kaufen, dann in Fort Buchanan, und das ist einen Zwei-Tages-Ritt entfernt. Hinzu kommt, dass ich mit den Kidstons gute Geschäfte mache. Die kaufen die meisten Waren, sobald ich sie geliefert bekomme. Und ich sage Ihnen jetzt schon, wenn die erfahren, dass ich mich mit Ihrem Mann einlasse, werden sie kommen und lautstark verlangen, dass ich damit aufhöre.«

»Mr. Janroe …«

»Aber wissen Sie, was ich denen antworten werde? Ich werde ihnen sagen, dass sie ihre Geschäfte in Buchanan machen oder zur Hölle fahren sollen! Denn niemand kommt in mein Haus und sagt mir, was ich zu tun habe und was nicht. Nicht Vern Kidston oder sein Bruder, und auch nicht Sie oder Ihr Mann.«

Janroe lehnte sich auf seinem Stuhl zurück.

»So läuft das hier, Mrs. Cable. Ich rate Ihnen, darüber nachzudenken, bevor Sie das nächste Mal aussprechen, was Ihnen gerade in den Kopf kommt.«

Wieder herrschte Stille. Cable sah an ihren starren Zügen um Mund und Nase herum, wie angespannt seine Frau war, wie sehr sie sich beherrschen musste. Sie funkelte Janroe an.

»Martha«, sagte Cable sanft, »warum bringst du die Kinder nicht in die Küche? Vielleicht könnt Ihr Luz beim Aufdecken helfen.« Martha blickte ihn an, sagte aber nichts. Sie reichte Davis die Hand, sammelte ihre Kinder um sich und folgte der jungen Frau in die Küche.

»Ihre Frau scheint einen starken Charakter zu haben«, sagte Janroe, als sich Cable wieder setzte.

»Sie tritt für das ein, woran sie glaubt.«

»Ja«, sagte Janroe. »Eine willensstarke Frau. Ich habe bemerkt, dass Sie sie *gefragt* haben, als Sie ihr sagten, sie solle in die Küche gehen. Sie sagten: ›Warum bringst du die Kinder nicht …‹«

Cable starrte ihn an. »Ich glaube, das habe ich gesagt.«

»Ich habe die Erfahrung gemacht, es ist besser, man *sagt* den Frauen, was sie zu tun haben, man fragt nicht. Besonders bei Ehefrauen. Sie waren eine Weile weg, und Ihre Frau konnte sich einige Freiheiten erlauben. Aber jetzt sind Sie zurück und sollten Ihren Platz als Familienoberhaupt wieder einnehmen.«

Cable beugte sich vor und stützte seine Arme auf die

Tischkante. »Mr. Janroe, ich schlage vor, Sie kümmern sich um Ihre eigenen Angelegenheiten.«

»Ich gebe Ihnen nur einen guten Rat. Ob Sie ihn annehmen, liegt bei Ihnen.«

»Alles, was ich bislang über Sie weiß«, sagte Cable ruhig, »ist, dass Sie gerne reden. Ich habe keinen Grund, Ihren Rat zu befolgen. Ich habe keinen Grund, Sie oder Ihr Auftreten zu respektieren.« Er sah, dass Janroe zu sprechen anhob. »Warten Sie. Sie haben meiner Frau einen Vortrag darüber gehalten, was sie Ihrer Meinung nach verstehen sollte. Ich habe danebengestanden und zugesehen, wie Sie sie beleidigt haben. Aber jetzt sage ich Ihnen eines, Mr. Janroe: Hätten Sie nicht das Pech, nur einen Arm zu haben, würden Sie solche Sachen nie sagen. Sie mögen ein willensstarker, kompromissloser Mann sein, dem es egal ist, was andere denken, und der sich nichts vorschreiben lässt. Vielleicht sind Sie sogar ein bewundernswerter Mann. Aber hätten Sie noch beide Arme, ich hätte Ihnen das Kinn gebrochen.«

Janroe starrte Cable an, seine Brust hob und senkte sich mit jedem Atemzug. Er blieb stumm.

»Es tut mir leid, dass ich das sagen musste«, meinte Cable nach einem Moment. »Aber jetzt wissen wir beide, woran wir sind. Sie haben Ihre Vorstellungen, ich habe meine. Sollten sie über Kreuz sein, dann kommen wir beide wohl nicht miteinander aus.«

Janroe nahm einen Schluck Mescal, ohne Hast, und stellte das Glas sachte wieder auf den Tisch. »Sie haben unter Bedford Forrest gedient«, sagte er. »Waren Sie Offizier?«

»Ich wurde zum Captain ernannt.«

»Das zeichnet Sie aus, nicht wahr? Offizier unter Forrest …«

»Kommt darauf an, von welcher Seite aus man das betrachtet.«

»Wie lange waren Sie bei ihm?«

»Ab Juni ’62.«

»Fast jeden Tag im Sattel. Im Freien leben und kämpfen …?«, Janroe nickte langsam. Dann hob er erneut sein Glas. »Damit könnten Sie mir schon das Kinn brechen.«

»Vielleicht hätte ich das nicht sagen sollen.«

»Machen Sie jetzt keinen Rückzieher. Ich bin nur realistisch, ich entschuldige mich nicht. Ich sagte, Sie *könnten* …«

Cable blickte ihn an. »Vielleicht sollten wir noch mal von vorn anfangen.«

»Nein, ich glaube, wir haben es weit gebracht in der kurzen Zeit.«

»Nur wissen Sie mehr von mir als ich von Ihnen«, sagte Cable.

»Sie brauchen über mich nichts zu wissen«, meinte Janroe, »die Kidstons sind Ihr Problem.«

»Ich werde mit ihnen reden.«

»Aber warum sollten die mit Ihnen reden?« Janroe sah ihn aufmerksam an. »Sie sind allein gegen … sagen wir, fünfzehn Mann. Sie sind ein ehemaliger Konföderierter auf Unions-Territorium. Die Kidstons selbst sind Yankees. Sie verkaufen die meisten ihrer Rinder und alle Pferde an die Unionsarmee. Verns Bruder Duane hat sogar eine Einheit befehligt, aber jetzt ist er wieder hier und hat den Krieg mitgebracht. Alle sollen ihn mit ›Major‹ anreden, und mit Verns Reitern springt er um, als wären sie seine persönliche Kavallerie.« Janroe schüttelte den Kopf. »Die müssen Ihnen nicht zuhören.«

Cable zuckte die Achseln. »Wir werden sehen.«

»Wie werden Sie sich versorgen?«, fragte Janroe. »Das ist Ihr dringlichstes Problem.«

»Fürs Erste«, sagte Cable, »plane ich, Vorräte zu kaufen und vielleicht auf die Jagd zu gehen. Aber bald schon werde ich mir Rinder zulegen und eine neue Herde aufziehen.«

»Und wo wollen Sie die herkriegen?«

»Aus dem Süden. Der Bruder von Luz hat Freunde in Sonora. Denen habe ich meine Rinder verkauft, als ich mich zum Kriegsdienst gemeldet habe, mit der Abmachung, dass ich so viele zurückkaufe, wie ich mir leisten kann, wenn ich nach Hause komme.«

»Manuel ist gerade dorthin unterwegs«, sagte Janroe.

Cable schaute auf. »Wann wird er zurück sein?«

»In ein paar Tagen, nehme ich an. Aber Ihre Probleme haben Sie jetzt. Wie gesagt, einige von Verns Männern leben in Ihrem Haus.«

»Ich werde mit ihnen reden«, sagte Cable.

»Einer von ihnen war heute Morgen hier. Bill Dancey.« Janroe verstummte, als Luz an den Tisch trat. Sie deckte Teller auf und stellte eine Schüssel mit Eintopf in die Mitte. Janroe fragte: »Wo steckt seine Frau?«

»Bei den Kindern.« Luz servierte ihnen, während sie sprach.

»War Dancey heute Morgen hier?«

»Ich habe sonst keinen gesehen.«

»Wer ist noch da oben bei ihm?«

»Ich glaube, Royce und ein Mann namens Joe Bob Dodd.«

»Erzähl Mr. Cable von ihnen.«

Luz ließ den Blick schweifen, als würde sie sich die beiden bildlich vorstellen, bevor sie sich an Cable wandte. »Bill Dancey ist der Chef. Er ist ein großer Mann und trägt einen Bart und ist vielleicht zehn Jahre älter als die anderen. Dieser Royce und der, den man Joe Bob nennt, sehen sich ähnlich, sie sind schlank und haben schmale Gesichter und tragen ihren Hut immer tief in die Stirn gezogen. Sie wirken träge, und wenn sie herumstehen, stemmen sie die Hände in die Hüften und erzählen einander irgendwelche Geschichten und lachen darüber, aber ihr Lachen ist nicht echt. Ich glaube, sie sind Texaner.«

»Das sind sie«, meinte Janroe. »Bei Dancey bin ich mir nicht sicher. Aber man sagt, dass dieser Joe Bob und Royce zusammen mit Joe Bobs älteren Brüdern, Austin und Wynn, aus der Texas-Brigade von Sherod Hunter desertiert sind, als sie hier durchzog, und Duane Kidston hat sie angeheuert. Die Leute erzählen sich, dass Duane einen Anfall bekäme, wenn er wüsste, dass die beiden für die Rebellen gekämpft haben.« Janroe hielt inne. »Royce und Joe Bob sind die in Ihrem Haus. Austin und Wynn sind wahrscheinlich im Haupthaus.«

Cable sagte: »Sie meinen, ich sollte nicht nach Hause zurückkehren?«

»Ich sage Ihnen nur, wie es ist. Sie machen, was Sie für richtig halten.«

»Wir fahren, sobald wir aufgeladen haben.«

Janroe sah von der Laderampe aus zu, wie der Planwagen mit Cables Rotfuchs im Schlepptau sich in Richtung Weidenbäume entfernte. Seine rechte Hand massierte behutsam seinen Armstummel, während er sich selbst ermahnte, keine voreiligen Schlüsse zu ziehen oder nervös zu werden und unüberlegt zu handeln.

Aber bei Gott, mehr hätte er sich vom Schicksal nicht erhoffen dürfen – ein ehemaliger Rebell, der einfach hier aufkreuzte, der nach Hause zurückkehrte und die Kidstons auf seinem Land vorfinden würde.

Er ist meine Waffe, sagte sich Janroe. Nach Monaten des Wartens, des Beobachtens und des Abwägens, wie er seinen Plan in die Tat umsetzen konnte, ohne unter Verdacht zu geraten, stand ihm nun alles klar und deutlich vor Augen. Wenn nötig, würde er sich sogar bei Martha für seine Worte entschuldigen. Es war ihm zu schnell rausgerutscht, mehr nicht. Er würde alles ausräumen, denn Cables Anwesenheit war weit wichtiger als der Umstand, wo die Kinder aßen oder ob sie überhaupt aßen. Er würde darauf achten müssen, sich nicht an irgendwelchen Kleinigkeiten festzubeißen, wenn er sich dadurch anderer Möglichkeiten beraubte.

Denk in Ruhe über alles nach, sagte er sich, jetzt, da sich die Gelegenheit bietet. Nur nicht ins Straucheln kommen, er steht direkt vor dir und wartet, du musst ihn nur zu nehmen wissen.

Cable würde ihm helfen, Vern und Duane Kidston zu töten – dessen war sich Janroe tief in seinem Inneren gewiss. Und als er an Cables Frau dachte, beschloss er, dass Cable, wenn alles vorüber war, genauso tot sein würde wie die zwei Männer, die er ins Grab bringen würde.

Cable durchquerte den Fluss in der Nähe des Ladens und folgte seinem Lauf in Richtung Norden, in das sonnenüberflutete, weitläufige Tal. Dann ging es weiter nach Westen, denn die Ebene neigte sich dorthin, und der Fluss folgte ihr. In der Ferne säumte eine niedrige Bergkette das Tal. Auch die nahen Hänge waren vollkommen mit grünschwarzen Kiefern bedeckt, aber dahinter ragten schlotartige Sandsteinfelsen stumm in den Himmel. Jenseits dieser Felsen befanden sich die Ländereien der Kidstons.

Sandy schlief, Davis und Clare saßen auf der Heckklappe, und Davis hielt die Zügel des Rotfuchses. Martha saß neben Cable und hörte zu, wie er erzählte, was Janroe über die Kidstons gesagt hatte.

Als er geendet hatte, meinte Martha: »Was, wenn sie nicht gehen, Cabe? Die Männer in unserem Haus?«

»Wir werden sehen.«

»Ich meine, wir müssen an die Kinder denken.«

»An die Kinder und an vieles andere auch«, sagte Cable.

Dann sprachen sie über Luz. Auch in der Küche habe sie sich merkwürdig verhalten, sagte Martha, sie sei nervös gewesen und habe selbst über Alltägliches nur zögerlich gesprochen. Sie sagte, dass der Laden ihnen vermacht worden sei, ihr und Manuel, in John Denamans Testament, und dass sie beide bleiben wollten. Das Grab ihrer Mutter in Sonora war das Einzige, was sie mit ihrem Geburtsort verband. Der Laden hingegen war zwölf Jahre lang ihr Zuhause gewesen. Luz war sechs, Manuel zwölf gewesen, als ihr Vater hierherzog, um für John Denaman zu arbeiten. Im darauffolgenden Jahr war ihr Vater an einer Krankheit gestorben, und von diesem Tag an hatte sich John Denaman um sie gekümmert.

Aber Luz hatte ihr auch nicht mehr über Edward Janroe erzählt als Cable – den Namen des Mannes, die Tatsache, dass ihm die Hälfte des Ladens gehörte und er seit acht, neun Monaten hier war.

Aber wenn die Geschäfte so schlecht liefen, warum sollte sich Janroe an dem Laden beteiligen, fragte Cable.

Wegen Luz?, schlug Martha vor.

Vielleicht. Luz war eine gut aussehende junge Frau. Janroe konnte leicht Gefallen an ihr finden.

Aber Luz hatte Vern Kidston immer noch gern, da war sich Martha sicher. Luz erwähnte, dass sie sich früher regelmäßig getroffen hatten, aber das war, bevor Janroe aufgetaucht war. Noch so etwas, worüber man sich wundern musste. Obwohl Janroe eigentlich die meisten Fragen aufwarf.

»Was hältst du von ihm?«, fragte Cable.

»Ich weiß nur, dass er nichts von Frauen hält«, sagte Martha sanft, »der Lehrstunde nach zu urteilen, die er mir erteilt hat.«

»Das wird nicht wieder vorkommen«, sagte Cable. »Ich habe mit ihm gesprochen.«

Martha lächelte. Sie rutschte näher an ihren Mann heran und hakte sich bei ihm unter.

Sie fuhren schweigend weiter, bis sie durch die Weidenbäume und Zitterpappeln am Flussufer Pferde entdeckten, die ein wenig weiter oben auf der Wiese grasten. Martha reichte ihrem Mann das Fernglas und nahm die Zügel.

»Ungefähr dreißig, nur Stuten und Fohlen«, sagte Cable nach einem Moment. »Und ein Mann ist bei ihnen.«

Martha hielt das Gespann in Bewegung. Sie gelangten an den Fuß des Hangs, über ihnen lagen die dunklen Kiefernwälder, der Fluss zu ihrer Rechten. Ihr Haus war vielleicht eine Viertelmeile entfernt, nicht mehr, ein wenig abseits des Flusses; aber es lag immer noch außer Sichtweite, verdeckt von den Kiefern, die sich den Hang hinunter erstreckten.

Durch das Fernglas beobachtete Cable, wie der Reiter zwischen den Bäumen auf dieser Seite des Flusses hervorkam. Er sah, dass der Mann einen Bart trug, und erinnerte sich an Luz' Beschreibung eines gewissen Bill Dancey: zehn Jahre älter als die anderen zwei; er hatte das Kommando.

»Er muss uns gesehen haben«, sagte Cable. »Er hat gerade den Fluss durchquert.«

»Erwartet er uns?«, fragte Martha.

»Nein, er reitet in Richtung Haus.« Cable reichte Martha das Fernglas. Er spürte, dass die Kinder dicht hinter ihm waren.

Davis fragte: »Kann ich auch sehen?«

»Nicht jetzt.« Cable drehte sich halb auf dem Sitz herum. »Hört zu. Ich will, dass ihr Kinder da bleibt, wo ihr seid. Selbst wenn wir haltmachen, bleibt ihr sitzen und springt nicht vom Wagen.«

Clare machte große Augen. »Warum?«

»Weil wir nicht sicher sind, ob wir hierbleiben.«

Cable blickte erneut den Jungen an. »Davis, du kümmerst dich um Sandy. Du lässt ihn nicht vom Wagen runterspringen.«

Der kleine Junge nickte feierlich: »Jawohl, Sir!«

Cable lächelte seine Kinder an. Er griff mit der Hand zur Pritsche, spürte den kurzen Lauf des Karabiners, dann die danebenliegende Flinte, zog sie heraus und legte sie mit der Mündung nach unten zwischen sich und seine Frau auf die Sitzbank.

»Martha, die hier ist für dich. Leg deine Hand darauf, sobald ich runtersteige, aber nimm sie erst hoch, wenn du nicht anders kannst.«

Er zog den Colt aus dem Halfter, spannte den Hahn, drehte vorsichtig die Trommel, um die Laufruhe zu spüren, und ließ dann den Hahn in eine leere Kammer zurückgleiten.

»Da ist unser Haus«, sagte Martha besorgt. »Zumindest ein Teil davon.« Sie konnte durch die Bäume nur die lehmfarbenen Umrisse erkennen.

Dann, als sie die Bäume hinter sich gelassen hatten, kam das ganze Haus in Sicht: ein einstöckiges Gebäude aus Lehmziegeln, mit einem Holzanbau, einem mit Schindeln bedeckten Dach und einer Ramada, einem Unterstand, der über die ganz Hausfront ging. Dahinter war ein Teil der Scheune zu erkennen.

Cables Augen waren auf den bärtigen Reiter gerichtet. Er hatte vor dem Haus haltgemacht, immer noch auf dem Rücken des Pferdes, aber jetzt ihnen zugewandt. Er musterte sie, während sie näher kamen. Ein zweiter Mann war auf die Veranda getreten und stand neben dem Reiter.

»Das ist nah genug«, sagte Cable. Sie waren keine zwanzig Meter von den beiden Männern entfernt. Als der Wagen zum Stehen kam, tauchte ein dritter Mann in der Tür auf, die Daumen unter die Hosenträger auf seiner nackten Brust geklemmt. Alle drei Männer waren bewaffnet. Selbst der in der Tür trug, obwohl er kaum bekleidet war, zwei Pistolengürtel über Kreuz.

»Behalt den in der Tür im Auge«, sagte Cable. Martha antwortete nicht, aber er schaute nicht zu ihr. Er atmete langsam ein und aus, um sich zu beruhigen und die Sache noch einen Augenblick hinauszuzögern, dann sprang er vom Wagen, wobei er sein Halfter ans Bein drückte, und ging auf den Mann im Sattel zu.

»Sie haben sich ja ziemlich Zeit gelassen«, sagte Bill Dancey. Er stieg vorsichtig ab und stand dann breitbeinig da, während er Cable, der auf ihn zutrat, aufmerksam musterte.

Cable tat noch zwei Schritte, dann blieb er stehen. »Sie wussten, dass wir kommen?«

»Janroe hat es erwähnt.« Danceys kurz geschorener Bart ließ nicht erkennen, ob sich seine Miene veränderte. Er nickte dem Mann zu, der neben ihm stand. »Royce hier war heute dort, um etwas zu holen, was ich vergessen hatte, und Janroe hat es ihm erzählt.«

Cable blickte zu dem Mann namens Royce: ein großer, schmaler Mann, der mit vorgeschobener Hüfte dastand, die Daumen im Hosengürtel. Er hatte seinen Hut tief ins Gesicht gezogen und hielt Cables Blick selbstsicher stand.

Royce musste den Pferdepfad genommen haben, eine Abkürzung über den Hügelkamm. Deshalb hatten sie ihn nicht gesehen, sagte sich Cable.

Er blickte wieder zu Dancey. »Hat Janroe ihm gesagt, dass Sie sich auf meinem Land befinden?«

Dancey nickte. »Er hat es erwähnt.«

»Dann muss ich ja nichts mehr erklären.«

»So ist es«, sagte Royce. »Alles, was Sie tun müssen, ist umdrehen und zurückfahren.«

Jetzt war der Moment da. Cable ließ sich Zeit, als er die Anspannung in seinem Körper fühlte und die Wut. Beides baute sich nicht langsam auf, sondern war urplötzlich da, als dieser faule, schielende Angeber ihm ruhig und sachlich mitteilte, er müsse umkehren. Wenigstens musste er nichts entscheiden. Mit ihm oder Dancey zu diskutieren, wäre reine Zeitverschwendung. Obwohl Martha und die Kinder bei ihm waren, wusste er, dass er im Zweifelsfall nicht zurückstecken würde. Er wollte die Wut in sich spüren, weil sie alles einfacher machte. Aber er wollte sie auch unter Kontrolle haben, und so atmete er langsam aus, während er den Kopf schüttelte.

»Ich hatte schon befürchtet, dass das passieren würde.«

»Warum sind Sie dann hergekommen?«, fragte Dancey.

Cable fuhr sich mit dem Handrücken über den Mund. »Tja, da das Haus hier nun mal mir gehört …«

Dancey schüttelte den Kopf. »Das Haus gehört Vern Kidston.«

»Er hat es sich einfach so genommen?«

»Konfisziert im Namen der amerikanischen Regierung«, sagte Dancey. »Sie müssen Winterschlaf gehalten haben, Mister. Noch nie was von Rebellen-Besitz auf Unions-Territorium gehört?«

»Ich bin kein Soldat mehr.«

»Sie sind gar nichts mehr.« Dancey warf einen Blick auf den Wagen. »Ihre Frau wartet auf Sie. Und die Kinder. Sie haben doch Kinder, oder?«

»Drei Stück.«

»Ein Mann mit drei Kindern macht keine verrückten Sachen.«

»Nicht oft«, sagte Cable ruhig. Seine Augen wanderten zu Royce, dann zu dem Mann mit nacktem Oberkörper, der aus dem Schatten des Unterstands getreten war. Das musste Joe Bob Dodd sein. Er hatte eine Hand in die Hüfte gestemmt, die andere an einen der Stützpfähle gelegt. Er trug Koteletten, die ihm bis zur Kinnlinie reichten. Das und der schwarze Haarstreifen auf seiner knochigen, blassen Brust ließen ihn auf fast obszöne Weise nackt erscheinen. Er war um einiges kleiner als Royce, hatte aber die gleiche Statur, mit schmalen Hüften und krummem Rücken.

Cables Augen wanderten wieder zu Dancey. »Ich gebe Ihnen den Rest des Nachmittags, um Ihre Sachen zu packen und zu verschwinden. Reicht das?«

Royce blickte grinsend zu Joe Bob hinüber. »Hast du das gehört?«

Der Mann unter der Ramada nickte. »Habe ich.«

»Sie haben uns gar nichts zu befehlen«, meinte Dancey. »Wie gesagt, Sie kehren um und fahren zurück.«

»Bill«, rief Joe Bob, »sag ihm, er kann seine Frau hierlassen!«

Cable sah ihn an und konnte wieder das Kribbeln seiner Wut spüren. Nein, warte noch ein wenig, sagte er sich. Eins nach dem anderen, mach es nicht schwerer, als es schon ist. Sein Blick ging wieder zu Dancey.

»Holt Kidston her, und ich rede mit ihm«, sagte Cable.

»Er wird seine Zeit nicht verschwenden wollen.«

»Aber vielleicht würde ich meine Zeit verschwenden wollen«, sagte Joe Bob lässig. Er nahm seine Hand vom Stützpfahl und hakte beide Daumen unter die gekreuzten Pistolengürtel. »Du willst also über dieses Stück Land streiten?«

»Ich werde mit Kidston reden.«

»Du wirst mit mir reden, wenn ich es sage.«

Cable blickte ihn über den gesenkten Kopf von Danceys Pferd hinweg an. Dann sagte er: »Ich glaube, das ist alles, was ihr könnt. Reden.«

»Nimm das Pferd aus dem Weg, Bill«, sagte Joe Bob.

Cable zögerte.

Er spürte, dass Dancey sich umdrehen und nach den Zügeln greifen würde.

Und einen Augenblick lang war Dancey halb abgewandt, mit den Händen in der Luft, während sich das Pferd in Bewegung setzte und nun sowohl Royce als auch Joe Bob verdeckte, und das war der richtige Moment, jetzt oder nie.

Genau in diesem Augenblick trat Cable einen Schritt auf Dancey zu und sah, wie das Gesicht des Mannes plötzlich einen überraschten Ausdruck annahm, kurz bevor seine Faust darin landete. Dancey stolperte rückwärts gegen das Pferd und wollte sich an dem Tier festhalten, das vor ihm zurückscheute. Aber Cable war schon zur Stelle und schlug mit beiden Fäusten auf ihn ein, wieder und immer wieder, bis Dancey zu Boden ging und seine Arme schützend über den Kopf legte.

Als Cable Marthas Stimme vernahm und Schritte auf dem harten, festgetretenen Boden hörte, warf er einen kurzen Blick zum Wagen. Er sah Joe Bob hinter Danceys Pferd. Und dann Royce, wie er am Zaumzeug riss. Ein klatschender Schlag war zu hören, und das Pferd ging durch.

Joe Bob und Royce standen jetzt vor ihm, beide mit der Hand am Revolver, die aber noch im Halfter steckten. Die beiden waren wie angewurzelt und starrten Cable an, obwohl sie sich gerade noch auf ihn hatten stürzen wollen. Denn sie hatten in jenem kurzen Moment, den Royce brauchte, um das Pferd aus dem Weg zu scheuchen, ihre Chance vertan.

Cable stand mit dem Colt in der Hand neben Dancey,

der immer noch auf dem Boden lag. Die Waffe war gespannt und zielte direkt auf Danceys Kopf. Joe Bob und Royce brachten kein Wort heraus. Dancey stützte sich auf die Ellbogen und blickte Cable stumm an.

»Ihr legt jetzt eure Gürtel weg«, sagte Cable. Er half Dancey auf die Beine und musste die beiden noch einmal auffordern, bevor sie ihre Pistolengürtel abschnallten und zu Boden fallen ließen. Dann ging Cable auf Joe Bob zu.

»Sie haben etwas über meine Frau gesagt.«

»Ich?«

»Dass sie hierbleiben soll.«

Joe Bob zuckte die Achseln. »Das war nichts Ernstes. Nur etwas, das ich loswerden wollte …«

Cable trat einen Schritt auf Joe Bob zu und schlug ihm unvermittelt ins Gesicht, noch bevor er schützend die Hände hochreißen konnte. Joe Bob ging zu Boden, rollte sich auf die Seite, und als er zu Cable hochschaute, lag Fassungslosigkeit in seinem Blick.«

»So etwas sagen Sie nicht noch einmal«, sagte Cable.

Dancey hatte Cable keine Sekunde aus den Augen gelassen. »Sie haben ihm gar keine Chance gelassen. Ihn einfach mit einer Waffe in der Hand geschlagen.«

Cable schaute ihn an. »Sie können es sich wohl kaum leisten, sich zu beschweren.«

»Und mir haben Sie auch keine Chance gelassen«, sagte Dancey. »Wenn Sie die Waffe wegstecken und wir die Sache fair …«

»Das könnte Ihnen so passen, was?«

»Mit der Waffe in der Hand können Sie nichts beweisen.«

»Ich muss auch nichts beweisen.«

»Gut, dann gehen wir, zumindest fürs Erste.« Dancey sah zu Royce hinüber. »Hol die Sachen aus dem Haus.«

»Nicht mehr.« Cables Stimme ließ Royce innehalten. »Ihr hattet eure Chance. Und habt sie nicht genutzt. Jetzt geht ihr mit leeren Händen«, sagte Cable. »Und denkt gar nicht erst daran, zurückzukommen. Was nicht brennt, landet im Fluss.«

Royce sagte: »Sie glauben wirklich, dass wir nicht wiederkommen?«

Cable ließ seinen Blick wandern. »Dann wird euch eine doppelte Ladung Blei vom Pferd holen. Ihr könnt Kidston ausrichten, dass für ihn dasselbe gilt.«

Royce schien zu grinsen. »Mann, Sie sind zum Kommandieren geboren. Duane wird seinen Spaß mit Ihnen haben.«

Danceys Augen blieben auf Cable geheftet. »Also werden Sie allein es mit uns aufnehmen?«

»Mehr hat es bislang nicht gebraucht.«

»Glauben Sie, Vern wird sich das gefallen lassen?«

»Ich glaube nicht, dass er eine andere Wahl hat«, erwiderte Cable.

»Da kennen Sie ihn schlecht«, sagte Dancey tonlos.

2

Bei Tagesanbruch kam Wind auf, der durchs Tal wehte und den er in den Kiefernbäumen oberhalb des Hauses hören konnte.

Cable lag auf dem Rücken, lauschte und starrte auf die Dachsparren. Kein Laut war im Zimmer zu hören. Neben ihm lag die schlafende Martha. In der Wiege, neben Marthas Bettseite, schlummerte Sandy, mit dem Daumen und einem Zipfel seiner Decke im Mund. Clare und Davis waren im Nebenzimmer, das zu dem hölzernen Anbau gehörte, und selbst für sie war es noch zu früh.

Später würden sie mit ihm herumgehen und ihm ihre Hilfe anbieten. Er würde sie geduldig in dem Glauben lassen, sie könnten nützlich sein, und all ihre Fragen beantworten. Er würde an die zweieinhalb Jahre denken, die er ohne sie verbracht hatte, und sie küssen, immer wieder, und sie anschauen, ihre kleinen Gesichter zärtlich mit seinen Händen umfassen.

Der Wind wurde stärker, und mit ihm ertönte das entfernte Knarren des Scheunentors.

Er würde später nach dem Tor sehen. Vielleicht am Nachmittag, wenn sie bis dahin noch nicht gekommen waren. Am Morgen würde er Kidstons Pferde von der Weide holen. Danach hätte Martha möglicherweise etwas für ihn zu tun.

Sie hatten bis spät in die Nacht gearbeitet, gefegt, gescheuert, ihre Sachen eingeräumt. Es gab immer noch mehr zu tun, aber das war in Ordnung, denn es war ihr Haus, das sie mit ihren eigenen Händen gebaut hatten.

Einfach nur dafür sorgen, dass alles, was Royce und Joe Bob und Bill Dancey gehörte, draußen ist. Ganz sicherzugehen. Dann abwarten. Egal, was er tat, er würde die Ohren gespitzt halten, ob sich Pferde näherten.

Dagegen konnte er nichts ausrichten. Mach dir keine Sorgen um etwas, wogegen du nichts ausrichten kannst. In solchen Fällen geschieht es einfach. Wie ein Akt Gottes. Allerdings sollte man Gott nicht die Schuld für Menschen wie Vern Kidston geben. Vern Kidston selbst hat Schuld daran. Wenn du ihn hasst, wird es einfacher, gegen ihn zu kämpfen.

Und es gibt immer jemanden, gegen den man kämpfen muss, nicht wahr?

Vor zehn Jahren war er aus Sudan, Texas, hierhergekommen – ein neunzehnjähriger Bursche auf der Suche nach einer Zukunft. Damals hatte er für ein Fuhrunternehmen gearbeitet, das zwischen Hidalgo und Tucson verkehrte, und eines Abends hatten sie Rast bei Denamans Laden gemacht, wo er ins Gespräch mit John Denaman gekommen war.

Sie waren auf der Laderampe gesessen, hatten die Beine baumeln lassen, Kaffee getrunken, und ab und zu einen Schluck Whiskey aus demselben Becher, und Richtung Norden in die allumfassende Dunkelheit des Tals geblickt. John Denaman erzählte ihm vom Fluss, dem guten Weideland und dem Holz – Gelb-Kiefern, Weidenbäume und Zitterpappeln, gutes Bauholz, und sogar hübsch anzusehen. Ein junger Mann, der sich hier niederließe und hart arbeitete, könnte in null Komma nichts etwas sein Eigen nennen, hatte Denaman gesagt.

Aber ein Mann brauchte Geld, um sich einen Viehbestand anzulegen. Etwas, worauf er aufbauen konnte.

Nein, hatte Denaman gesagt, nicht unbedingt. Er erzählte ihm von einem Mann namens Acaso, der letzten Winter gestorben war und zwei Kinder zurückgelassen hatte, Manuel und Luz. Das wenige Vieh, das Denaman gehörte, hatte sich seitdem auf den Hügeln verstreut. Du kannst gerne die Tiere zusammentreiben und für sie sorgen, sagte Denaman. Es sind nicht mehr als hundert, aber genug, um etwas daraus zu machen, und du musst kein Geld auftreiben, nur deinen Anteil nehmen, wenn du sie verkaufst.

Das war ein Angebot, das man in Erwägung ziehen musste, und auf der gesamten Strecke nach Tucson stellte sich Cable als Rancher vor, als einen Mann mit einem Stück Land und eigenem Vieh. Und er dachte auch an dieses Mädchen, das in Sudan, Texas, lebte.

Zurück in Tucson, kündigte er als Erstes seinen Job. Am selben Tag kaufte er zwanzig Jungrinder, für die er sein ganzes Geld ausgab, bis auf den letzten Dollar, und trieb die Herde hndertzwanzig Meilen zurück an den Saber River.

Im Sommer seines zweiten Jahres baute er mithilfe von Manuel Acaso sein eigenes Haus, vier Meilen nördlich des Gemischtwarenladens. Er verkaufte einige von seinen ausgewachsenen Rindern an die Army in Fort Buchanan und kaufte weiterhin Jungrinder dazu, preiswerte, von Leuten rund um Tubac, die genug von den Apachen hatten und denen alles recht war, um ihre Bestände loszuwerden und aus Südarizona zu verschwinden. Im darauffolgenden Jahr ließ er Manuel Acaso bei der Herde und ritt nach Sudan. Das Mädchen, Martha Sanford, erwartete ihn. Sie heirateten innerhalb einer Woche, und er brachte sie ohne Flitterwochen in ihr neues Zuhause. Danach arbeitete er härter, als er es je für möglich gehalten hätte, und er erinnerte sich daran, dass er sich zu jener Zeit sagte: Nichts und niemand kann dich von deinem Land vertreiben. Du wirst alles auf dich nehmen, was du auf dich nehmen musst, und wenn du dabei nicht draufgehst, wirst du Erfolg haben.

Das wusste er sicher, seit sie den Winter überstanden hatten, in dem die Apachen aufgetaucht waren. Es waren Chiricahua, aus den Bergen, die alle paar Wochen seine Herde überfielen, um an Fleisch zu kommen. Zwischen November und April verlor Cable über fünfzig Rinder. Aber die Chiricahua zahlten einen hohen Preis dafür.

Cable hatte sich mit einem Gewehr im Anschlag oben auf der Anhöhe postiert, im Schutz der Bäume, und zwei von ihnen vom Pferd geschossen, als sie durch seine Herde pflügten. Die anderen hefteten sich an seine Fersen, spürten ihn, ohne dass er sie hatte kommen sehen, im Wald auf, und als sie ihn jagten, tötete er einen Dritten mit dem Revolver, bevor sie die Flucht ergriffen.

Im selben Winter hatten sie auch Juan Toyopas Haus angegriffen, Cables Nachbar in westlicher Richtung. Sie töteten Juan und seine Familie, das Haus brannten sie nieder. Die Apachen erreichten Cables Haus im Morgengrauen, sie tauchten mit Kriegsgeschrei aus der Dunkelheit auf und wollten die Tür einschlagen. Cable hatte in jeder Hand einen Revolver, Martha stand mit der Schrotflinte hinter ihm. Und als die Tür nachgab, feuerte er sechs Schüsse in halb so viel Sekunden ab. Zwei von den Apachen gingen zu Boden. Martha trat über sie hinweg und schoss beide Gewehrladungen den Apachen hinterher, die hinter den Weidenbäumen Deckung suchen wollten. Einer von ihnen wurde getroffen.

Danach ritt Cable zu Denamans Laden, um Manuel Acaso zu Hilfe zu holen. Sie kehrten zurück zu den Weidenbäumen, fanden Spuren von sechs Chiricahua und folgten ihnen den ganzen Tag lang, bis hinauf in die karge Hochebene. Und im Morgengrauen krochen sie tief in einen hohen, steilwandigen Canyon, an das Lager der sechs Apachen heran und schossen drei von ihnen nieder, bevor sie ihre Pferde erreichten. Die Überlebenden flohen, mindestens einer von ihnen verletzt, da war sich Cable sicher, und behelligten ihn nie wieder.

Vielleicht glaubten sie, er wäre verhext, dass er nicht getötet werden konnte, und hörten aus diesem Grund auf, ihn oder seine Herde anzugreifen. Und vielleicht war er auch verhext, sagte sich Cable, oder seine Gebete waren erhört worden. Es war gut, daran zu glauben. Dadurch fühlte er sich stärker, und er arbeitete sogar noch härter. In jenem Moment kam ihm zum ersten Mal der Gedanke: Nichts und niemand wird dich von deinem Land vertreiben können. Nichts und niemand.

Im darauffolgenden Jahr wurde ihr erstes Kind geboren. Clare. Und Manuel Acaso half ihnen, den Anbau an ihrem Haus zu errichten. Cable erinnerte sich daran, wie er sich einen Plan dafür zurechtlegte, als er hier neben Martha im Bett lag, mit Clare, die einen Monat alt war, in derselben Wiege, in der jetzt Sandy schlief. Auch damals war Cable wach gelegen und hatte die Decke angestarrt und sich überlegt, dass er eine Scheune bauen würde, wenn der Anbau fertig war.

Daran dachte er nun – und nicht an die Jahre dazwischen – und fühlte sich ruhig und gelassen. Bis das Murmeln von Marthas Stimme, die er neben sich hörte, ihn vollends aufweckte.

»Sie werden heute kommen, nicht wahr?«

Er drehte sich zu ihr. Sie lag auf der Seite, mit offenen Augen, und blickte ihn an.

»Ich schätze schon.«

»Hast du darüber gerade nachgedacht?«

Cable lächelte. »Ich habe an die Scheune gedacht.«

»Du machst dir nicht die geringsten Sorgen, oder?«

»Es bringt nichts, so etwas zu zeigen.«

»Und ich dachte, du versuchst gerade, dich an deinen Grundsatz zu halten. Sich keine Sorgen über etwas zu machen, wogegen man nichts ausrichten kann.«

»Nun ja, daran habe ich auch gedacht.«

Martha lächelte. »Ich liebe dich, Cabe.«

Er drehte sich auf die Seite, zog sie zu sich heran und küsste sie, während er ihre Wangen streichelte. Sein Gesicht war ganz nah an ihrem. »Wir schaffen das.«

»Das müssen wir«, flüsterte Martha.

Als Cable das Haus verließ, stand die Sonne knapp über der Baumlinie am Flussufer. Die Äste der Weiden schwankten in der Brise vor dem bleichen Morgenhimmel. Aber Cable wusste, bald schon würde das grelle Sonnenlicht tiefe Schatten werfen, schwarz gegen gelb, und das sanfte

Wiegen der Bäume würde anders in Erinnerung bleiben, mit anderen Gefühlen verbunden sein.

Zusammen mit Davis und Clare holte er die vier Zugpferde aus der Scheune und brachte sie zum Grasen auf ein Stück Wiese vor dem Zaun. Es wäre wenig hilfreich, wenn sie sich unter Kidstons Herde mischten. Er sattelte den Rotfuchs, ließ aber die Zügel herunterhängen, damit das Pferd noch grasen konnte. Der Rotfuchs würde nicht ausreißen. Danach ging er wieder ins Haus.

Martha trat mit Sandy aus dem Nebenzimmer. »Was hast du vergessen?«

»Meinen Spencer«, sagte Cable. Er nahm den Karabiner und drehte sich dann abrupt um, als er Clares Stimme hörte.

Das Mädchen kam aus dem Vorgarten ins Haus gerannt. »Da kommt jemand.«

Cable trat zur Tür. Hinter ihm rief Martha: »Davis! Clare, wo ist er?«

»Es ist alles in Ordnung.« Cable senkte den Karabiner, als er Davis entdeckte, der zuschaute, wie ein Reiter aus dem Gehölz kam. »Es ist Janroe.«

Das Erste, was Cable an Janroe auffiel, war, dass er zwei Revolver trug – einen im Schulterhalfter, einen an der Hüfte –, zusätzlich zur Schrotflinte, die in der Gewehrtasche an seinem Sattel steckte.

Während Janroe näher kam, fiel Cable sein konzentrierter Blick auf. Er registriert alles, sagte sich Cable, als er sah, wie Janroes Augen vom gesattelten Rotfuchs zu dem Haufen wanderten, der neben der Scheune lag – Kochgeschirr, Kleidungsstücke, mexikanische Stiefel, Bettwäsche und obenauf drei Revolver im Halfter.

Janroe zog die Zügel an und blickte zum Haus. »Jetzt haben Sie sie also tatsächlich vertrieben.« Er tippte an seinen Hut und nickte Martha zu. Dann, als Cable auf ihn zutrat, wandte er den Blick ab. Er machte keine Anstalten, abzusteigen.

»Sie haben wohl nicht erwartet, uns zu sehen«, sagte Cable.

»Ich war mir nicht sicher.«

»Aber Sie waren neugierig.«

Janroes Blick wanderte wieder zu dem Haufen mit Sachen. »Sie haben ihnen die Waffen weggenommen«, sagte er nachdenklich. »Das hätte ich gerne gesehen.« Er blickte Cable an. »Ja, ich hätte einiges gegeben, um das zu sehen. Ist jemand verletzt worden?«

Cable schüttelte den Kopf.

»Kein Schusswechsel?«

»Keine einzige Kugel.«

»Was machen Sie mit ihrem Zeug?«

»Dort liegen lassen. Die werden wiederkommen.«

»Ich glaube, ich würde es verbrennen.«

»Das hatte ich mir auch überlegt. Aber ich denke, das ist kein guter Weg, sich Freunde zu machen.«

»Sie schulden denen doch nichts.«

»Nein, aber ich werde mit ihnen leben müssen.«

Janroe blickte zu dem gesattelten Pferd. »Reiten Sie irgendwohin?«

»Auf die Weide raus.«

»Ich komme mit Ihnen.«

Sie ritten durch das Weidengehölz, ließen die Pferde die anderthalb Meter hohe Böschung hinunterspringen und überquerten die Sandbank, bevor sie das braune Wasser des Flusses erreichten. In der Strommitte wirbelte das Wasser in Brusthöhe um die Pferde herum, dann wurde es nach und nach flacher, bis sie wieder auf einen Streifen Sand kamen und die Böschung hochritten.

»Wollen Sie seine Pferde verjagen?«, fragte Janroe.

»Ich werde sie auf der Weide lassen«, sagte Cable, »sie aber in Richtung seiner Ländereien treiben.«

»Dann wird er sie zurücktreiben.«

»Wir werden sehen.«

»Sie haben ziemlich was vor sich, das wissen Sie, oder?«

Sie ritten Seite an Seite auf die Weide und hielten auf Kidstons Herde zu, aber dann brachte Cable sein Pferd zum Stehen.

»Hören Sie, ich habe Vern und Duane Kidston noch nie getroffen. Ich werde zuerst mit ihnen reden, dann sehen wir weiter.«

Janroe schüttelte den Kopf. »Die werden versuchen, Sie zu vertreiben. Und wenn Sie nicht nachgeben, dann schießen die Sie raus.«

»Wollen Sie jetzt zurückreiten?«

Janroe sah ihn überrascht an. »Ich habe noch Zeit.«

»Und ich habe Arbeit.«

»Also gut«, sagte Janroe ruhig. »Eigentlich wollte ich Sie überreden, mit mir zum Laden zu reiten. Ich habe Ihnen einen Vorschlag zu machen, der Sie interessieren wird.«

»Legen Sie los.«

»Ich muss Ihnen dazu etwas zeigen, und das befindet sich im Laden.«

»Dann muss es warten.«

Janroe zuckte die Achseln. »Wie Sie wollen. Ich sage

nur so viel: Es wird all Ihre Probleme mit einem Schlag lösen.«

Cable sah ihn an. »Was muss ich dafür tun?«

»Vern töten«, sagte Janroe ruhig. »Vern und seinen Bruder.«

Cable war angespannt gewesen, aber jetzt wurde er ruhig. »Einfach so.«

»Das schaffen Sie. So, wie Sie gestern die drei anderen abserviert haben.«

»Und warum sind Sie darauf aus, die Kidstons tot zu sehen?«

»Ich sehe die Sache von Ihrer Seite aus.«

»Ganz bestimmt.«

»Schon gut.« Janroe machte eine Pause. »Sie standen John Denaman ziemlich nahe, richtig?«

»Er hat mir am Anfang sehr geholfen.«

»Wussten Sie, dass Denaman Waffen für die Südstaaten geschmuggelt hat?«

Cable blickte Janroe an. »Sind Sie sicher?«

»Er war nur ein Teil des Ganzen. Es geht um Enfields, Gewehre, die von den Briten nach Mexiko verschifft wurden. Mittelsmänner der Konföderation bringen sie dann über die Grenze, und Denamans Laden war einer der Übergabepunkte. Es war seine Aufgabe, die Waffen so lange zu verstecken, bis andere sie abholten, um sie nach Osten zu verfrachten.«

»Und was haben Sie damit zu tun?«

»Nachdem Denaman gestorben ist, wurde ich hergeschickt, um seinen Platz einzunehmen.«

Cables Augen blieben auf Janroe gerichtet. Der Mann war also ein Agent der Konföderation. Und John Denaman war auch einer gewesen. Das war eigentlich schwer vorstellbar, denn es schien unwahrscheinlich, dass der Krieg in eine so entlegene Gegend vordrang. Aber das tat er. Fünfzehnhundert Meilen jenseits der Gefechte, fast eine andere Welt, aber so war es.

»Ich habe es Ihnen schon erzählt«, sagte Janroe, »ich habe unter Kirby Smith gedient. Habe meinen Arm im Kampf gegen die Yankees verloren. Als sie mir sagten, dass ich als Soldat nicht mehr von Nutzen bin, habe ich mich auf solche Aufgaben verlegt. Vor acht Monaten haben sie mich hier rausgeschickt, damit ich für Denaman übernehme.«

»Und Manuel?«, fragte Cable. »Ist er daran beteiligt?«

Janroe nickte. »Er kundschaftet für die Leute, die die Gewehre herbringen, die Gegend aus. Damit ist er gerade beschäftigt.«

»Wann kommt er zurück?«

»Was wollen Sie? Überprüfen, ob meine Geschichte stimmt?«

»Ich habe schon an Manuel gedacht. Es ist lange her, dass ich ihn gesehen habe.«

»Er wird in ein, zwei Tagen zurück sein.«

»Weiß Luz von den Waffen?«

»Man kann nicht im selben Haus leben und nichts davon mitbekommen.«

»Das ist es also, was ihr zu schaffen macht.«

Janroe warf ihm einen merkwürdigen Blick zu. »Hat sie Ihrer Frau etwas erzählt?«

Cable schob die Frage beiseite. »Das ist unwichtig. Sie haben damit angefangen, dass ich Vern und Duane Kidston umbringen soll.«

Janroe nickte. »Was sagen Sie dazu?«

»Sie wollen, dass ich die beiden zur Strecke bringe. Dass ich sie niederschieße, wie man es mit einem Tier macht.«

»Genau.«

»Das ist Mord.«

»Es ist Krieg.«

Cable schüttelte den Kopf. »Was mich angeht, ist der Krieg vorbei.«

Janroe blickte ihn an. »Man hört nicht auf, an seine Ideale zu glauben, nur weil man aufgehört hat, zu kämpfen.«

»Ich bin gerade mit eigenen Problemen beschäftigt.«

»Aber was, wenn es da eine Verbindung gibt? Zwischen Ihren Problemen und dem Krieg?«

»Die sehe ich nicht.«

»Dann machen Sie die Augen auf«, sagte Janroe. »Vern versorgt die Unionstruppen mit frischen Pferden. Er tut, was er kann, genau wie jeder Yankee-Soldat an vorderster Front. Duane hat eine zwölfköpfige Bürgerwehr gebildet. Das hört sich nicht nach viel an, aber was passiert, wenn er das mit den Waffenlieferungen herausfindet? Funktionstüchtige Gewehre, sehnsüchtig von den Soldaten der Konföderierten erwartet. Aber auch wenn das alles nicht eintritt – sobald Sie Duane kennen, werden Sie ihn umbringen wollen. Das schwöre ich bei Gott.«

Janroe beugte sich zu Cable vor. »Das ist es, worauf ich hinauswill. Diese beiden Männer ins Visier zu nehmen, ist das Gleiche, wie eine Waffe auf Yankees zu richten. Der einzige Unterschied ist, Sie kennen ihre Namen.«

Cable schüttelte den Kopf. »Der einzige Unterschied ist, ich bin kein Soldat mehr.«

»Brauchen Sie eine Uniform, um zu töten?«

»Sie wissen, was ich meine.«

»Ich weiß genau, was Sie meinen«, sagte Janroe. »Sie brauchen einen Vorwand. Sie brauchen etwas, um Ihr Gewissen zu unterdrücken, wenn Sie den Abzug drücken. So etwas wie eine Lizenz, damit es nicht Mord genannt werden kann.«

Cable sagte nichts. Er hörte zu, aber sein Blick schweifte gedankenverloren über die Pferde hinweg.

Janroe beobachtete ihn. »Genau das ist Ihr Problem. Sie wollen Vern und Duane von Ihrem Land haben, aber Ihnen fehlt die Lizenz, sie zu verjagen. Sie haben keinen Vorwand, den Ihr Gewissen akzeptiert.« Janroe hielt inne. Er wartete, bis Cable seinen Blick nicht mehr umherwandern ließ und ihm direkt in die Augen schaute.

»Ich kann Ihnen diesen Vorwand geben, Mr. Cable. Ich kann Sie mit dem schrecklichsten Jagdschein ausstatten, den Sie sich vorstellen können, und Ihr Gewissen wird sich zurücklehnen und vor sich hin grinsen.«

Cable blieb stumm, während er sich Janroes Worte durch den Kopf gehen ließ. Auf einen Schlag war ihm alles klar, und er wusste, welchen Plan der Mann verfolgte. »Wenn ich für Sie arbeite«, sagte Cable, »wenn ich ein Agent wäre, würde es zu meinen Pflichten gehören, die beiden zu erledigen.«

Janroe schien zu lächeln. »Ich könnte es Ihnen sogar befehlen.«

»Warum ich? Wenn es Ihnen so wichtig ist, warum haben Sie es nicht schon selbst versucht?«

»Weil ich es mir nicht leisten kann, mich mit solchen Dingen herumzuschlagen. Wenn man mich schnappt, was passiert dann mit den Waffenlieferungen?«

»Und wenn die Sache schiefgeht«, fragte Cable, »wer kümmert sich dann um meine Familie?«

»Sie haben nichts zu verlieren«, sagte Janroe ruhig. »Was ist, wenn Vern Sie erschießt? Und was passiert mit Ihnen allen, wenn er Sie von hier fortjagt?«

Cable schüttelte den Kopf. »Ich habe diese Leute noch nie gesehen, und Sie wollen, dass ich sie umbringe.«

»Dazu wird es sowieso kommen«, sagte Janroe selbstsicher. »Ich biete Ihnen nur die Möglichkeit, als Erster zuzuschlagen.«

»Das weiß ich zu schätzen«, sagte Cable. »Aber wie wäre es, wenn Sie sich künftig aus meinen Angelegenheiten raushalten? Sie hören auf, sich um mich zu kümmern, und ich verrate Sie nicht. Wie wäre das?« Er konnte sehen, wie das entspannte Selbstvertrauen aus Janroes Miene wich und eine ausdruckslose Maske mit einer dünnen Linie unterhalb seines Schnurrbarts hinterließ.

»Sie sind ein Dummkopf«, sagte Janroe ruhig. »Aber das werden Sie erst verstehen, wenn es zu spät ist.«

»Sei's drum«, sagte Cable. Er sprach besonnen, hob nicht seine Stimme, aber nun wurde er ungeduldig, denn er wollte, dass Janroe endlich verschwand. »Mehr Zeit habe ich dafür im Augenblick nicht. Wie wäre es, wenn Sie noch mal wiederkommen?«

»Wenn Sie dann noch hier sind.« Janroe ließ die Zügel schnalzen und setzte sich in Bewegung.

Lass ihn ziehen, sagte sich Cable, während er Janroe nachblickte, der in aller Ruhe wegritt und dann erst in einen leichten Trab fiel. Er wartet darauf, dass du ihn zurückrufst. Aber da wird er lange warten, weil du auch ohne Mr. Janroe zurechtkommst. Irgendetwas stimmte mit dem Mann nicht. Cable war geneigt, ihm zu glauben, dass er als Soldat gedient und nun als Agent tätig war. Aber dass er die Kidstons tot sehen wollte – das war etwas anderes; als würde er sich darauf freuen. Als wollte er sie nur um der Sache willen töten und nicht aufgrund der Umstände. Wahrscheinlich war es am besten, Janroe aus dem Weg zu gehen. Er hatte auch so schon Sorgen genug.

Cable trieb seinen Rotfuchs in einem weiten Bogen über die Weide und näherte sich der Herde gegen den Wind. Er zählte sechsunddreißig Pferde, alles Stuten und Fohlen. Sie hoben den Kopf, als sie seinen Geruch wahrnahmen und ihn kommen hörten. Und dann setzten sie sich in Bewegung, zunächst ganz langsam, um ihm aus dem Weg zu gehen, dann im Galopp, als er mit dem Rotfuchs auf sie zujagte. Einige versuchten, Haken zu schlagen, aber der Wallach folgte aufmerksam Cables Kommandos, scherte immer wieder nach links und rechts aus, um die Herde zusammenzuhalten und voranzutreiben.

Wo der Saber River das Tal kreuzte und einen Bogen hin zur Ostseite der Weide beschrieb, ließ er die Tiere durch das Wasser spritzen, setzte sich dann wieder hinter sie und trieb sie, so schnell wie die Fohlen konnten, den schmalen, nach links verlaufenden Talkorridor entlang. Nachdem sie schätzungsweise vier oder fünf Meilen zurückgelegt hatten, kamen grasende Rinder in Sicht, und an der Stelle setzte sich Cable von der Herde ab. Dies mussten die Ländereien der Kidstons sein.

Er nahm nicht den Weg zurück durch das Tal, sondern ritt den nächstgelegenen Anstieg hoch, überquerte den offenen Hang bis hin zu einer Schlucht, die von Gelb-Kiefern überschattet war. Oben auf dem Kamm angelangt, schaute er nach Westen über das wirre, felsige Land hinweg zu dem dräuenden Horizont voll zerklüfteter, abweisend stummer Gebirgssteine. Kurz vor dieser Grenze lag das Haus von Juan Toyopa, wo nun Kidston lebte.

Cable legte fast eine Meile auf dem Grat zurück, bevor er einen Weg den Osthang hinunter fand. Er ritt den schmalen Pfad entlang, spürte unter seinem Rotfuchs das abfallende Gelände und erblickte zwischen den Baumkronen wieder das Tal. Bald war er wieder auf Höhe seines Hauses. Einige Meter weiter brachte er sein Pferd zum Stehen.

Vor ihm, am Rande des Pfads, stand eine junge Frau und blickte durch die Bäume hindurch ins Tal. Luz Acaso, dachte Cable. Nein.

Beim ersten Blick auf die in Weiß gekleidete junge Frau war Luz vor seinem inneren Auge aufgetaucht. Aber Luz verschwand wieder, sobald er ihr blondes Haar bemerkte – das von einem Band zusammengehalten wurde und plötzlich über ihre Schulter fiel, als sie sich umdrehte und ihn entdeckte.

Ihre Bewegung war abrupt gewesen, aber nun stand sie da und blickte ihn seelenruhig an. Sie nahm die Reitpeitsche, die an ihrem Handgelenk hing, und hielt sie hoch, mit beiden Händen, nicht weil sie sich angegriffen fühlte, eher wie eine Pose.

»Ich habe Sie mir älter vorgestellt«, sagte die junge Frau. Sie musterte ihn wortlos, als würde sie versuchen, sein Alter zu erraten oder an was er gerade dachte oder was ihn auf diesen Bergkamm gebracht hatte.

Cable schwang sich aus dem Sattel, ließ sie aber nicht aus den Augen. Sie war ruhig und gelassen – das konnte er sehen – und blickte ihn immer noch aufmerksam an: eine auffallend schöne Frau, groß, wenn auch nicht so groß wie Martha, aber bestimmt sechs Jahre jünger, schätzte Cable.

»Sie wissen, wer ich bin?«, fragte er.

»Bill Dancey hat uns von Ihnen erzählt.« Sie lächelte. »Royce und Joe Bob haben ihm dabei geholfen.«

»Dann sind Sie eine Kidston«, sagte Cable.

»Sie werden es weit bringen«, sagte die junge Frau leichthin.

Cable runzelte die Stirn. »Sind Sie Verns … Tochter?«

»Duanes. Ich bin Lorraine, falls Ihnen das etwas sagt.«

»Ich weiß nicht, warum, aber ich habe mir Ihren Vater unverheiratet vorgestellt.«

Ihre Augenbrauen hoben sich interessiert. »Wie haben Sie sich ihn denn vorgestellt?«

»Ich weiß nicht. Als durchschnittliche Erscheinung.«

Lorraine lächelte. »Sie werden nicht enttäuscht sein.«

Cable starrte sie an. »Sie scheinen nicht viel Respekt vor ihm zu haben.«

»Dazu gibt es auch keinen Grund.«

»Dass er Ihr Vater ist, reicht nicht aus?«

Lorraine setzte ein allwissendes Lächeln auf. »Ich wusste, dass Sie das sagen würden.«

»So, wussten Sie das. Wie alt sind Sie?«

»Fast neunzehn.«

Cable nickte. Das erklärte einiges. »Sie sind zur Schule gegangen. Und Sie sind überdurchschnittlich hübsch, wovon Sie sicher selbst überzeugt sind. Und wahrscheinlich haben Sie immer Ihren Willen bekommen, seit Sie denken können.«

»Und wenn das alles richtig wäre«, sagte Lorraine, »was dann?«

Cable schüttelte den Kopf. »Ich weiß es nicht.«

»Was wollen Sie damit sagen?«

Jetzt war es Cable, der lächelte. »Sie haben nicht so reagiert, wie ich vermutet habe.«

»Wenigstens sind Sie ehrlich«, sagte Lorraine. »Die meisten Männer hätten versucht, sich in dieser Situation aufzuspielen. Normalerweise schmunzeln sie und sagen: ›Nun, du wirst die Dinge anders sehen, wenn du etwas älter bist.‹« Lorraine hob die Augenbrauen. »Leider gibt es keinerlei Beweis dafür, dass die Weisheit mit dem Alter kommt.«

Cable nickte. Wenn er sie ließe, würde dieses Mädchen ihn in Grund und Boden reden. Aber wenn sie das bei Martha versuchen würde ...

Cable lächelte. »Warum kommen Sie nicht mit runter und lernen meine Frau kennen?«

Lorraine zögerte. »Ich glaube, ich sollte nicht im Weg stehen.«

»Sie würden Martha nicht im Weg stehen. Es würde sie freuen, wenn sie sich hinsetzen und mit jemandem reden könnte.«

»Ich meinte nicht Ihre Frau, sondern meinen Vater. Er ist schon auf dem Weg.« Sie bemerkte, dass Cables Miene sich änderte. »Haben Sie nicht damit gerechnet, dass er kommt?«

»Jetzt?«

»Sobald er seine Leute zusammenhat«, sagte Lorraine. »Vern nicht, der ist gestern in Richtung Fort Buchanan aufgebrochen, um Pferde zu verkaufen.« Sie schaute weg. »Sie wissen, dass man von hier oben durch die Bäume Ihr Haus beobachten kann. Ich bin hergekommen, um zuzusehen.«

Sie trat rasch einen Schritt zurück, als Cable an ihr vorbeiritt und den Rotfuchs bereits den Pfad hinuntertrieb, während er noch gar nicht richtig im Sattel saß. Sie rief ihm nach, er solle warten, aber er ritt weiter und blickte nicht zurück. Er folgte den langen, stufenartigen Serpentinen, die durch den Wald ins Tal führten, und war bald schon außer Sicht.

Martha hatte den Ofen bereits zum zweiten Mal geputzt. Sie trat mit dem Eimer in der Hand aus dem Haus, und als sie am Ende der Ramada angelangt war, hob sie ihn hoch und schüttete das dreckige Wasser ins Sonnenlicht. Sie beobachtete, wie das Wasser einen Moment grau glitzernd in der Luft hing, bevor es auf den festgetretenen Boden klatschte. Dann hörte sie ein herannahendes Pferd und drehte sich um.

»Clare!« Ihre Augen waren blitzschnell bei den Kindern, die im Schatten der Zitterpappeln spielten. Als sie aufblickten, rief sie nicht mehr ganz so laut: »Clare, bring die Jungs für eine Weile ins Haus.«

»Warum müssen wir …« Davis' Stimme verstummte. Er machte keine Anstalten, sich zu erheben.

Martha blickte zum Stall, dann wieder zu den Kindern. »Ich sage es nicht noch mal, Davis!« Die Kinder standen auf und kamen unter den Bäumen hervor.

Sie hörte das Pferd wieder, außerdem ein Rascheln und Knirschen, als würden Zweige zerbrechen. Sie winkte die

Kinder ins Haus, aber Clare zögerte und blickte zu den Bäumen hinüber. »Was ist das für ein Geräusch?«

»Wahrscheinlich gar nichts«, sagte Martha. »Los, rein jetzt!«

Während sie hintereinander zum Haus traten, kam Cable angeritten. Martha atmete langsam aus und sah zu, wie er abstieg und auf sie zukam.

Sie wollte sagen: Cabe, das ist es doch nicht wert! Ein Schreck nach dem anderen, die Kinder ins Haus scheuchen, sobald etwas Ungewöhnliches zu hören ist. Aber sie blickte Cable ins Gesicht, und die Worte verschwanden.

»Was ist los?«

»Sie sind auf dem Weg.«

Martha blickte zum Haus, zu den drei Kindern, die aus dem Schatten der Ramada zu ihnen herüberschauten. »Clare, gib den Jungs einen Keks mit Marmelade.«

Als sie sich wieder umdrehte, hörte sie aufs Neue das Rascheln und Knirschen. Sie sah, wie ihr Mann seine Hand an den Colt legte. In dem Moment kam Lorraine Kidston hinter dem Haus hervor.

»Ich habe beschlossen«, sagte sie im Näherkommen, »dass es lustiger ist, alles von hier aus zu verfolgen.« Sie ließ die Zügel fallen und streckte Cable die Arme entgegen. Als er zögerte, sagte sie: »Wollen Sie mir nicht helfen?«

Cable hob sie vom Pferd herunter, spürte, wie sie sich dabei an ihn schmiegte, und trat, nachdem er sie abgesetzt hatte, sofort einen Schritt zurück. »Martha, das ist Lorraine Kidston. Duanes Tochter.«

Martha bemerkte sein Unbehagen. Er wollte ruhig wirken, das wusste sie, aber sein Kopf war woanders. Und ihr fiel auch Lorraines Selbstvertrauen auf. Lorraine amüsierte sich über diese Situation, und irgendwie hatte sie es geschafft, dass Cable sich im Nachteil fühlte. Martha nickte Lorraine zu, während Cable ihr Zusammentreffen auf dem Bergkamm beschrieb. Sie konnte nicht anders, als zu denken, dass sie womöglich gleich den Löwen zum Fraß vorgeworfen wurden, und Lorraine, in bestes, weißes Leinen gekleidet, war gekommen, um sich das Spektakel anzusehen.

»Bitte treten Sie doch ein«, sagte Martha freundlich. »Wenn Sie wünschen, können wir Ihnen gerne einen Stuhl ans Fenster stellen.«

Lorraine zögerte, aber nur für einen Moment. Dann nickte sie und meinte: »Das ist sehr liebenswürdig von Ihnen.«

Die Kinder standen in der Tür und starrten Lorraine an. Martha stellte sie vor, bevor sie den schattigen Unterstand betraten, und strich dann Sandy das Haar aus der Stirn. »Die kleinen Cables bekommen jetzt Kekse mit Marmelade. Möchten Sie sich zu ihnen gesellen?«

»Nein, danke«, sagte Lorraine. Sie nickte den Kindern freundlich zu, zeigte aber keinerlei Interesse an ihnen und drückte sich durch die Tür, als wollte sie sie auf keinen Fall berühren. Martha folgte ihr, führte die Kinder an den Tisch und ließ sie Platz nehmen. Einen Augenblick später trat Cable ins Haus, den Karabiner in der Hand.

Als er das Gewehr zwischen den beiden Vorderfenstern an die Wand lehnte, scherzte Lorraine: »Ich hoffe, Sie erschießen meinen Vater nicht.«

Cable schloss beide Läden des rechten Fensters, aber nur einen des linken, das näher bei der Tür lag. Dann wandte er sich um. »Das hoffe ich auch.«

»Och, seien Sie doch nicht so ernst«, sagte Lorraine. »Wenn es Duane ist, der das Wort führt, können Sie sicher sein, dass er es vermasselt.«

Cable bemerkte, dass Martha einen Augenblick lang überrascht war. Sie sah Lorraine an, während sie eine Schüssel mit Keksen auf den Tisch stellte. »Miss Kidston«, sagte Cable sanft, »hat keine sehr hohe Meinung von ihrem Vater.«

Martha richtete sich auf und wischte sich die Hände an ihrer Schürze ab. »Wie nett.«

Lorraine blickte sie misstrauisch an. Dann, als spürte sie einen Drang, sich zu verteidigen, sagte sie: »Wenn mir nichts an seiner Person Respekt abverlangt, sehe ich nicht ein, warum man ihn respektieren soll, nur, weil er mein Vater ist.«

Cable wollte die Sache Martha überlassen. Er sah sie an, in Erwartung einer Antwort, aber Martha blieb stumm. Die Stille wurde länger und länger, wodurch Lorraines Worte an Kraft verloren und sie sich bemüßigt fühlte, noch etwas hinzuzufügen.

»Das werden Sie nicht verstehen, nehme ich an«, sagte Lorraine abwehrend.

»Schwerlich«, antwortete Martha, »ich habe Ihren Vater nie kennengelernt.«

»Aber Sie kennen ihn«, sagte Lorraine und blickte zu Cable. »Er gehört zu der Sorte, die nichts sagen kann außer dem Offensichtlichen.« Cable schaute aus dem Fenster. Er achtete nicht auf sie, und so wanderte Lorraines Blick rasch wieder zu Martha.

»Ich kenne jedes Mal seine Antwort. Auf alles, was ich sage«, fuhr Lorraine fort. »Entweder ist es irgendeine nichtssagende Weisheit oder ein fader Witz. Vern ist das genaue Gegenteil davon. Er sitzt da wie ein grauer Stein, und zuerst hält man es für Geduld. Dann, wenn man einige Sitzungen mit ihm hinter sich hat, merkt man, dass er einfach nichts zu sagen hat. Ich bin mir noch unschlüssig, was schlimmer ist, Duane zuzuhören oder von Vern gar nichts zu hören.«

»Es scheint«, soufflierte Martha, »als ob Sie noch nicht viel Zeit mit den beiden verbracht haben.«

Das gab den Startschuss. Lorraine gab eine nonchalante Zusammenfassung ihres bisherigen Lebens, in fast gleichgültigem Ton, aber Martha wusste, wie sehr sie die Vorstellung genoss.

Lorraines Eltern hatten sich getrennt, als sie sieben war, und sie hatte fortan bei ihrer Mutter gelebt. Was nicht hieß, dass ihre Mutter sieben oder acht Jahre gebraucht hatte, um zu erkennen, was für ein monumentaler Langweiler Duane war. Sie hatte nur ihre besten Jahre der geringen Hoffnung geopfert, er würde sich ändern. Am Ende, als ihre Belastungsgrenze überschritten war, verließ sie ihn – und Gallipolis, denn diese Stadt in Ohio war genauso wie Duane selbst. Wundervolle Jahre folgten, fast zehn davon. Dann starb ihre Mutter unerwartet, und sie musste zurück zu ihrem Vater, der damals in Washington war. In der Army. Das war vor zwei, drei Jahren, und Lorraine blieb dort, während Duane im Krieg kämpfte. Als Duane vom Militärdienst befreit wurde – »vom aktiven Dienst zurücktrat«, wie er behauptete –, traf sie die unglückliche Entscheidung, ihm hierher zu folgen. Und nun, nachdem sie über ein Jahr mit Duane und Vern zusammengelebt hatte, war sie zu der festen Überzeugung gelangt, dass keiner von beiden jemals in seinem Leben einen eigenständigen Gedanken gefasst hatte.

Cable hörte zu, während sein Blick über den Hof wanderte, zu den Bäumen und dem Weideland dahinter. Man durfte nicht alles glauben, was Duane und Vern anging. Selbst wenn sie für eine Achtzehnjährige einfältige, langweilige alte Männer waren, konnten sie ihn immer noch vertreiben oder sein Haus niederbrennen oder ihn einfach nur umbringen, ganz wie es ihnen beliebte. Nur keinen falschen Eindruck bekommen, sagte sich Cable.

Er hörte Martha fragen, wo sie gelebt hatten, und Lorraine antwortete, Boston, New York City. Philadelphia für eine Saison. Sie fanden, es machte mehr Spaß, herumzuziehen.

Obwohl sie diesen Ton anschlug, hatte Martha Mitleid mit ihr, das wusste Cable. Er beobachtete den still daliegenden Hof und die Bäume mit ihren üppigen Ästen, die bewegungslos über leeren Schatten hingen.

Er versuchte, sich von der Mutter der jungen Frau ein Bild zu machen, und stellte sich die beiden – Lorraine und ihre Mutter – in einem schön möblierten Salon vor, der voller Menschen war. Die junge Frau ging von einer Gruppe zur nächsten und nickte, indem sie den Kopf zur Seite neigte, lächelte und etwas sagte. Alle in der Runde erwiderten ihr Lächeln.

Cable sah sich selbst in diesem Raum, ohne es zu wollen. Plötzlich war er einfach da. Und er dachte, das wäre ihm in der jetzigen Situation ganz recht. Obwohl du nichts zu sagen hättest und nur rumstehen würdest …

Cable entdeckte den ersten Reiter, als er den Fluss bereits halb überquert hatte. Er durchpflügte gleichmäßig das

Wasser und bewegte sich zielstrebig vorwärts. Dann folgten noch drei andere Reiter im Wasser, während zwei weitere – Cable wartete einen Augenblick, um sicher zu sein – am anderen Ufer blieben. Sie waren alle über die Weide gekommen, und Cable konnte hinter ihnen die grasenden Pferde erkennen. Sie hatten die Stuten und Fohlen zurückgebracht.

Als alle Männer den Fluss überquert hatte, stiegen sie rasch ab und liefen geduckt zu einer fünf Fuß hohen Böschung, um dort in Deckung zu gehen. Einer der Männer kümmerte sich um die Pferde. Er führte sie weiter den Fluss hinab, wo die Bäume dichter nebeneinanderstanden.

Aus der Schusslinie, dachte Cable. Er vernahm hinter sich Lorraines Stimme. Dann Marthas. Aber er hörte nicht hin. Das hier hätte genauso vor neun Monaten passieren können, sagte er sich, während er die Bäume und das offene Weideland dahinter beobachtete. Es könnte am Tishomingo Creek sein, wenn du über ein Kornfeld blicken würdest, und dahinter, eine halbe Meile durch Bäume und Dornbüsche, läge Brice's Crossroads. Aber jetzt bist du nicht Teil einer fünfundachtzig Mann starken Truppe.

Nein, damals waren es sogar hundertfünfunddreißig Mann, dachte er. Forrest hatte Gatrells Georgia-Kompanie als Begleitschutz dabei.

Wie viele von denen hättest du jetzt gerne hier?

Vielleicht vier, das würde reichen. Ausgerüstet mit Flinten und Pistolen, und die Kidstons würden gar nicht wissen, wie ihnen geschieht. Aber jetzt musst du selbst Forrest übertreffen. Der hatte bei Brice's Crossroads einer doppelt so großen Einheit gegenübergestanden. Und gesiegt. Bei dir ist das Verhältnis sechs zu eins.

Er konnte über der Uferböschung nur ihre Köpfe erkennen, mit einem Abstand von ein paar Schritten. Er nahm immer noch Lorraines Stimme wahr und dachte jetzt, da er die Männer beobachtete: Worauf warten die?

Ein Gewehrlauf tauchte über der Böschung auf, zielte fast senkrecht in die Luft, entlud sich mit einem lauten Knall und Lorraine verstummte.

Cable drehte sich vom Fenster weg. »Martha, bring die Kinder ins andere Zimmer.« Sie blickten ihn an. Die Kinder, Martha und Lorraine blickten ihn fragend an, aber er wandte sich wieder zum Fenster.

Cable hörte, wie Lorraine meinte: »Es bringt ihn um, wenn er merkt, dass ich hier bin.«

»Das weiß er bereits«, sagte Cable, ohne sich umzudrehen. »Ihr Pferd steht da draußen.«

Ihre Stimme wurde heller. »Stimmt!« Sie trat neben Cable ans Fenster. »Jetzt weiß er nicht, was er tun soll.«

»Irgendetwas wird er schon unternehmen«, sagte Cable.

Das Gewehr kam wieder zum Vorschein, jetzt mit einem weißen Tuch am Ende des Laufs. Es wurde langsam hin- und hergeschwenkt.

»Ergeben Sie sich«, sagte Lorraine spöttisch, »oder Major Kidston lässt die Redoute stürmen. Ich fasse es einfach nicht.«

Cable fragte: »Ist er das?«

Lorraine schaute ihm über die Schulter. Vier Männer waren die Böschung hochgeklettert und kamen nun zwischen den Bäumen hervor, einer davon ein paar Schritte vor den anderen. Er bedeutete den anderen stehen zu bleiben und ging dann weiter, bis er die Mitte des Hofs erreicht hatte. Der Mann, nach dem Cable gefragt hatte, trug einen Bart, einen Schlapphut, wie er in der Armee getragen wurde, verziert mit zwei gelben, ineinander verschlungenen Kordeln und einem Messingadler, mit dem die Krempe auf der rechten Seite an die Krone geheftet war. Er hatte Armeestiefel an, im Halfter an seiner linken Hüfte steckte eine Pistole, ungesichert und mit dem Knauf nach vorne.

Er blickte zurück zu den drei Männern und sah, dass sie immer noch vor den Bäumen standen und keinen Schritt vorwärts getan hatten. Dann richtete er seine Aufmerksamkeit wieder auf das Haus, stellte sich breitbeinig hin und stemmte die Hände in die Hüften.

»Manchmal macht mich Duane einfach sprachlos«, sagte Lorraine.

»Der da vorne ist Ihr Vater?«, fragte Cable, um sicherzugehen.

»Natürlich, wer sonst?«

»Der mit der Fahne ist Royce«, sagte Cable.

»Und Joe Bob und Bill Dancey stellen die Reserveeinheit«, meinte Lorraine. »Es sieht nicht so aus, als wäre es Bill wohl in seiner Haut.«

Cable hatte die Augen noch immer auf ihren Vater gerichtet. »Wo steckt Vern?«

»Ich sagte Ihnen doch schon, er ist nach Fort Buchanan geritten.« Lorraine warf erneut einen Blick auf ihren Vater. »Er liebt es, sich in Pose zu werfen. Heute ist er Sheridan vor der Schlacht um Missionary Ridge. Das war doch Sheridan, oder?«

»Cable!«

»Achtung, er spricht zu uns«, sagte Lorraine feierlich.

»Cable, zeigen Sie sich!«

Cable trat an Lorraine vorbei in die offene Tür. Er blickte nach draußen zu Duane. »Hier bin ich.«

Duane nahm die Hände von den Hüften. Bevor er weitersprach, musterte er Cable einen Moment lang streng. »Wo haben Sie meine Tochter?«

»Sie ist hier«, sagte Cable.

Duane starrte ihn wortlos an, seine Augen hatten sich zu Schlitzen verengt, und sein Kiefer malmte. Dieser ganze Auftritt ist zu unserem Vorteil, sagte sich Cable, er schauspielert und konzentriert sich nicht. Er sah, wie Duane eine Taschenuhr aus der Weste zog, sie aufspringen ließ und auf das Zifferblatt schaute.

Dann blickte er auf. »Sie haben drei Minuten Zeit, um meine Tochter freizulassen. Wenn Sie das nicht tun, bin ich nicht verantwortlich für das, was dann passiert.«

»Ich halte sie nicht fest.«

»Sie haben drei Minuten, Mr. Cable.«

»Hören Sie, Ihre Tochter ist aus freien Stücken hergekommen. Sie kann jederzeit gehen.« Er hörte Lorraine hinter sich lachen.

Cable sah sie an. »Sie gehen jetzt besser raus zu ihm.«

»Nein, noch nicht«, sagte sie. »Zwingen Sie ihn, Farbe zu bekennen. Und dann sehen wir, was er tut.«

»Hören Sie, während Sie hier Ihren Spaß haben, laufen meine Frau und die Kinder Gefahr, erschossen zu werden.«

»Er wird nicht schießen, solange ich bei Ihnen bin.«

»Das werden wir nicht herausfinden.« Cable griff nach ihrem Arm. Lorraine zog ihn zurück, aber Cable hielt sie fest und zerrte sie zur Tür. Er sah, wie Duane die Uhr in seine Westentasche steckte und sich ein selbstgefälliges Lächeln unter seinem ordentlich gestutzten Bart formte.

»Sie sehen plötzlich etwas besorgt aus, Mr. Cable«, sagte Duane. Seine Hände wanderten wieder zu seinen Hüften.

Lorraine schnappte theatralisch nach Luft, während er sie durch die Tür schob: »Das ist doch kaum zu glauben …«

»Gehen Sie jetzt«, flüsterte Cable. Zu Duane sagte er: »Ich habe Ihnen doch gesagt, dass ich Ihre Tochter nicht festhalte. Was muss ich noch tun, um Sie zu überzeugen?«

Duanes Miene verfinsterte sich. »Sie halten den Mund, bis Sie wieder dran sind.« Seine Augen wanderten zu Lorraine, die unter der Ramada stand, nur wenige Schritte von Cable entfernt und halb ihm zugewandt. Sie stand geduldig mit verschränkten Armen da. »Lorraine, nimm dein Pferd und reite nach Hause.«

»Ich bleibe lieber hier.« Sie blickte zu Cable und zwinkerte ihm zu.

»Das ist nichts, was eine junge Frau mit ansehen sollte«, sagte Duane ernst.

»Ich will deinen großen Auftritt nicht verpassen«, sagte Lorraine. »Gleich ist es doch so weit.«

»Lorraine, ich warne dich!«, rief Duane.

»Ach, hör auf! Wovor willst du mich denn warnen?«

Duanes Stimme wurde laut. »Ich sage es dir nicht noch einmal!«

Lorraine schüttelte lächelnd den Kopf. »Sieh dich doch nur an.«

»Lorraine …«

»Schon gut.« Sie hielt die Hände hoch, und er verstummte. »Ich ergebe mich.« Sie lachte wieder und schüttelte den Kopf. Dann ging sie langsam zu ihrem Pferd, stieg auf und ritt gemächlich über den Hof, während sie ihrem Vater freundlich zulächelte. Sie blickte ihn so lange an, bis sie die Weidenbäume passierte und er außer Sichtweite war.

Die hat ihren Spaß gehabt, dachte Cable, während er ihr nachsah. Aber nun ist ihr alter Herr wütend und wird es an dir auslassen. Cable blickte zu Duane. Zumindest wird er es versuchen. In diesem Moment hatte er keinerlei Mitleid mit Duane, auch wenn er von seiner eigenen Tochter vorgeführt worden war. Nein, wenn Duane ihn anging, würde er sich wehren. Er hatte keine Zeit, über diesen kleinen aufgeblasenen Mann mit seinem General-Grant-Bart zu lachen. Denn bei aller Theatralik ging es hier immer noch um etwas Grundsätzliches, es ging darum, seine Familie zu beschützen und sein Stück Land. Es ging um Leben oder Tod.

»Was jetzt?«, fragte Cable schroff.

»Jetzt«, antwortete Duane und zog seine Uhr wieder aus der Tasche, »haben Sie bis zwölf Uhr mittags Zeit, um Ihre Sachen zu packen und zu verschwinden.« Er blickte auf seine Uhr. »Ein bisschen weniger als drei Stunden.«

Es ist also so weit, dachte Cable müde. Du hast die ganze Zeit darauf gewartet, und jetzt ist es so weit. Er sah über die Schulter zu seiner Frau, dann wieder zu Duane.

»Ich werde zuerst mit meiner Frau reden, Mr. Kidston. Warten Sie einen Moment.« Er trat einen Schritt zurück und warf die Tür zu.

»Und?«, fragte er.

»Es ist wie gestern, nur mit vertauschten Rollen«, sagte Martha.

Cable lächelte zaghaft. »Wir tun uns schwer, Freunde zu finden, was?«

»Ich glaube, es kommt nicht darauf an, ob Mr. Kidston uns mag oder nicht«, sagte Martha leise.

»Dann bleiben wir«, sagte Cable.

»Hattest du etwas anderes vor?«

»Ich war mir nicht mehr sicher.«

Martha ging ins Schlafzimmer. Sie sah nach den Kindern und gesellte sich dann wieder zu Cable. »Clare bringt den Jungs das Alphabet bei.«

»Sieh zu, dass die Kinder in ihrem Zimmer bleiben, Martha.«

»Das werde ich.«

»Dann nimm die Schrotflinte und stell dich ans Fenster. Aber streck den Gewehrlauf erst raus, wenn ich aus der Tür bin und mich alle ansehen.«

»Was hast du vor?«

»Ich werde mit ihm reden. Sehen, wie vernünftig er ist.«

»Ist Vern auch dabei?«

»Nein. Ich nehme an, Vern erledigt die Arbeit, während Duane Krieg spielt.«

Martha öffnete die Lippen, um zu sprechen, lächelte dann aber und schwieg.

»Was wolltest du sagen?«, fragte Cable.

Sie lächelte noch immer, ein leises Lächeln, das für Cable bestimmt war, nicht für sie selbst. »Ich wollte dir sagen, du sollst vorsichtig sein, aber das hört sich zu abgedroschen an.«

Auch er lächelte für einen Moment und fragte dann: »Bereit?« Sie nickte, und Cable wandte sich zur Tür. Er öffnete sie, machte sie wieder hinter sich zu und trat auf die schattige Ramada.

Duane Kidston hatte sich keinen Schritt bewegt, aber

Royce, der immer noch den Karabiner mit dem weißen Tuch in der Hand hielt, stand nun an seiner rechten Seite. Bill Dancey und Joe Bob hielten wie vorher einige Meter Abstand, standen jetzt aber weiter auseinander.

»Sie haben noch genau …«, Duane sah auf seine Uhr, »zwei Stunden und dreiundvierzig Minuten, um zu packen und zu verschwinden. Nicht eine Minute mehr.«

Cable trat aus dem Schatten ins Sonnenlicht. Er ging auf Duane zu, der von einem Bein auf das andere trat und die Uhr wegsteckte, während Royce sagte: »Lass ihn nicht zu nah rankommen.«

Dann sagte Duane: »Bleiben Sie stehen.«

Cable achtete nicht auf ihn. Er ging weiter, bis er weniger als zwei Meter von Duane entfernt war.

»Ich dachte, wenn wir nicht so schreien müssen, könnten wir die Sache klären.«

»Da gibt es nichts zu klären«, sagte Duane steif.

»Nur, dass Sie mich von meinem Land vertreiben wollen.«

»Diese Annahme ist der Grund für all Ihre Scherereien«, meinte Duane. »Dieses Land gehört Ihnen nicht.«

»Das tut es sehr wohl, seit nunmehr zehn Jahren.«

»Dieses Land gehörte einem Sympathisanten der Konföderierten«, sagte Duane. »Ich habe es im Namen der Regierung der Vereinigten Staaten konfisziert. Und solange nicht ein Gericht entschieden hat, wer der rechtmäßige Besitzer ist, bleibt es unser Eigentum.«

»Und wenn wir nicht gehen?«

»Dann übernehme ich keine Verantwortung für das, was dann passiert.«

»Das gilt auch für meine Familie?«

»Es herrscht Krieg, Mann! Auch Unschuldige müssen leiden. Ich kann nichts tun, um das zu vermeiden.«

»Sie machen es sich ziemlich einfach«, sagte Cable.

»Ich mache es Ihnen ziemlich einfach.« Duane verstummte, als müsste er den Zorn bändigen, der sein Gesicht verfärbte. »Hören Sie, das Einfachste ist, Sie laden Ihren Wagen voll und verschwinden von hier. Diese eine Chance gebe ich Ihnen, weil Sie Familie haben. Wenn Sie allein wären, würde ich Sie als Kriegsgefangenen nach Fort Buchanan bringen.« Duane schnippte mit den Fingern. »Auf die schnelle Tour und ohne weitere Diskussion.«

»Selbst wenn ich kein Soldat mehr bin?«

»Sie sind immer noch ein Rebell. Sie haben für die Feinde der Vereinigten Staaten gekämpft. Wahrscheinlich haben Sie sogar einige gute Jungs für diesen Hinterwäldler von Bedford Forrest getötet. Ich sage Ihnen, ganz gleich, ob Sie eine Uniform tragen oder nicht, wenn Ihre Familie nicht wäre, würde ich alles in meiner Macht Stehende tun, um Sie zu zerstören.«

Joe Bob verlagerte sein Gewicht von einem Bein auf das andere. »Genauso ist es, Major!« Er zwinkerte Bill Dancey grinsend zu.

Duane blickte über seine Schulter, aber Joe Bob hatte wieder seine ausdruckslose Miene aufgesetzt. Er stand träge da, mit vorgeschobener Hüfte, und nickte, als Duane sagte: »Ich bin hier derjenige, der redet.«

Wie gestern, dachte Cable. Sie warten nur darauf, dich in der Luft zu zerreißen. Sein Blick wanderte von Royce zu Duane und dann weiter zu Joe Bob.

Wie gestern …

Und irgendwann gelangt man an den Punkt, an dem man die Sache nicht mehr aufschieben kann.

Cable ließ seinen Blick zurück zu Duane wandern, wobei er Joe Bob im Augenwinkel behielt, dann sagte er brüsk: »Eine Schrotflinte ist auf Sie gerichtet.« Er wartete die Reaktion ab, wartete, bis Joe Bob aus seiner Lethargie erwachte und verstand, was er meinte. Und in dem Moment, in dem Joe Bob zum Haus hinüberblickte, handelte Cable. Er zog seinen Colt, spannte den Hahn und zielte damit auf Duanes Brust. Das alles geschah unerwartet, in Sekundenschnelle. Es gab nichts, was Duane und seine Männer dagegen tun konnten.

»Runter von meinem Land«, sagte Cable. »Treten Sie den Rückzug an, Major, oder *ich* übernehme keine Verantwortung für das, was dann passiert.«

Ein Ausdruck von Verwunderung und Bestürztheit lag in Duanes Blick, und sein Mund stand offen, noch bevor er ein Wort herausbekam. »Wir haben die weiße Fahne gezeigt.«

»Sie können Ihre Fahne wieder einpacken.«

»Während einer Feuerpause darf keine Waffe gezogen werden.«

»Ist das gegen die Regeln?«

Duane mäßigte seine Stimme. »Das ist eine Frage der Ehre. Etwas, das weit über Ihren Verstand geht.«

Royce stand da, mit dem Karabiner, an dem das weiße Tuch befestigt war, als hätte er vergessen, dass er ihn in der Hand hielt. »Der ist sein Geld wert. Das muss man ihm lassen.«

»Wollen Sie das Risiko eingehen, Major?« Es war Joe Bob, der sprach. »Ich meine, wenn Sie schnell genug wären …«

»Ich habe dir doch gesagt, du sollst dich da raushalten«, fauchte Duane.

Cable hatte die Augen auf Duane gerichtet, während dieser sprach, auf Duane und was sich hinter ihm abspielte. Er sah, wie ein Reiter den Fluss und die Sandbank überquerte und dann die Böschung hochkam.

»Wollte nur fragen«, sagte Joe Bob träge. »Wenn Sie meinen, Sie könnten sich schnell genug auf den Boden werfen, nehmen wir ihn auseinander.«

Der Reiter hatte jetzt die Weidenbäume hinter sich gelassen. Einen Augenblick bevor sie die Hufe des Pferdes hören konnten, sagte Cable: »Sagen Sie Ihrem Mann, er soll stehen bleiben.«

Joe Bob entdeckte ihn als Erster und rief: »Vern, du verpasst hier gerade was!« Royce und Dancey drehten sich um, als Joe Bob sprach, aber Duane hielt die Augen auf Cable geheftet.

»Du hast zu lange gewartet«, sagte Duane.

Cable trat einen halben Schritt zurück, den Colt immer noch auf Duane gerichtet. Er beobachtete, wie Vern Kidston hinter Dancey auftauchte, näher kam und dann an ihm vorbeiritt. Vern saß schwer und nach vorn gebeugt im Sattel, seine Augen waren auf Cable gerichtet, während er langsam auf ihn zuritt. Einige Meter vor ihm hielt er an, machte aber keine Anstalten, abzusteigen.

Er hatte den Hut tief ins Gesicht gezogen, sodass seine obere Gesichtshälfte im Schatten lag. Ein buschiger Schnauzbart, der seine Mundwinkel bedeckte, gab ihm ein ernstes, gravitätisches Aussehen. Er war jünger als Duane, vielleicht Ende dreißig, und teilte keine von seinen physischen Merkmalen. Vern war merklich größer, aber das war im Moment nicht zu erkennen. Der Unterschied lag in ihrem Auftreten, das merkte Cable sofort. Vern war Vern, ohne sich seiner selbst bewusst zu sein. Er würde nie preisgeben, was ihm gerade durch den Kopf ging. Man nahm einzig und allein den Mann wahr, einen Mann mit eisernem Willen, dessen Autorität niemand anzweifelte. Duane dagegen konnte irgendjemand sein, verkleidet als Mann.

Vern Kidstons Hände lagen locker auf dem Sattelhorn. Er saß bequem auf seinem Pferd und schaute gelassen herunter auf den Mann mit dem Colt in der Hand. Dann wanderte sein Blick unerwartet zu Bill Dancey.

»Wir waren für heute Morgen verabredet. Auf dem Rückweg habe ich auf der Sommerweide Rast gemacht und zwei Stunden auf dich gewartet.«

»Duane sagte, ich soll mit ihm kommen, sonst würde er mich feuern«, sagte Dancey ruhig, aber ein Anflug von Wut lag auf seinem bärtigen Gesicht. »Vielleicht sollten wir klären, von wem ich die Befehle entgegennehme.«

Vern Kidston blickte seinen Bruder an. »Ich reite für einen Tag nach Fort Buchanan und schon reißt du das Kommando an dich?«

»Diesen Mann hier von unserem Land zu vertreiben, ist weitaus wichtiger, als ein Paar Pferde zu verkaufen«, sagte Duane kühl.

»So, findest du.« Verns Blick wanderte zum Haus, dann senkte er ihn. »Sie sind also Cable.«

Cable sah zu ihm hoch. »Auf Sie habe ich gewartet.«

»Davon gehe ich aus.«

Duane ergriff das Wort: »Vern, er hat bei weißer Fahne seinen Colt gezückt.«

Kidston blickte seinen Bruder an. »Ich würde sagen, das

Problem ist eher, dass er ihn immer noch gezückt hält.« Seine Augen wanderten wieder zu Cable. »Ein einzelner Mann hält vier Gegner in Schach.« Er hielt nachdenklich inne. »Sein Colt sieht gar nicht so furchterregend aus.«

Cable richtete seine Pistole auf Vern. »Und wie sieht er jetzt aus?«

Vern schien fast zu lächeln. »Mit einer Waffe zu zielen und sie dann auch abzudrücken, dazwischen liegen sieben Meilen lange Nervenstränge.«

Cable starrte ihn an. Er spürte, wie sich seine Hoffnung, mit Kidston vernünftig reden zu können, verflüchtigte. Sie hatte nur kurz gewährt. Jetzt dachte er: Vern ist wie der Rest von ihnen. Er hat seine Meinung gefasst, es hat keinen Sinn, mit ihm zu diskutieren. Wut stieg in Cable hoch, durchdrang ihn, und er sagte sich: Du gibst nicht nach. Das ist sicher. Keinen Zentimeter.

»Mr. Kidston«, sagte Cable entschieden, »ich habe schon früher um dieses Stück Land gekämpft. Ich musste sogar dafür töten. Darauf bin ich nicht stolz, aber so ist es. Und wenn ich muss, werde ich wieder dafür töten. Wenn Sie meinen, dieses Land wäre nicht meins, müssen Sie etwas dagegen tun.«

»Wie ich höre, haben Sie Familie«, sagte Kidston.

»Um die werde ich mich schon kümmern.«

»Die würde doch nicht wollen, dass Sie vor ihren Augen erschossen werden.«

Cable spannte den Hahn. Der Colt zielte direkt auf Verns Kopf. »Ihre Entscheidung, Mr. Kidston.«

Vern saß ruhig da, die Hände ruhten immer noch auf dem Sattelhorn. »Sie wissen, dass Sie keine Chance hätten, lebend aus dieser Sache rauszukommen.«

»Wie stehen denn Ihre Chancen?«

»Vielleicht hätten Sie gar keine Zeit, abzudrücken.«

»Wenn Sie glauben, die könnten abdrücken, bevor ich es tue … Nur zu, sagen Sie an.«

Joe Bob, der fünf Meter von Cable entfernt stand, sagte: »Warte einfach, Vern. Er kann nicht den ganzen Tag so dastehen. Sobald sein Arm müde wird, jage ich ihm eine Kugel durch den Kopf.«

»Und genau in dem Moment wirst du von einer Schrotladung durchlöchert«, sagte Dancey.

Vern schaute zum Haus hinüber. »Seine Frau?«

»Sieh genau hin«, sagte Dancey. »Eine doppelläufige Flinte lugt aus dem Fenster. Wenn das Gewehr auf dem Fensterbrett liegt, kann sie damit länger auf uns zielen, als wir hier rumstehen können.«

Vern betrachtete einige Momente lang prüfend das Haus, bevor er wieder zu Cable sah. »Sie würden Ihre Frau da mit reinziehen? Ihr Leben riskieren, nur für ein Stück Land?«

»Meine Frau hat einen Apachen erschossen, ein paar Meter von der Stelle entfernt, an der Sie gerade stehen«, sagte Cable schroff. »Die sind genauso hier eingedrungen wie Sie, und sie hat getötet, um ihr Heim zu verteidigen. Vielleicht verstehen Sie das. Wenn nicht, sage ich nur eins: Meine Frau wird wieder töten, wenn sie dazu gezwungen wird. Und ich auch.«

»Vielleicht würden Sie das«, sagte Vern nachdenklich. Es herrschte Stille, bis er wieder zu Duane sah. »Reit nach Hause. Nimm deine Kavallerie und verschwinde.«

»Das werde ich«, sagte Duane kühl, »aber nach Fort Buchanan. Wenn du nicht mit diesem Mann fertigwirst, die Army wird es.«

»Duane, du wirst jetzt nach Hause reiten.«

»Gibst du mir dein Wort, dass du die Sache hier erledigst?«

»Los, verschwinde!«

Duane zögerte, als würde er nach einem Weg suchen, seine Selbstachtung zu wahren. Dann drehte er sich ohne ein Wort um und ritt weg.

Kidston blickte die drei Reiter an. Keiner von ihnen rührte sich. »Ihr auch. Und nehmt euren Kram mit.«

Sie standen da und zögerten, bis Vern wieder zu Cable blickte. Das war das Zeichen, dass sie gehen konnten. Sie nahmen die Sachen, die Cable neben der Scheune aufgestapelt hatte, und folgten Duane in Richtung der Weidenbäume.

»Gut«, sagte Cable, »kommen wir von nun an miteinander aus?«

»Ich glaube nicht, dass Sie noch lange bleiben.«

»Warum?«

»Weil Sie alleine sind«, sagte Kidston ruhig. »Weil Sie Familie haben. Weil Sie ständig einen Knoten im Bauch haben werden, aus Sorge, wann ich zurückkomme. Sie werden nicht schlafen können. Und immer wenn Sie irgendein Geräusch hören, werden Sie vor Schreck auffahren. Ihre Frau wird sagen, dass es das nicht wert ist. Und nach einer Weile, wenn sie mit den Nerven am Ende ist, wird sie nicht mehr mit Ihnen reden, sie wird nicht mehr wie eine Ehefrau für Sie sein, und Sie werden keinen Funken Leben mehr in ihr spüren.«

Cable schaute zum Haus hinüber und rief: »Martha!« Nach einem Moment öffnete sich die Tür, und Martha trat heraus, mit der Schrotflinte unter dem Arm. Kidston blickte sie an, nahm seinen Hut ab und hielt ihn in der Hand, während sie näher kam. Er stand da, die Sonne brannte ihm ins Gesicht und auf das glatte Haar, das dunkel war und ihm am Schädel klebte, weil er so schwitzte. Er nickte, als Cable ihn vorstellte, und setzte dann seinen Hut wieder auf.

»Mr. Kidston meint, wir werden gehen, weil wir es nicht aushalten«, sagte Cable nun. »Er sagt, das Warten und die Ungewissheit werden uns auslaugen, und am Ende werden wir aus freien Stücken das Feld räumen.«

»Was hast du geantwortet?«, fragte Martha.

»Ich habe nicht geantwortet.«

»Dazu gibt es auch nicht viel zu sagen.« Sie ließ den Blick schweifen, sah die Männer in Richtung Fluss reiten und blickte dann wieder zu ihrem Mann. »Nun gut«, sagte sie, »willst du Mr. Kidston jetzt verjagen oder ihn auf eine Tasse Kaffee ins Haus bitten?«

»Ich weiß nicht. Was meinst du?«

»Vielleicht kommt Mr. Kidston noch einmal vorbei, wenn wir uns weiter eingerichtet haben.«

»Vielleicht werde ich das«, sagte Kidston. Er hielt die Augen auf Martha gerichtet. Sie war groß und trug das Gewehr mit Anmut. Sie hatte dunkle, aber warme Augen und erwiderte seinen Blick mit Ruhe und Selbstvertrauen. Die Sonne schien auf ihr schwarzes Haar. Nachdem sie das Haus verlassen hatte, war sie so beherrscht auf ihn zugeschritten, dass ihre Beine unter dem Rock kaum auszumachen gewesen waren.

»Vielleicht bleiben Sie ja«, sagte Vern und hatte immer noch die Augen auf Martha gerichtet. »Vielleicht sind Sie ja von der Sorte Mensch, die bleibt.«

Cable sah ihm nach, wie er Richtung Weidenbäume davonritt, und stellte sich dabei vor, wie dieser Mann mit der ernsten Miene Luz Acaso küsste.

Am Vormittag und den Nachmittag über war Zeit, sich über Kidston Gedanken zu machen und abzuwägen, was er nun tun würde. Aber es gab nur wenig Zeit für Cable und Martha, darüber zu reden.

Vern wollte das Land, und wenn Cable nicht zurücksteckte, wenn er sich nicht mit einfachen Mitteln zwingen ließ, würde man ihn mit Waffengewalt vertreiben. Es war merkwürdig, Vern war direkt und geradeheraus, es war einfach, mit ihm zu reden. Man glaubte, was er sagte, und wusste, dass er keine faulen Sachen machte oder einen über den Tisch ziehen würde. Trotzdem wollte er das Land. Und wenn Warten nichts brachte, dann würde er es sich nehmen. Das war offensichtlich.

Den Nachmittag über war Cable mit Holzhacken beschäftigt, er stapelte einen guten Vorrat an der Rückseite des Hauses. Bald würde er sich wieder um das Vieh kümmern, da blieb wenig Zeit, häuslichen Pflichten nachzugehen.

Dann, nach dem Abendessen, hörte er das Knarren des Scheunentors. Wenn nachts Wind aufkam, wurde das Knarren stärker, und dann wachte er von dem Geräusch auf. Er würde im Bett liegen und nachdenken und keinen Schlaf mehr finden. Cable wusste, dass er sich über die ganze Sache den Kopf zerbrechen würde. Man erwägt alle Möglichkeiten, wie man scheitern kann, und am Ende verliert man die Nerven und läuft davon. Manchmal war es besser, die Dinge einfach laufen zu lassen, sich bereitzuhalten und zu versuchen, das Richtige zu tun. Und nicht die ganze Zeit daran zu denken.

Also ging er in die Abenddämmerung hinaus, um nach dem Tor zu sehen. Er hatte eine Laterne in der Hand, die noch nicht brannte. Cable öffnete das Tor und trat in die schummrige Stille der Scheune. Er hängte die Laterne an einen Haken, und gerade als er die Arme senkte, spürte er den Gewehrlauf im Rücken.

»Jetzt drehen wir den Spieß mal um«, sagte Joe Bob.

3

Royce zog den Colt aus Cables Halfter. Er machte einen Schritt zurück, und Joe Bob trat vor und schlug zu. Sein rechter Haken traf Cable hart auf der Wange. Im Halbdunkel war ein Grunzen zu vernehmen und ein scharfer, klatschender Laut, und Cable prallte gegen die Bretterwand. Joe Bob drehte ihn um, holte wieder aus und brach durch Cables Deckung. Dann machte er sich an die Arbeit, hieb mit beiden Fäusten auf Cable ein, sodass der sich kaum von der Wand lösen konnte, mal traf er ihn in den Unterleib, dann wieder ins Gesicht. Joe Bob verrichtete sein Werk gewissenhaft und systematisch, seine Faustschläge kamen unaufhörlich, einer nach dem anderen, bis Cables Beine nachgaben. Er war nicht in der Lage gewesen, selbst einen Treffer zu landen oder wenigstens seine Deckung aufrechtzuerhalten, und nun rutschte er langsam an der Bretterwand zu Boden. Joe Bob stand mit gebeugten Schultern und schwer hängenden Armen da und wartete. Dann hob er die Ellbogen, holte mit einem Schritt rückwärts Schwung und stieß sein Knie mit voller Wucht in Cables Kiefer.

»Sei leise«, sagte Royce plötzlich.

Es war kein Laut zu hören außer Joe Bobs schwerem Keuchen. Die Stille wurde länger, bis Royce leise sagte: »Ich habe jemanden gehört.«

»Wo?«

»Sch!« Royce schlich in Richtung Scheunentor.

»Cabe?« Das kam von draußen. Es war Marthas Stimme.

Royce atmete langsam aus. Er trat ins offene Scheunentor und sah Martha in der grauen Abenddämmerung. Sie stand vielleicht zehn Meter von ihm entfernt, an der Hausecke.

»Wer ist da?«

»n'Abend, Mrs. Cable!«

»Wer sind Sie?«

»Ich bin's nur, Royce.« Er ging nach draußen.

»Wo ist mein Mann?«

»Drinnen. Joe Bob und ich sind gekommen, um ein paar Sachen zu holen, die wir nicht mitnehmen konnten.« Er machte ein paar Schritte vor. »Und Ihr Mann hilft uns dabei, sie rauszuholen.«

Sie rief über seinen Kopf hinweg: »Cabe!«

Keine Antwort. Fünf Sekunden verstrichen, nicht mehr, dann wandte Martha sich um und rannte los – um die Ecke des Anbaus herum unter die Ramada. Sie konnte ihn hinter sich hören, als sie die Tür ins helle Lampenlicht aufriss und hinter sich zuschlug. Royce warf sich von außen dagegen, sie zögerte – *Tür verbarrikadieren oder Schrotflinte holen* – und rief zu Clare, die mit aufgerissenen Augen im Zimmer stand: »Geh nach nebenan!« Sie war neben dem Ofen und hob gerade die Flinte, als Royce durch die Tür brach. Er bekam den Gewehrlauf in dem Moment zu fassen, als Martha abdrückte, und die Schrotladung schlug krachend in die Decke.

Er warf die Flinte zu Boden und stand schwer atmend da. »Sie wollen mich umbringen.«

»Wo ist mein Mann?«

»Der gute Joe Bob hat noch einige Dinge mit ihm zu regeln.«

Erst jetzt nahm sie wahr, dass die Kinder weinten. Sie konnte sie hinter Royce im anderen Zimmer sehen. Clares Gesicht war rot und glänzte vor Tränen. Und weil sie weinte, weinte auch Sandy, mit vorgeschobener Unterlippe und zusammengepressten Augen. Davis starrte Royce an. Seine Augen waren weit aufgerissen und voller Angst, aber er stand mit geballten Fäusten da und rührte sich nicht.

»Es gibt keinen Grund zu weinen«, sagte Martha. »Kommt, gebt mir einen Gutenachtkuss und legt euch schlafen.« Die drei trugen bereits ihre Nachthemden, sie trauten sich nicht, aus dem Zimmer zu kommen. Martha ging auf sie zu, hielt dann aber inne.

Cable stand auf der Türschwelle. Joe Bob stieß ihn in den Rücken, und er taumelte ins Haus. Fast wäre er dabei zu Boden gegangen, im letzten Moment hielt er sich an einer Stuhllehne fest. Davis blickte seinen Vater an. Seine Schwester und sein Bruder weinten immer noch und schnappten nach Luft.

Als sie sahen, dass Joe Bob auf sie zukam, hörten die beiden Kinder von einer Sekunde auf die andere damit auf. Joe Bob sprach kein Wort. Er warf ihnen nur einen kurzen Blick zu, bevor er ihnen die Schlafzimmertür vor der Nase zuknallte. Sofort weinten sie wieder, jedoch wurde es von der schweren Tür gedämpft.

Martha goss Wasser aus dem Kessel auf ein Geschirrtuch und brachte es Cable, der über die Stuhllehne gebeugt dastand und sich nur mit Mühe halten konnte, indem er sich mit steifen Armen abstützte.

»Bist du in Ordnung, Cabe?«

Er nahm das Tuch, presste es auf seinen Mund, betrachtete dann das Blut darauf und faltete es zusammen, bevor er es erneut an den Mund führte. Seine Zähne pulsierten mit einem stechenden Schmerz, der sich bis in seinen Kopf zog. Er konnte seine Lippen nicht spüren, als er sagte: »Sieht schlimmer aus, als es ist.«

»Dann sollte ich vielleicht noch ein bisschen weitermachen«, sagte Joe Bob.

Martha drehte den Stuhl herum und half ihrem Mann, sich zu setzen.

Cable hob die Augen. »Die Kinder …?«

»Es geht ihnen gut. Sie sind nur verschreckt, das ist alles.«

»Du solltest zu ihnen gehen und mit ihnen reden.«

»Das tun Sie besser nicht«, sagte Joe Bob. »Die halten nach einer Weile schon von allein den Mund.«

Martha sah ihn an. »Was wollen Sie?«

»Das weiß ich noch nicht«, sagte Joe Bob. »Wir gehen schrittweise vor.« Er blickte zu Royce hinüber. »Ich wünschte, Austin und Wynn wären hier.« Er meinte seine beiden Brüder, die ebenfalls für Kidston arbeiteten. »Denen würde sofort was einfallen.«

»Wollen Sie, dass wir gehen?«, fragte Martha.

»Jetzt noch nicht.« Joe Bob blickte wieder zu Royce, diesmal zwinkerte er ihm zu. »Vielleicht fällt uns ja auch was ein.« Er wandte den Blick von Royce ab und ließ ihn durchs Zimmer schweifen, bevor er ihn wieder auf Martha richtete. »Sie sind eine gute Hausfrau, vielleicht behalten wir Sie ja.« Wieder zwinkerte er Royce zu. »Was halten Sie davon, für uns den Haushalt zu führen?«

Martha antwortete nicht, aber sie hielt Joe Bobs Blick

stand, bis er sich grinsend abwandte und zum Küchenschrank ging.

»Ich bin mir nicht sicher, ob ich die überhaupt will«, sagte Royce. »Die wollte mich eben einen Kopf kürzer machen.«

»Ich weiß«, sagte Joe Bob. Er öffnete die oberste Schranktür und griff hinein. »Mensch, sieh dir das an.« Er holte eine fast volle Whiskeyflasche heraus, drehte sich um und lächelte Cable an. »Wer hätte das gedacht.« Joe Bob entkorkte die Flasche und nahm einen Schluck. »Mann …«

Royce stand jetzt neben ihm, griff sich die Flasche und nahm ebenfalls einen Schluck. Er verzog zufrieden das Gesicht und wischte sich mit der Hand über den Mund. »Das lässt die Sache natürlich in einem ganz anderen Licht erscheinen.«

Joe Bob nahm die Flasche wieder an sich und hielt sie Martha hin. »Hier, Schätzchen!«

»Nein, danke.«

»Nur ein Schlückchen.«

Royce sagte: »Nichts verschwenden. Wenn sie nicht will, dann will sie eben nicht.« Er sah zu, wie Joe Bob die Flasche hob, und als er sie wieder absetzte, riss er sie ihm aus der Hand. Jetzt ließ er sich Zeit, er lächelte und betrachtete das Etikett, bevor er einen weiteren Schluck nahm.

»Ich finde, wir sollten uns setzen«, sagte Royce. »Wie bei einer Party.«

»Und sie überzeugen, bei uns zu bleiben«, sagte Joe Bob.

Royce grinste. »Das wär was, oder?«

»Stell dir vor, Mann.«

»Vielleicht würden wir sie sogar bezahlen.«

»Sicher würden wir das. Mit Liebe und Zuneigung.«

Cable sagte: »Weiß Vern, dass ihr hier seid?«

Royce blickte Cable an. »Vielleicht sollte ich mich auch mal um ihn kümmern.«

»Tu dir keinen Zwang an«, sagte Joe Bob.

»Vern und ich sind übereingekommen, dass wir die Sache untereinander regeln«, sagte Cable.

Joe Bob sah Royce an. »Er reißt das Maul gar nicht mehr so weit auf wie vorher.«

»Jetzt weiß er es besser«, sagte Royce.

Joe Bob nickte nachdenklich. Er nahm einen Schluck, bevor er sagte: »Brauchen wir den noch?«

»Für was?« Royce nahm die Flasche.

»Das frage ich mich auch.«

»Zum Teufel damit, schmeißen wir ihn raus.«

»Was ist mit den Kindern? Sollen wir die auch rausschmeißen?«

»Hörst du irgendwelche Kinder? Die schlafen doch schon. Eine Minute später, und die haben alles vergessen.« Royce hob die Flasche.

»Also nur er, was?«

»Sicher. Er wird sowieso nur daliegen wie ein Hund. Oder wegkriechen. Das kann uns egal sein.«

Joe Bob ließ sich das durch den Kopf gehen. »Ja, wen kann er schon zu Hilfe holen? Wo soll er hin? Zu Vern? Zu dem Einarmigen?«

Royce nickte. »Vielleicht zu Janroe.«

»Und wenn«, sagte Joe Bob, »wie soll der Einarmige ihm helfen?« Er schüttelte seinen Kopf. »Dem geht's selber nicht gut.«

»Ganz und gar nicht gut.«

»Fast erbärmlich.«

»Bloß kein Mitleid mit ihm.«

»Ich will ihn doch nur erlösen.«

Royce schwieg.

»Nicht wir«, sagte Joe Bob. »Er soll's tun.«

»Ich kann dir nicht folgen.«

»Das brauchst du auch nicht.« Joe Bob trank aus der Flasche, dann stand er mit der Flasche in der Hand auf und starrte Cable an. »Solange er mir folgen kann.« Nach einem Moment gab er Royce die Flasche und ging zu Cable hinüber.

»Du verstehst mich, oder?«

Cable richtete sich auf und lehnte sich gegen den Stuhlrücken. Er schüttelte den Kopf.

»Das wirst du schon noch.« Joe Bob stand dicht neben ihm, blickte auf ihn herunter und sagte dann: »Du bist ein erbärmlicher Wicht, oder?«

Cable saß schmerzverzerrt da. Gegen Joe Bob konnte er sich nicht wehren, und zu sagen gab es auch nichts. Also blieb er stumm. Seine Augen wanderten zu Martha, die ihre Hände zu zierlichen Fäusten geballt hatte. Dann, als er die Augen immer noch auf Martha gerichtet hatte, spürte er einen stechenden Schmerz am Kopf und sah plötzlich Joe Bobs kantiges Gesicht vor sich.

Joe Bob hatte Cable mit der Faust am Haarschopf gepackt und seinen Kopf nach hinten gerissen. »Ich habe gefragt, ob du ein erbärmlicher Wicht bist.«

Cable versuchte zu schlucken, aber das meiste des blutigen Speichels blieb in seinem Mund. Er sagte: »Ich würde lügen, wenn ich etwas anderes behaupten würde.« Seine

Worte kamen ihm zögerlich über die geschwollenen Lippen. Aber er blickte Joe Bob bewegungslos an, atmete ruhig weiter, und erst als er sah, wie sich der Gesichtsausdruck des Mannes änderte, versuchte er, vom Stuhl hochzukommen. Aber da war es schon zu spät.

Er fiel mit dem Stuhl nach hinten, als Joe Bobs Faust ihn im Gesicht traf. Auf dem Boden rollte er sich zur Seite und hievte sich mühsam auf Hände und Knie. Joe Bob schaute mit geballten Fäusten und zusammengepresstem Kiefer auf ihn herab.

»Ich hasse Männer, die sich für klug halten. Gott, wie ich das hasse.«

Joe Bob spürte den Whiskey, das war auf seinem Gesicht abzulesen. Auch der kalte, schneidende Ton war aus seiner Stimme gewichen. Auf Royce hatte der Whiskey den gegenteiligen Effekt. Er grinste und hatte seinen Spaß, Joe Bob zuzusehen. »Wirf ihn doch raus, wenn er dich stört. Mehr musst du nicht machen«, sagte er.

»Ich weiß was Besseres«, sagte Joe Bob. Er streckte Royce die Hand entgegen, behielt Cable aber im Auge. »Gib mir seinen Colt.«

»Gerne.« Royce zog die Waffe aus dem Pistolengürtel und legte sie in Joe Bobs Hand. Dann trat er einen Schritt zurück und sah interessiert zu, während Joe Bob prüfte, wie viele Kugeln in der Trommel waren.

»Willst du ihn erschießen?«

»Wirst du schon sehen.« Joe Bob spannte den Revolver. Er richtete die Waffe auf Cable und winkte damit in Richtung Tür. »Raus mit dir.«

Cable kam auf die Füße. Er schaute zu Martha und setzte sich schließlich in Bewegung. Vor ihm war das schwarze

Viereck der offenen Tür, dann der dunkle Schatten der Ramada und dahinter, über dem Hof, das fahle, erste Mondlicht.

Er war fast an der Türschwelle, als er die schnellen Stiefelschritte hinter sich hörte. Er wurde durch die offene Tür gestoßen und geriet ins Straucheln, ging zu Boden und rollte aus dem Schatten der Ramada heraus. Er versuchte, auf die Knie zu kommen, aber als Joe Bob von der Tür aus das Feuer auf ihn eröffnete, fiel er wieder hin. Beim Klang der Schüsse schrie Martha auf. Aber so plötzlich, wie alles angefangen hatte, war es wieder vorbei. Er hörte, wie Joe Bob sagte: »Ich habe gar nicht auf ihn gezielt. Sonst wäre er jetzt tot. Bin nur vier Kugeln losgeworden, das ist alles.«

Joe Bob lehnte sich an den Türrahmen und schaute nach draußen in die Dunkelheit. Der Whiskey wärmte ihn, und er spürte, wie Royce und die Frau ihn anblickten. Er würde ihnen etwas bieten. Etwas, von dem Royce allen erzählen konnte.

»Eine Kugel ist noch übrig, Mann«, rief er Cable zu. »Du kannst dich selbst erlösen und Vern und mir und allen anderen eine Menge Ärger ersparen. Drück den Abzug, und alles ist vorbei. Niemand braucht sich mehr Sorgen zu machen.«

Er drehte den Colt um, hielt ihn einen Moment lang am Lauf und schleuderte ihn dann auf den Hof. Der Revolver kam auf dem Boden auf und schlitterte an Cable vorbei, und die Tür schlug zu.

Was würde Forrest machen?

Das war so lange her.

Aber was würde er in so einer Situation tun, fragte sich Cable.

Er würde sie auffordern, sich zu ergeben. Nicht dastehen wie Duane, sondern mit einer Selbstgewissheit, die alle spüren konnten. Die Yankees hatten es jedenfalls gespürt, das war eine Tatsache. Er hatte ihnen weisgemacht, dass er über mehr Männer und mehr Artillerie verfügte als sie – weil er mehr Trompeter als Kompanien gehabt und seine sechs Kanonen auf dem Hügel hin und her und auch in den Wald hineingeschoben hatte, was der Grund dafür war, dass der Anführer der Yankee-Truppen, Straight, sich ergab –, aber nur dieser Teil stimmte nicht. Und hätten sie sich nicht ergeben, dann hätte er ihre Schwachstelle gefunden und ihnen die Hölle auf Erden bereitet.

Diese zwei hier werden sich aber bestimmt nicht ergeben. Davon bist du siebenhundert Meilen entfernt. Wo also liegt ihr Schwachpunkt?

Fast eine Viertelstunde war vergangen, seit die Tür zugeschlagen wurde. Cable lag auf dem Bauch, im feuchten Sand des Flussufers. Er tauchte sein Gesicht ins Wasser, bewegte seinen Kiefer hin und her und spürte, wie lädiert er war. Dann spülte er seinen Mund aus, bis er nicht mehr im Inneren blutete. Der Colt mit der einzelnen Kugel steckte in seinem Halfter. Was nun?

Du legst dir einen Plan zurecht, und vielleicht funktioniert dieser Plan, wie immer er auch aussieht.

Was würde Forrest machen?

Immer an ihn denken, weil du weißt, dass er etwas unternommen hätte. Gott und Nathan Bedford Forrest, helft mir! Gottes Lächeln und Forrests Trickkiste.

Wenn ihm zu viele Gedanken auf einmal durch den Kopf schossen, hielt Cable für gewöhnlich inne. Dann versuchte er, zur Ruhe zu kommen, und ermahnte sich, gewissenhaft und gründlich nachzudenken. Wut war gut, blinder Zorn aber nicht. Der hinderte einen am Denken. Er versuchte, nicht an Martha zu denken. Wenn er an sie dachte und sich vorstellte, was die beiden ihr antaten, war es schwieriger, die Lage nüchtern und von allen Seiten zu betrachten.

Vor zweieinhalb Jahren hättest du nicht hier gelegen. Du wärst schon tot gewesen. Du hättest etwas Unüberlegtes getan und den Preis dafür gezahlt. Aber jetzt musst du dich beeilen. Du musst dich wirklich beeilen.

Doch selbst bei diesem Gedanken und obwohl es ihm nicht gelang, das Bild von Martha aus seinem Kopf zu verbannen, blieb er ruhig.

Er war dankbar, dass er unter Forrest gedient hatte. Man konnte viel lernen, wenn man ihn beobachtete. Vor allem, aus einer misslichen Lage herauszukommen, in die er einen brachte. Er war schon in ähnlichen Situationen gewesen, nicht genau wie heute, denn Martha und die Kinder waren nicht dabei gewesen. Aber sie waren oft in Unterzahl gewesen, hatten nur noch eine einzige Kugel gehabt, waren im Mondschein auf dem Boden gelegen. Und sie hatten es trotzdem geschafft.

Ihr Schwachpunkt, dachte Cable. Oder ihre Schwäche.

Der Whiskey … und seine Wirkung auf Joe Bob. Seine Glanznummer, den Revolver nach ihm zu werfen, mit nur einer Kugel drin, und damit er die Waffe gegen sich selbst richtete.

Was, wenn er es tat?

Was, wenn sie einen Schuss hörten und glaubten, er hätte es getan? Würden sie nach draußen kommen? Der geladene Revolver könnte Joe Bobs Fehler gewesen sein. Seine Schwachstelle.

Da war sie also, seine Chance. Würde einer nach draußen kommen oder beide? Oder keiner?

Hauptsache, sie kommen raus, sagte er sich. Hör auf nachzudenken und hol sie da raus. Er kroch auf Händen und Knien am Flussufer entlang, bis er einen Stein fand, einen mit weichen Kanten, schwer genug und fast zwei Mal so groß wie seine Faust. Er stand auf, schleppte sich zur Uferböschung, stieg sie hoch und stand schließlich im Schatten der dunklen Weidenbäume. Er zog den Revolver, spannte ihn und zielte damit auf den Boden. Dann drückte er ab.

Der Schuss war laut und ganz nah, dann verhallte er, verhallte und hinterließ ein Klingeln in seinen Ohren, das sich rasch in Stille auflöste. Jetzt waren sogar die Nachtgeräusche von den Bäumen und der Weide auf der anderen Seite des Flusses verstummt.

Er beobachtete durch die schweren, tief hängenden Äste das Haus und malte sich aus, wie Joe Bob wie angewurzelt im Raum stand. Dann überleg mal. Aber nicht zu lange. Schau zu deinem Freund hinüber, der dich erstaunt anblickt, und dann überlegt ihr beide, was es damit auf sich hat. Und dann trefft ihr eine Entscheidung. Los, trefft eine Entscheidung. Einer von euch muss rauskommen, um sicherzugehen. Ihr glaubt nicht daran, aber ihr würdet gerne, also müsst ihr rauskommen, um nachzuschauen. Beschließt, dass einer Martha im Auge behalten muss. Also kann nur einer von euch rauskommen. Macht schon, lasst es euch durch den Kopf gehen. So muss es gemacht werden.

Und schließlich ging die Tür auf.

Er sah einen Mann im Türrahmen stehen, das Licht im Rücken. Der Mann hatte sich halb umgewandt und sprach ins Zimmer hinein. Dann trat er nach draußen und zog dabei seinen Revolver. Noch eine Silhouette erschien im Türrahmen, aber der Mann kam allein. Cable atmete langsam aus.

Er stand hinter einem Baumstamm, den Stein an seinen Bauch gepresst, und beobachtete, wie der Mann vorsichtig den Hof überquerte. Er hielt nicht direkt auf Cable zu, sondern würde das Weidengehölz etwa fünf Meter von ihm entfernt betreten.

Er kam vorsichtig näher und lauschte. Dann hatte er die Bäume erreicht und war einen Augenblick später verschwunden.

»Ich kann ihn nirgends sehen!« Die Stimme ertönte zwischen den Bäumen. Es war Royce. Er rief in Richtung Haus.

Von der Schwelle rief Joe Bob zurück: »Such die Uferböschung ab!«

Cable wartete. Er konnte Royce hören. Und dann sah er ihn am Ufer, wie er vorsichtig einen Fuß vor den anderen setzte und den flachen Sand absuchte. Cable presste sich gegen den Baumstamm. Royce war jetzt ganz nah, er duckte sich unter den Zweigen von Cables Baum hindurch, mit dem Revolver in der rechten Hand. Royce ging an Cable vorbei und blieb dann stehen.

»Ich kann ihn nicht sehen!«

»Such weiter!« Das kam aus dem Haus.

Royce setzte sich wieder in Bewegung, um das Ufer abzusuchen. Mit zwei Schritten war Cable bei ihm. Er holte aus und schlug Royce, gerade als er sich umdrehen wollte, den Stein gegen die Schläfe. Die Wucht des Schlags riss beide die Böschung hinab. Cable landete auf Royce. Er griff nach dessen Revolver, bekam ihn zu fassen und spannte den Hahn. Dann stand er auf. Ohne sich um Royce zu kümmern, drehte er sich um, kletterte das Ufer hoch und ging hinter den Bäumen wieder in Deckung.

»Royce?« Wieder vom Haus.

Stille.

»Royce, was ist passiert?«

Hol ihn dir, sagte sich Cable. Bevor er wieder ins Haus geht. Bevor er Zeit hat, nachzudenken.

Er nahm den Lauf seiner Pistole in die linke Hand, wischte sich die rechte an seinem Hemd trocken, streckte die Finger, indem er die Hand zur Faust ballte und wieder öffnete, griff dann nach der Pistole und trat zwischen den Bäumen hervor.

Joe Bob sah ihn kommen und rief: »Royce?«

Du hättest dir den Hut von Royce nehmen sollen, dachte Cable. Aber dafür war es zu spät. Ungeschützt ging er über den Hof, der fahl und von Schatten durchzogen im Mondlicht lag.

»Royce, was ist los mit dir?«

Cable hatte vielleicht die Hälfte des Hofes überquert, als er plötzlich stehen blieb. Er wandte sich halb um, stellte die Füße fest auf den Boden und hob den Revolver. Er hielt ihn mit ausgestrecktem Arm hoch und rief: »Joe Bob …!« Nur das.

Und einen Moment lang stand der Mann still. Er wusste, dass es Cable war, und diese Einsicht ließ ihn im erleuchteten Türrahmen erstarren. Aber er musste sich aus dieser Erstarrung lösen. Entweder verschwand er wieder im Haus, oder er trat nach draußen und zog seine Waffe. Aber das musste sofort passieren …

Cable war bereit. Er sah, wie Joe Bob seinen Revolver zog und sich in die Dunkelheit der Ramada stürzte, und er schoss auf dieses urplötzlich bewegliche Ziel. Ohne zu zögern, senkte er den Pistolenlauf und schoss noch einmal, dorthin, wo Joe sein musste. Dann ein drittes Mal, und als das durchdringende Klingeln in seinen Ohren verstummte, war da nur noch Stille.

Er ging durch den Pistolenrauch zu der Stelle, wo Joe Bob lag, mit dem Gesicht nach unten, die Arme vor sich ausgestreckt. Er blickte auf und sah Martha im Türrahmen stehen.

»Es ist vorbei«, sagte Cable.

»Ist er tot?«

Cable nickte.

Und auch Royce war tot.

Jetzt, da er sich vor Augen führte, wie brutal er mit dem Stein zugeschlagen hatte, weil er nur diese eine Gelegenheit gehabt hatte, verstand Cable, wie es dazu gekommen war. Aber er hatte nicht vorgehabt, Joe Bob umzubringen. Er wollte ihn ins Visier nehmen, abdrücken und zusehen, wie er zu Boden ging, und das alles gründlich, weil er auch hier nur eine einzige Gelegenheit hatte. Aber das war nicht dasselbe, wie jemanden vorsätzlich zu töten.

Cable fand ihre Pferde in den Bäumen hinter der Scheune. Er führte sie auf den Hof, legten jeden der beiden Männer über einen Sattel, mit dem Gesicht nach unten, und band sie sicher fest. Er führte die Pferde über den Fluss und ließ sie dann laufen, sie würden allein den Weg zurück finden. Vern sollte sie ruhig so sehen, wenn er sie schon losgeschickt hatte. Und wenn nicht, sollte er sie zumindest begraben. Es waren seine Männer.

Als Cable zum Haus zurückkehrte, sagte er: »Bei Morgengrauen reiten wir zu Janroe. Wir werden ihn fragen, ob du und die Kinder bei ihm im Laden bleiben können.«

Martha blickte ihn an. »Und was ist mit dir?«

»Ich komme hierher zurück.«

Bill Dancey trat ein, als die Kidstons gerade zu Mittag aßen. Er erschien auf der Türschwelle zum Wohnzimmer und nahm seinen Hut ab, als er Lorraine bemerkte, die mit den beiden Männern am Tisch saß.

»Es ist erledigt«, sagte Dancey. »Die beiden sind unter der Erde.«

Vern schaute kurz hoch. »Gut.«

»Was ist mit ihren Sachen?«

»Teilt sie unter euch auf.«

»Ihr könnt ja darum würfeln«, sagte Lorraine.

Duane blickte sie streng an. »So etwas zu sagen ist geschmacklos.« Er gab Lorraine keine Gelegenheit zu antworten, indem er rasch zu Vern hinüberschaute. »Heißt das, dass du nicht bei ihrem Begräbnis dabei warst? Die beiden standen unter deinem Befehl, wurden im Dienst ermordet, und du hältst es nicht für nötig, die Trauerrede zu halten?«

»Die beiden wurden getötet«, sagte Vern. »Und nicht unter meinem Befehl.«

Duane konnte seinen Ärger nicht verbergen. »Gut, was immer auch passiert ist. Es gehört sich für den Befehlshaber … für den Anführer, an ihrem Grab ein paar Zeilen aus der Bibel vorzulesen.«

»Wenn der Anführer überhaupt lesen kann«, sagte Lorraine.

»Ich wusste nicht, dass du sie sofort beerdigen lässt.« Duanes Stimme war jetzt ernst. »Warum hast du mir nichts gesagt? Ich hätte doch reden können. Es wäre mir eine Ehre gewesen. Zwei junge Männer, die ihr Leben gelassen haben bei der Verteidigung ...«

Verns Blick ließ ihn verstummen. »Es reicht. Hätte ich geahnt, dass du die beiden schickst, um ...«

»Ich habe dir doch gesagt, dass es nicht so war. Sie sind von sich aus losgezogen.«

»Da ist noch etwas«, sagte Bill Dancey. »Cable hat seine Frau und die Kinder in Denamans Laden untergebracht.«

Vern schaute ihn an. »Sagt wer?«

»Der Mann, den ich heute Morgen dorthin geschickt habe. Er hat den Planwagen gesehen und Luz danach gefragt. Luz sagte, die Frau und die Kinder würden bei ihnen bleiben. Und dass Cable zurück zum Haus geritten ist.«

Vern stand vom Tisch auf und ging um ihn herum auf Dancey zu. Duane sagte: »Jetzt machst du ihm Beine. Es gibt nichts mehr, was dich aufhalten kann. Hörst du, Vern? Gib Bescheid, wenn du losziehst, das will ich nicht verpassen.«

Vern antwortete nicht. Er würdigte Duane keines Blicks. Dancey wandte sich um und folgte Vern durch das lang gezogene Wohnzimmer, mit Holzbalken an der Decke und lehmverputzten Wänden, durch die offen stehende Flügeltür auf die Veranda, die über die gesamte Hausfront ging.

»Was soll mit ihren Pferden geschehen«, fragte Dancey.

»Bring sie zu den anderen Pferden.«

»Dann was?«

»Dann tust du, wofür du bezahlt wirst.« Als Dancey sich umdrehte und die Stufen hinabstieg, sagte Vern: »Warte noch.« Er ging ans Geländer und schaute zu Dancey hinunter. »Wie hat er das gemacht? Was glaubst du?«

»Mit einem Colt und einem Stein«, antwortete Dancey trocken.

»Ich habe dich etwas gefragt.«

»Und ich weiß nicht, was du hören willst.« Dancey marschierte los, blieb aber nach ein paar Schritten wieder stehen und schaute zurück zu Vern. »Warum fragst du nicht Cable?«

»Vielleicht werde ich das.«

»Zusammen mit Joe Bobs Bruder?«

»Er hat auch dich angegriffen, Bill. Als ihr euch das erste Mal gesehen habt.«

»Aber nicht so schonungslos.« Er wandte sich zum Gehen.

Vern schaute ihm hinterher. Jetzt schien es auch Dancey zu stören, dass sie alle gegen einen Einzelnen kämpften. Er war sicher, dass Cable die beiden nicht kaltblütig ermordet hatte. Joe Bob und Royce waren bestimmt mit gezogener Waffe bei ihm aufgekreuzt, aber Cable hatte die beiden irgendwie überlistet und hatte sie dann töten müssen. Diese Tatsache war schwer zu akzeptieren. Dass Cable willens war zu töten. Dass er ruhig genug bleiben konnte, um nachzudenken und sie zu überlisten, obwohl er sich um seine Frau und die Kinder sorgen musste. Und um sie dann zu töten, den einen mit bloßen Händen, gut, mit einem Stein, aber mit seinen Händen.

Was war dieser Cable für ein Mann?

Wo war seine Schwachstelle? Wenn er eine hatte. Das war das Problem, manche Leute haben einfach keine Schwachstelle. Sie sind standhaft oder sterben, aber sie geben niemals auf.

Und jetzt, da er Joe Bob und Royce aus dem Weg geräumt hatte, war Cables Selbstvertrauen noch größer geworden. Es würde viel Geduld brauchen und noch mehr Gewalt – oder was auch immer nötig war, um ihn vom Saber River zu vertreiben.

Kidston hatte beschlossen, dass das Land am Fluss ihm gehörte, ohne Rücksicht auf Cable oder sonst jemanden, der sich mit ihm anlegen wollte. Es war nur eine Frage des Willens. Er wollte das Land, weil er es brauchte. Seine Pferde hatten zwei Jahre lang auf den saftigen Weiden neben dem Fluss gegrast, und er war zu der Überzeugung gelangt, dass dieses Stück Land rechtmäßig ihm gehörte.

Die Nachricht von Cables Rückkehr hatte ihn nicht beunruhigt. Ein Soldat der Konföderierten ist mit seiner Familie in die Heimat zurückgekehrt. Schade für den Rebellen. Irgendwie war es Cable gelungen, drei Mann zu überlisten und in die Flucht zu schlagen. Wahrscheinlich Glück. Aber der Rebell würde nicht hierbleiben, davon war Kidston überzeugt.

Er hatte viele Jahre lang hart gearbeitet: zu Beginn als Mustangfänger, ganz auf sich allein gestellt, Pferde zureiten und dann sofort weiterverkaufen an den Erstbesten, der ein Reittier brauchte. Dann heuerte er junge Apachen aus den White Mountains an, und jeden Frühling wurde seine Mustang-Herde größer. Er fing an, an die Leute von Hatch & Hodges zu verkaufen, die Geschäfte liefen gut, und er stellte immer mehr Arbeiter ein. Doch dann brachte der Krieg die Postkutschenlinie zum Erliegen und trieb ihn fast in den Ruin. Aber es war der Krieg, der ihm wieder auf die Beine half, mit einem Vertrag, die Unionskavallerie mit Ersatzpferden zu versorgen. Er folgte den Wildherden an den Saber River und ließ sich dort nieder, nachdem er das Haus der Toyopas wiederaufgebaut hatte. Er hatte vierzehn Reiter – jetzt nur noch zwölf – und freute sich darauf, hier den Rest seiner Tage zu verbringen.

Im zweiten Kriegsjahr hatte ihm sein Bruder Duane geschrieben – zuerst aus Gallipolis, ihrer Heimatstadt in Ohio, dann aus Washington, nachdem er seine Truppe dorthin gebracht hatte, um sich der Unionsarmee anzuschließen. Typisch Duane, hatte Vern damals gedacht. Geblendet von der ganzen Pracht, von den Trommeln und den Uniformen, und sich nicht im Mindesten bewusst, was auf dem Spiel stand. Aber zu jener Zeit erhielt Vern den Regierungsauftrag für die Ersatzpferde. Sich zum Kriegsdienst zu melden, stand danach außer Frage.

Im Dezember darauf tauchte Duane dann zusammen mit seiner Tochter am Saber River auf. Er wollte nicht zurück nach Gallipolis, nachdem er seines Kommandos enthoben worden war. Ihm war nahegelegt worden, den Dienst zu quittieren aufgrund von Inkompetenz oder schlechtem Urteilsvermögen oder wie immer man den Beschuss der eigenen Truppen nannte.

Es war in Chancellorsville passiert, während Duanes erstem und einzigem richtigen Kampf an der Front. Seine Artillerietruppe war ausgesandt worden, um von Gilsas offene Flanke zu schützen. Von Gilsas Brigade hatte den Vormarsch von Stonewall Jacksons Truppen gestoppt, südlich der Stadt. Doch als die Verteidigungslinie nicht gehalten werden konnte und die Soldaten den Rückzug antraten, ließ Duane versehentlich das Feuer auf sie eröffnen und schickte dadurch mehr Unionssoldaten in den Tod, als es selbst Jackson möglich war.

Duane hatte natürlich seine eigene Version der Geschichte. Es war ein nachvollziehbarer Fehler gewesen, da keinerlei Nachrichten mit von Gilsa ausgetauscht worden waren. Die Soldaten flüchteten auf seine Stellung zu, und er befahl aus einem Reflex heraus, das Feuer zu eröffnen, so wie es einem Soldaten nun mal beigebracht wurde. Das kam häufig vor, im Eifer des Gefechts passierten viele Missgeschicke. So was war zu erwarten. Aber Chancellorsville war eine Niederlage für die Union gewesen. Deshalb war er gezwungen worden, den Dienst zu quittieren. Eine ganze Reihe von fähigen Kommandeuren wurde entlassen, nur weil die Potomac-Armee geschlagen wurde.

Vern hatte das akzeptiert und sogar ein wenig Mitleid mit seinem Bruder gehabt. Aber Duane tat so, als wäre er weiterhin Soldat, und als er vier neue Reiter als »Scouts« anheuerte, war die Grenze des Guten überschritten. Was sollte das sein? Kidstons Garde, Späher für Colonel J. H. Carleton, Militärkommandant von Arizona? Mitleid mit Duane war die eine Sache. Dass Duane sich derart wichtig nahm, nur weil er so seinen verletzten Stolz lindern konnte, war etwas anderes.

Dann war da noch Lorraine, verzogen, gelangweilt und maßlos von sich selbst überzeugt. Bei einer Frau die schlimmste Kombination, die es gibt, und die wohnte auch mit ihrem Pappkameraden-Vater unter einem Dach. Aber mit einigen Dingen musste man sich eben abfinden.

Dazu gehörte aber sicher kein zurückgekehrter Soldat

der Konföderierten, der versuchte, ihn wegzudrängen. Nicht nach all den zermürbenden Jahren harter Arbeit.

Das war seine erste Reaktion auf Cables Rückkehr gewesen, bevor er ihm von Angesicht zu Angesicht gegenübergestanden war, bevor er mit ihm gesprochen hatte. Seitdem hatte sich ein quälender Zweifel in seinen Gedanken eingenistet. Cable hatte auch hart gearbeitet. Und gekämpft. Was war damit?

Immerhin vereinfachte Duanes Logik die Sache: Cable war ein Feind der föderalen Regierung auf föderalem Gebiet. Als solcher besaß er keinerlei Rechte. Man nahm sich sein Land und dann auf Wiedersehen!

»Seine Familie ist *sein* Problem.« Das waren Duanes Worte. »In Zeiten wie diesen sterben jeden Tag Familienväter, Vern, das kann ich bezeugen. Wir sind tausend Meilen entfernt von den Gefechten, aber das hier ist eine Ausweitung des Krieges. Schnapp ihn dir! Jag ihn fort! Brenn sein Haus nieder, wenn es sein muss.«

Und dennoch wünschte sich Vern inständig, dass es einen Weg gäbe, Cable zu vertreiben, ohne sich mit ihm anzulegen. Er hatte keine Angst vor Cable. Er respektierte ihn. Und er respektierte seine Frau.

Vern dachte daran, wie sie aus dem Haus getreten war, mit der Schrotflinte unter dem Arm. Cable konnte sich glücklich schätzen, eine solche Frau zu haben. Eine Frau, die ihm ebenbürtig war und die ihm bereits drei gesunde Kinder geschenkt hatte. Eine Frau, die sich wohl in ihrer Haut fühlte und gerne mit dem Mann zusammenlebte, den sie liebte.

Er hatte gedacht, dass auch Luz Acaso so war. Er war sich sogar sicher gewesen. Aber seit Janroes Ankunft schien sie ein anderer Mensch zu sein. Das war eine Sorge mehr. Wie konnte eine Frau, die so warmherzig und ihm offensichtlich zugeneigt war, sich über Nacht so verändern? Es musste etwas mit Janroes Anwesenheit zu tun haben, da war sich Kidston sicher. Aber war Luz nun in ihn verliebt, oder hatte sie furchtbare Angst vor ihm? Noch so eine Frage.

Er hörte Schritte hinter sich und blickte über die Schulter. Lorraine ging über die Veranda und lächelte ihn dabei freundlich an.

»Cabe lässt einen nicht los, was?«

»Ihr habt euch erst einmal gesehen und seid schon so vertraut?«, fragte Vern.

»Seine Frau nennt ihn so.« Lorraine sah zu, wie sich ihr Onkel gegen einen der Stützpfosten lehnte. Er sah sie nicht an, sondern ließ den Blick über den Hof schweifen. »Ist das nicht ungewöhnlich? Eine Frau, die ihren Mann mit dem Nachnamen anredet?«

»Vielleicht wird er von allen so genannt«, antwortete Vern.

»So, als würde man dich ›Kid‹ rufen?« Lorraine lächelte und lachte dann. »Nein, ich glaube, sie hat ihm den Namen gegeben. Es ist ihr Name für ihn. Ihrer allein.« Lorraine wartete ab, zog das Schweigen zwischen ihnen in die Länge und fragte dann: »Was hältst du von ihr?«

»Darüber habe ich noch nicht nachgedacht.«

»Und ich meinte, du hättest sehr wohl über Martha nachgedacht.«

»Warum?«

»Weil du über sie an ihren Mann rankommst.«

Vern sah sie an. »Was meinst du damit?«

Lorraine lächelte. »Du scheinst keine Gewalt anwenden zu wollen. Und ich bezweifle, dass er sich kaufen lässt. Was bleibt also?«

»Ich höre.«

»Du musst Cable von innen heraus schlagen.«

»Was soll das heißen?«

Lorraine seufzte. »Vern, bei dir gibt es wirklich nie eine Überraschung. Du bist so vorhersehbar wie Duane, obwohl du nicht annähernd so viel Aufhebens um dich selbst machst.«

»Lorraine, wenn du etwas zu sagen hast, dann …«

»Das habe ich doch schon. Greif ihn an, indem du Martha in die Sache reinziehst. Bring sie gegen ihn auf. Zerstör seine Familie. Dann wirst du sehen, wie lange er bleibt.«

»Selbst wenn das überhaupt möglich wäre …«

»Es ist sehr wohl möglich.«

»Und wie?«

»Mit einer anderen Frau, Vern. Was sonst?

Er blickte sie ungerührt an. »Und das wärst dann du?«

Sie nickte geflissentlich. »Lorraine Kidston als …« Sie verstummte kurz. »Ich brauche einen provokativeren Namen für diese Rolle.«

Vern blickte sie immer noch an. »Und was, wenn er seine Frau liebt?«

»Natürlich liebt er sie. Martha ist eine attraktive Erscheinung – wenn man starke, tüchtige Frauen mag. Eher unscheinbar. Aber das tut nichts zur Sache. Er ist ein Mann, Vern. Und im Augenblick allein zu Hause.«

»Du hast eine wilde Fantasie«, sagte Vern leise. »Darum kann man dich wirklich nicht beneiden.« Er wandte sich von ihr ab, stieg die Stufen hinab und ging dann über den Hof.

Das hat ihn schockiert, dachte Lorraine amüsiert, während sie ihm nachblickte. Aber erst mal abwarten, bis der Schock nachlässt. Bis sein Gewissen ihn nicht mehr im Griff hat. Dann stimmt ihr Vern zu. Er wird klarmachen, dass ihm solche Methoden gegen den Strich gehen. Aber letztendlich wird er einverstanden sein. Da war sich Lorraine nun sicher. Sie lächelte zufrieden.

Cable ging durch den Laden und stieg die Treppe zum Schlafzimmer hoch, wo Martha gerade ihre Sachen auspackte. Er sah zu, wie sie Handtücher und Bettwäsche aus der Reisekiste nahm, die am Fuß des Betts stand, um sie eine Armlänge weiter in die offene Schublade einer Kommode zu legen.

»Die Kinder werden hier schlafen?«

Martha blickte auf. »Clare und Dave. Sandy schläft bei mir.«

»Wenn Luz dabei ist, wirst du mit Janroe schon auskommen, da bin ich sicher.«

»Solange die Kinder in der Küche essen.«

»Das alles tut mir leid, Martha.«

Sie bemerkte, wie sein Stirnrunzeln die Falten in seinem geschundenen Gesicht noch tiefer machte. »Eines Tages werde ich mir auf die Zunge beißen. Das hätte ich nicht sagen sollen.«

»Ich mache dir keinen Vorwurf.«

»Aber das macht es auch nicht einfacher.«

»Wenn du nicht da wärst«, sagte Cable, »wäre überhaupt nichts möglich.« Er ging zu ihr, und als sie sich aufrichtete, nahm er sie in die Arme. »Ich würde gerne so etwas wie ›Es ist bald vorbei‹ sagen oder ›Bald werden wir in unser Haus zurückkehren, und dann müssen wir mit nichts mehr rechnen, wir werden uns vor nichts mehr fürchten‹. Aber das kann ich nicht. Ich kann nichts versprechen.«

»Ich brauche keine Versprechungen, Cabe. Solange du bei uns bist, ist das alles, was wir brauchen.«

»Willst du fortgehen? Den Planwagen nehmen und zurück nach Sudan fahren?«

»Das meinst du nicht ernst.«

»Doch, das tue ich. Ein Wort von dir, und wir fahren.«

Für einen Augenblick verstummte Martha. Sie spürte ihren Mann nah bei sich, seine blau geschlagenen Wangenknochen, seine aufgeplatzten und wunden Lippen. »Wenn wir zurückgehen«, sagte Martha, »wäre es kein leichtes Leben mehr mit dir. Du wärst freundlich und würdest ab und zu lächeln, aber ich glaube nicht, dass du viel reden würdest. Es wäre eher so, als wärst du in Gedanken immer irgendwo anders.« Ein Lächeln lag in ihren Augen und umspielte ihre Lippen. »Wir bleiben, Cabe.«

Sie hob ihr Gesicht in Erwartung eines Kusses, und als sie einander anblickten, sah sie ihn lächeln. Er wirkte erleichtert.

»Reitest du gleich wieder zurück?«

»Ich muss zuerst mit Janroe reden.« Er küsste sie, bevor er sich von ihr löste. »Ich komme gleich noch mal hoch.«

Janroe saß in der Küche. Seinen Stuhl hatte er so gedreht, dass er vom Tisch aus direkt durch die Fliegengittertür nach draußen schauen konnte. Er achtete nicht auf Luz, die den Tisch abräumte und das Geschirr zum Spültisch brachte. Er dachte an den Krieg, sah sich selbst an jenem Nachmittag des 30. August, auf den Feldern bei Richmond, Kentucky.

Hätte es diesen Tag nie gegeben oder wäre er anders verlaufen … hätte er seinen Arm nicht verloren – nein, seine Anwesenheit hier war nur eine indirekte Folge dieses Verlusts. Aber es war der Anfang vom Ende gewesen.

Als sieben Monate später seine Wunde verheilt war, kehrte er mit seinem Hemdsärmel im Gürtel und sogar ein wenig stolz, was er aber nicht zeigte, zu seiner Einheit zurück und diente fast ein ganzes weiteres Jahr, bevor er vom aktiven Dienst befreit wurde. Seine Entlassung kam plötzlich, gleich nachdem er die Yankee-Gefangenen hatte erschießen lassen. Sie sagten, er müsse aufgrund seines Arms den Dienst quittieren, aber er wusste, das war nicht Grund, und flehte darum, bleiben zu dürfen. General Kirby Smiths gesamtem Stab lag er damit in den Ohren. Aber es brachte alles nichts, er musste als Zivilist zurück nach Hause.

Er hatte Cable nichts von diesem Jahr erzählt und auch nichts davon, was nach dem 30. August geschah, als der Arm aus seinem Körper gerissen wurde. Aber Cable musste auch nicht alles wissen. Wie Soldaten vor dem ersten Feindkontakt – besser, nicht zu viel zu erzählen.

Sie anstacheln, ja. Hass und Mordlust schüren, ja. Aber nichts erzählen, was sie nicht wissen müssen, denn das macht sie nachdenklich, und in der Schlacht sind nachdenkliche Soldaten nicht zu gebrauchen. Aber ihnen Angst einjagen, das konnte man. Das lohnte sich manchmal. Sie sollten Angst um die eigene Haut haben. Ihnen einbläuen, dass der Feind unbarmherzig war und genau wusste, was er tat, und dass er sie töten würde, wenn sie damit nicht schneller waren. Und wenn sie nicht kämpfen wollten, dann musste man sie eben mit Gewalt dazu zwingen.

Das hatte er weiß Gott getan. Er dachte wieder an jenen Nachmittag bei Richmond, wie er aus dem Unterholz gestürmt war, über das offene Feld zu dem mit Kiefern ewachsenen Bergkamm, der sich dunkel vom Himmel abhob, hinter dem sich die Batterie der Yankees eingegraben hatte. Er erinnerte sich daran, wie er seinen Männern lautstark befohlen hatte, ihm zu folgen. Er sah sich selbst vor sich, Captain Edward Janroe, der seinen Revolver schwenkte und seine Männer anschrie, weil sie immer noch im Unterholz hockten. Er sah sich zurückrennen und dann mit dem Lauf der Pistole auf den Kopf eines Soldaten schlagen. Der Mann duckte sich und stolperte dann auf das offene Feld hinaus. Andere folgten ihm, aber zwei der Soldaten rührten sich nicht, sie waren auf die Knie gesunken und starrten ihn mit weit aufgerissenen Augen an. Er schoss einem von ihnen aus nächster Nähe in den Kopf, der zweite Mann floh aus dem Unterholz, noch bevor Janroe seine Pistole auf ihn richten konnte.

Ja, man konnte einem Soldaten so viel Angst einjagen, dass er zur Tat schritt. Man konnte ihm so viel Angst einjagen, dass er einen selbst mehr fürchtete als den Feind. Janroe hielt inne.

Würde das auch bei Cable funktionieren? Konnte man ihm eine solche Angst einjagen, dass er zur Tat schritt?

Er setzte sich bequemer hin, schaute zu Luz hinüber, die am Spültisch stand und ihm den Rücken zuwandte, dann wieder zur Tür und dem Sonnenlicht hinter dem Fliegengitter. Er hatte zugelassen, dass er sich diese Fragen gar nicht erst stellte oder sie ablehnte.

Aber warum nicht? Wieso sollte man Cable nicht zwingen können, die Kidstons zu töten? Er hatte als Soldat gedient – er war gewohnt, Befehle entgegenzunehmen. Nein, ihm konnte man nichts befehlen. Aber vielleicht war er jetzt, da seine Frau und die Kinder hier wohnten, leichter zu überzeugen. Vielleicht konnte man ihn jetzt dazu bringen. Irgendwie.

Für Janroe war uneingeschränkt klar, dass Vern und Duane Kidston Feinde waren. Ob mit oder ohne Uniform, sie waren Yankees, es herrschte Krieg, und die beiden mussten eliminiert werden. Ein Soldat tötet. Ein Offizier befiehlt seinen Männern, zu töten. Das war es, worum sich alles drehte und was Janroe am besten konnte.

Man konnte vor dieser Tatsache die Augen verschließen und glauben, man verhalte sich menschlich – was immer das in Kriegszeiten auch heißen mochte –, und ihn seines Postens entheben für das, was er den Yankee-Gefangenen angetan hatte. Man konnte ihn hier rausschicken und ihn vor Langeweile versauern lassen. Aber er wusste noch sehr genau, was eine Yankee-Kanone mit seinem Arm gemacht hatte. Er war immer noch Soldat und dachte wie ein Soldat und agierte wie ein Soldat. Und wenn es seine Mission war, zu töten, dann würde er töten, egal ob es sich nun nach außen hin um Waffenschmuggel handelte oder nicht.

Er spürte, wie seine Brust sich mit jedem Atemzug hob und senkte, und er schaute zu Luz hinüber, um sich zu beruhigen. Er atmete langsam ein und wieder aus.

Trotzdem, ein Offizier dachte strategisch. Er kämpfte mit offenen Augen und stürzte sich nicht blindlings ins

Getümmel, es sei denn, es gab keine andere Möglichkeit. Ein Offizier studierte die Lage und bediente sich dann jener Hilfsmittel, die ihm zur Verfügung standen. Ob dieses Hilfsmittel ein einzelner Soldat oder eine ganze Brigade war – er nutzte, was er hatte, und machte das Beste daraus.

Janroe schaute auf, als Cable die Küche betrat. Er sah zu Luz hinüber, fing ihren Blick auf, und die junge Frau trocknete sich die Hände und ging durch die Hintertür nach draußen.

»Ich habe auf Sie gewartet«, sagte Janroe.

»Ich war bei meiner Frau.« Cable zögerte. »Wir sind Ihnen sehr dankbar für das, was Sie für uns tun.«

»Daran zweifle ich nicht.«

Cable setzte sich, nahm seinen Hut ab und fuhr sich mit dem Handrücken über die Stirn. »Martha hilft gerne beim Haushalt mit. Und sie wird dafür sorgen, dass die Kinder Ihnen nicht in die Quere kommen.«

»Davon bin ich ausgegangen«, sagte Janroe.

»Sobald ich die Sache mit den Kidstons geregelt habe, lassen wir Sie in Frieden.«

»Und wie lange wird das dauern?«

»Hören Sie, wir können sofort wieder gehen, wenn es Ihnen lieber ist.«

»Sie verlieren zu schnell die Beherrschung«, sagte Janroe. »Ich habe nur eine simple Frage gestellt.«

Cable blickte ihn an, dann schaute er auf seine Hand, mit der er die Hutkrempe umfasste. »Ich weiß es nicht. Das hängt von den Kidstons ab.«

»Sie könnten es selbst in die Hand nehmen, wenn Sie wollten.«

»Wenn ich sie töte.«

»Damit hatten Sie letzte Nacht keine Probleme.«

»Letzte Nacht sind zwei Männer in mein Haus eingedrungen«, sagte Cable. »Meine Familie war in Gefahr, ich hatte keine andere Wahl. Aber ich sage Ihnen, ich hatte nicht vor, sie zu töten. Es ist einfach passiert. Wenn Vern und Duane mein Zuhause bedrohen, werde ich auch sie töten, ohne es zu wollen. Ich würde nur mein Zuhause und meine Familie beschützen, das ist ein Unterschied. Wenn Sie sagen: Töten Sie diese Männer, einfach so, dann ist das etwas anderes.«

Janroe saß zurückgelehnt auf seinem Stuhl und rieb mit der Hand gedankenverloren an seinem Armstumpf. Aber nun beugte er sich vor. Seine Hand wanderte zum Tischrand, und er schob seinen Stuhl zurück.

»Darüber könnten wir lange diskutieren.« Er stand auf. »Kommen Sie, ich möchte Ihnen etwas zeigen.«

Cable zögerte, dann stand auch er auf und folgte Janroe durch den Laden nach draußen auf die Laderampe. Am anderen Ende der Rampe waren die Kinder. Als Janroe auftauchte, hörten sie sofort mit Spielen auf. Sie blickten ihren Vater an und wollten auf ihn zugehen, aber sie schienen Angst zu haben, sich Janroe zu nähern, und so blieben sie, wo sie waren.

Janroe sagte: »Sagen Sie ihnen, sie sollen hinten weiterspielen.«

»Sie stören doch nicht.« Cable ging zu seinen Kindern.

»Hören Sie«, sagte Janroe geduldig, »Sie sollen sie nur für einen Augenblick loswerden, einverstanden?«

Er wartete, bis Cable mit den Kindern gesprochen hatte. Schließlich räumten die drei das Feld, wobei sie sich immer wieder umschauten, bevor sie hinter der Hausecke verschwanden. Als sie außer Sichtweite waren, stieg Janroe die Stufen hinunter, zog Kopf und Schultern ein und duckte sich unter die Ladeplattform.

Cable folgte ihm, wobei auch er den Kopf einzog, als er unter den Holzbalken durch das enge, stickige Halbdunkel ging. Er tat ein paar Schritte auf Janroe zu, der gerade dabei war, das Vorhängeschloss von einer Tür abzunehmen, die in den Grundmauern des Lehmhauses eingelassen war.

»Hier war früher der Lagerraum«, murmelte Janroe. Er stieß die Tür auf und trat beiseite. »Gehen Sie nur. Da drinnen ist eine Laterne.«

Cable zögerte, schritt dann an ihm vorbei, nicht ohne sicherzugehen, dass Janroe ihm folgte.

Janroe war hinter ihm. »Sie müssen nur die Wand abtasten, dann finden Sie sie«, sagte er.

Cable drehte sich um und hob die linke Hand. Er hörte, wie die Tür zuschlug, dann war es plötzlich stockfinster um ihn herum.

Er hörte Janroes Schritte und spürte, wie er ganz nahe an ihn herantrat. Zu nah! Cable versuchte, sich umzudrehen und dabei seinen Colt zu ziehen, aber plötzlich wurde ihm die Hand auf den Rücken gedreht, hoch bis zwischen die Schulterblätter. Um seinen Arm freizubekommen, wollte er einen Satz nach vorne machen, aber Janroe trat ihm die Fußknöchel weg, und Cable fiel vornüber. Er landete hart auf dem Boden, und Janroe war sofort auf ihm.

4

Nun herrschte Stille.

Cable rührte sich nicht; Janroes ganzes Gewicht drückte ihn auf den kalten, harten Boden. Er spürte Janroes Brust auf seinem Rücken. Sein rechter Arm, der verdreht zwischen ihnen war, sandte einen stechenden, krampfhaften Schmerz bis hoch in die Schulter. Janroe hatte seine Hand freigerissen, als sie auf dem Boden aufgekommen waren. Mit ihr hielt er den Griff von Cables Revolver umklammert, und als die Dielen über ihnen knarzten, packte er fester zu.

Leise Schritte waren oben im Laden zu vernehmen, bevor sich wieder Stille ausbreitete. Cable wartete ab, lauschte, entspannte seine Muskeln, trotz des Gewichts, das auf ihm lastete. Vielleicht war es Martha, die nach draußen ging, um die Kinder zu rufen. Martha, nur wenige Meter von ihm entfernt.

Er spürte, wie sein Colt aus dem Halfter glitt. Janroe verlagerte sein Gewicht, was Cable schmerzhaft in den Knochen spürte. Der Abzug des Revolvers wurde direkt neben Cables Ohr gespannt, dann bohrte sich der Lauf in seine Achselhöhle.

»Versau es nicht«, flüsterte Janroe.

Sie warteten. Keiner von beiden sprach ein Wort in der stillen Dunkelheit. Einen Augenblick später knarzten die Bodendielen erneut, und die leisen Schritte fanden ihren Weg zurück durch den Laden. Cable atmete langsam aus.

»Ich hätte schießen können. Vorhin war ich noch unbewaffnet, aber jetzt hätte ich Sie töten können«, raunte Janroe.

Cable antwortete nicht. Janroes Ellbogen bohrte sich in seinen Rücken. Dann ließ der Druck nach, und er spürte, wie Janroe sich aufrichtete. Cable wartete ab. Er hörte, wie Janroe die Laterne bereit machte. Ein Zündholz wurde an der Wand angerissen. Die Flamme flackerte kurz auf und erlosch fast wieder, dann nahm der Boden vor Cables Gesicht Form an. Er hob die Augen aus seinem eigenen Schatten, und im schwachen Licht sah er vier längliche Holzkisten, die vor ihm an der Mauer standen.

»Sie können jetzt aufstehen«, sagte Janroe.

Cable kam auf die Beine. Er streckte seinen steifen Körper und ließ die Schultern kreisen, um den stechenden Schmerz in seinen Muskeln zu lindern. Dann schaute er zu Janroe und bemerkte, dass sein Revolver in dessen Gürtel steckte, vorne am Bauch.

»Wollen Sie hier irgendetwas beweisen?«

»Ich will, dass Sie wissen«, sagte Janroe, »dass ich mich nicht den ganzen Tag über in Müßiggang übe.«

»Das wäre auch einfacher gegangen.«

»Nein!« Janroe schüttelte langsam den Kopf. »Sie sollen wissen, dass ich Sie hätte töten können. Und dass ich es getan hätte, wenn es nötig gewesen wäre. Merken Sie sich das.«

»Sie haben keinen Grund, mich zu töten.«

»Der Grund steht hinter Ihnen. Vier Kisten mit Enfield-Gewehren. Die sind wichtiger als das Leben eines einzigen Mannes. Wichtiger als …«

Cable unterbrach ihn. »Was Sie sagen, ergibt keinen Sinn.«

»… als Ihr Leben oder das von Vern und Duane Kidston«, beendete Janroe seinen Satz. »Ergibt das einen Sinn?«

»Meinen Jagdschein.« Cable blickte ihn nachdenklich an. »So nannten Sie es doch. Wenn ich mich im Waffenschmuggel betätige, könnte ich reinen Gewissens töten.«

»Ich sage es Ihnen noch einmal«, meinte Janroe. »Wenn Sie für mich arbeiten, würde ich Ihnen befehlen, sie zu töten.«

»Daran kann ich mich erinnern.«

»Aber es hat bislang keine Wirkung gezeigt.«

»Ich habe Ihnen vor einer Weile gesagt, dass jetzt die Kidstons an der Reihe sind.«

»Gut. Und was, glauben Sie, tun die gerade?«

»Wahrscheinlich ihre Toten begraben«, sagte Cable. »Und sich etwas klarmachen.«

»Und Joe Bobs Brüder? Glauben Sie, die begraben ihn und vergessen die Sache dann?«

»Das ist etwas anderes«, sagte Cable.

»Nein, ist es nicht. Vern wird sich ihrer bedienen. Er wird die beiden auf Sie hetzen, als wären es tollwütige Hunde.«

»Das glaube ich nicht. Irgendetwas sagt mir, dass Vern jemand ist, der solche Probleme selbst löst, auf seine Art.«

»Und darauf wollen Sie das Leben Ihrer Familie wetten?«, fragte Janroe kühl.

»Vern ist am Zug, nicht ich.«

»Wie beim Schach.«

»Hören Sie«, sagte Cable geduldig. »Sie wollen, dass ich

diesen Mann kaltblütig erschieße. Das kann ich nicht machen. Es gibt überhaupt keinen Grund dafür.«

»Obwohl Sie Ihre Familie zurückgelassen haben, um tausend Meilen entfernt gegen die Yankees zu kämpfen?« Janroe sah ihn eindringlich an. »Sie sind wieder zu Hause und haben Yankees genau vor Ihrer Nase. Aber jetzt ist es aus irgendeinem Grund etwas völlig anderes. Die versorgen die Kavallerie im Kampf gegen Ihre Kameraden mit Pferden. Die lassen diese Pferde auf Ihrem Land grasen. Nur jetzt ist alles anders. Jetzt sitzen Sie herum und warten ab, weil die Yankees am Zug sind.«

»Viele Dinge hören sich unsinnig an«, sagte Cable, »wenn man sie in Worte fasst.«

»Oder wenn man nicht genau hinhört«, sagte Janroe. »Dann nimmt man das Gewehrfeuer und die Schreie der Verwundeten nicht wahr. Man redet sich sogar ein, der Krieg sei vorbei.«

»Ich habe es Ihnen schon einmal gesagt. Was mich betrifft, ist dieser Krieg zu Ende.«

Janroe nickte. »Ja, das haben Sie mir gesagt. Und Sie haben es sich selbst eingeredet. Jetzt brauchen Sie es nur noch Vern Kidston und seinem Bruder zu erzählen.«

Beende die Sache, sagte sich Cable. Sag ihm, er soll den Mund halten und sich um seine eigenen Angelegenheiten kümmern. Aber dann dachte er an Martha und die Kinder. Sie waren hier bei diesem Mann in Sicherheit, weil er eingewilligt hatte, sie aufzunehmen. Er war Janroe zu Dank verpflichtet, und dieses Wissen hielt ihn in Schach und ließ die schroffen Worte versiegen, die klar in seinen Gedanken standen und ihm fast auf der Zunge lagen. »Ich glaube, das bringt alles nichts«, sagte er nur.

Janroes Miene blieb kalt und ausdruckslos, er hatte immer noch die Augen auf Cable gerichtet. Er blickte ihn so eindringlich an, als wollte er seine Gedanken lesen. »Sie sollten sich das durch den Kopf gehen lassen«, sagte er, während er kurz nach unten blickte. Er zog den Colt aus dem Hosenbund und reichte ihn Cable, mit dem Griff zuerst.

»Ich habe gehört, dass Bill Dancey und die anderen in den nächsten Tagen anfangen, die Pferde von den Weiden zu holen. Das heißt, Duane wird allein zu Hause sein, und Vern wahrscheinlich auch. Nur die beiden.« Janroe nahm die Laterne von der Wand. Bevor er sie ausblies, fügte er hinzu: »Vielleicht lassen Sie sich auch das durch den Kopf gehen.«

Sie verließen den Keller und traten ins grelle Sonnenlicht, das den Hof überflutete. Janroe wartete, während Cable ins Haus ging, um sich von Martha zu verabschieden. Nach einigen Minuten kam Cable wieder heraus. Janroe sah zu, wie er sich hinkniete und seinen Kindern einen Kuss gab. Er sah zu, wie er sein Pferd bestieg und fortritt. Er sah ihm nach, bis er außer Sichtweite war, und selbst dann verweilte er noch und starrte im flimmernden Sonnenlicht auf die Weidenbäume, die das Flussufer säumten.

Seine Wut reicht nicht aus, sagte sich Janroe. Und Vern will abwarten und die Sache aussitzen. Wenn er wartet, dann wartet auch Cable, und nichts passiert. Nichts passiert, solange du sie nicht zusammenbringst. Das ist ziemlich klar, oder? Du musst dafür sorgen, dass sie sich die Köpfe einschlagen.

Manuel Acaso erreichte Cables Haus am späten Abend. Der Himmel war noch hell, mit Streifen von Sonnenlicht über dem Kiefernhang, aber das Gleißen war verschwunden und die Bäume dunkel und scheinbar stiller.

Manuel ritt durch die marmorierten Schatten des Espenhains, zwischen den vereinzelten blassweißen Bäumen hindurch, und hörte nur die Schritte seines Pferdes. Am Rand des Hains brachte er das Tier zum Stehen und betrachtete das still daliegende Haus. Dann ritt er weiter.

Als er den Hof halb überquert hatte, rief er: »Paul!«

Cable schob die hängenden Zweige der Weide mit dem Lauf seiner Flinte beiseite und trat ins Freie. Manuel saß unbeweglich im Sattel und schaute geradeaus zum Haus. Während Cable von der Seite näher kam, blieben Manuels Augen auf die Haustür gerichtet.

Er hat sich nicht verändert, dachte Cable. Vielleicht hatte er zugenommen, aber nicht viel. Und er sieht immer noch so aus, als wäre er mit Sattel und Pferd verwachsen, als wäre er eins mit ihnen, auch wenn er einfach nur so dasaß.

Leise sagte er: »Manuel …«

Das schmale, dunkle Gesicht unter der Hutkrempe wandte sich Cable zu, ohne Überraschung, aber mit einem Lächeln, das echt war und warmherzig. Seine Augen wanderten zu den Weiden und dann wieder zu Cable.

»Du versteckst dich also immer noch in den Bäumen«, sagte Manuel. »Wie damals bei den Apachen. Man sollte sich nie dort aufhalten, wo sie einen vermuten.«

Cable lächelte auch. »Das haben wir gelernt, Manolo.«

»Und jetzt müssen wir es bei einem Mann namens Kidston anwenden«, sagte Manuel. »Dachtest du, ich sei er?«

»Er hätte es sein können.«

»Immer ist irgendetwas, nicht wahr?«

»Warum hast du ihn nicht gleich zu Anfang vertrieben?«

Manuel zuckte die Achseln. »Warum sollte ich? Es ist nicht mein Land.«

»Du halbe Portion warst bestimmt mit anderen Dingen beschäftigt.«

Das angedeutete Lächeln verschwand von Manuels Gesicht. »Ich hätte nicht gedacht, dass er dir so schnell davon erzählt.«

»Hast du ihn heute Abend noch nicht gesehen?«

»Nein, ich habe nicht bei ihm haltgemacht.«

»Aber du wusstest, dass ich hier bin.«

»Ein Mann, den ich kenne, war gestern im Laden. Luz hat es ihm erzählt«, sagte Manuel. »Ich hätte fast noch Martha und die Kinder besucht. Aber dann habe ich mir gesagt, sprich zuerst mit ihm über Janroe.«

»Er will, dass ich mich mit dir zusammentue, aber ich habe ihm gesagt, dass ich auch so genug Schwierigkeiten habe.«

»Er muss irgendetwas an dir finden.» Manuel beugte sich vor und blickte Cable an. Seine Hände lagen über Kreuz auf dem Sattelknauf. »Was hältst du von ihm?«

Cable zögerte. »Ich bin mir nicht sicher.«

»Hat er dir erzählt, wie er hergekommen ist und dass er mit den Gewehren hilft?«

»Dass er im Krieg war und verwundet wurde.«

»Glaubst du ihm?«

»Es gibt keinen Grund, der dagegenspricht. Aber er ist undurchschaubar.«

»Das habe ich auch immer gedacht. Und tue es auch jetzt noch.«

»Hast du dich über ihn erkundigt?«

»Natürlich. Ich habe die Leute gefragt, mit denen ich arbeite. Die sagten, natürlich ist er in Ordnung, sonst wäre er nicht hergeschickt worden.«

Als er zu Manuel hochsah, lächelte Cable. Es tat gut, ihn zu sehen, wieder mit ihm zu reden, hier draußen oder anderswo, und zum ersten Mal seit drei Tagen fühlte sich Cable selbstsicher. Dieses Gefühl überkam ihn angesichts der ruhigen, gelassenen Art dieses Mannes, der so entspannt auf seinem Pferd saß, dass er eins mit ihm zu sein schien. Dieser schmächtige, schmalgesichtige Mann, der aussah wie ein Junge und immer so aussehen würde, der sich mit ihm um das Vieh gekümmert hatte, mit dem zusammen er gegen die Apachen gekämpft und der ihm beim Bau des Hauses geholfen hatte. Sie kannten sich und wussten, was sie aneinander hatten, und über vieles zwischen ihnen musste kein Wort gewechselt werden, um es zu verstehen.

»Hast du das Gefühl, dass wir beobachtet werden?«

Manuel nickte. »Hier so ungeschützt zu stehen ist, als wären wir nackt.«

»Wir sollten irgendwo anders hin.«

»In die Bäume.« Manuel lächelte.

Er brachte sein Pferd in die Scheune und kam mit langsamen, etwas steifen Schritten zurück und drückte dabei mit der Hand den Colt, der im Halfter tief an seiner Hüfte steckte, an sein Bein. Er folgte Cable unter die Weidenbäume. Als er sich neben ihn an den Uferrand setzte, bemerkte er die Pferde, die auf der anderen Seite des Flusses auf der Weide grasten.

»Du lässt Verns Pferde hier?«

»Einmal habe ich sie schon vertrieben«, sagte Cable. »Duane hat sie wieder hergebracht.«

»Also musst du sie noch einmal vertreiben.«

»Morgen. Hilfst du mir dabei?«

»Ab heute Abend muss ich mich wieder den Gewehren widmen.«

Cable musste an Denaman denken. Als jetzt von Waffenschmuggel die Rede war, tauchte plötzlich sein Gesicht vor Cables innerem Auge auf. Er berichtete Manuel, was Janroe über Denamans Tod erzählt hatte. Dass er um sein Geschäft gefürchtet hatte. »Aber ich nehme an, dass er damit die Waffen meinte«, sagte Cable. »Dass er auf ihnen saß und so tun musste, als wäre nichts.«

»Ich glaube, er war einfach alt«, sagte Manuel. »Ich glaube, er wäre sowieso gestorben. Vielleicht hat ihn dieser ganze Waffenschmuggel ein paar Tage früher ins Grab gebracht, aber so viele Tage waren es dann auch wieder nicht.«

»Es tut mir leid …«

»Danke«, sagte Manuel verständnisvoll, weil Denaman wie ein Vater für ihn gewesen war.

»Zuerst konnte ich mir nicht vorstellen, dass John sich auf so etwas einlässt – hier draußen, weit weg vom Krieg.«

»Warum?« Manuel hob die Augenbrauen. »Du hast auch hier gelebt. Und bist in den Krieg gezogen.«

»Das war irgendwie anders.«

»Nur weil er alt war? John konnte genauso gedacht haben wie du.«

»Kann sein.«

»Bestimmt war es so. Und ich glaube auch, dass er das

Gefühl hatte, etwas beitragen zu müssen, nachdem du dich zum Kriegsdienst gemeldet hast, und die anderen auch. Da er nicht Soldat werden konnte, hat er eben die Sache mit den Waffen angeleiert.«

»Hat er dir davon erzählt?«

Manuel schüttelte den Kopf. »Als ich davon erfahren habe, waren die Gewehre bereits unter dem Laden versteckt. John ist über einen Mann aus Hidalgo, den er kannte, in die Sache reingeraten. Er wollte meine Hilfe nicht, meinte, ich hätte damit nichts zu tun. Aber ich habe zu ihm gesagt, wenn er an das glaubt, was er tut, dann würde auch ich daran glauben. Es wäre verschwendete Zeit, lange darüber zu diskutieren.«

»Und, glaubst du daran?«

»Ich glaubte an John, das reicht.«

»Und jetzt?«

»Er hat damit angefangen«, sagte Manuel, »ich werde es zu Ende führen. Mit oder ohne die Hilfe des Mannes, der so darauf versessen ist, zu töten.«

»Noch etwas«, sagte Cable. »Janroe hat mir erzählt, dass John sich wegen Luz Sorgen machte. Dass sie Umgang mit Vern hatte, was John nicht gefallen hat.«

Manuel nickte. »Bevor Janroe aufgetaucht ist, hat sie sich oft mit Vern getroffen. Manchmal hat es mich gestört, dass er so häufig da war. Aber John hat gesagt, nein, das ist gut, lass ihn ruhig mit Luz zusammen im Wohnzimmer sitzen. Wenn wir herumschleichen und unter uns bleiben, werden die Leute bloß misstrauisch, sagte er. Ich glaube nicht, dass ihm Vern Kopfzerbrechen bereitete. Es war eher so, dass er ihn mochte. Die beiden redeten gerne miteinander, nie über den Krieg, sondern über angenehme

Dinge … Nein, in dieser Sache irrt sich Janroe. Das hat er sich zusammengereimt. Vielleicht ergibt es einen Sinn für ihn, aber er liegt falsch.«

»Danach haben sich Luz und Vern nicht mehr getroffen?«

»Gleich nachdem Janroe aufgetaucht ist.«

»Weißt du, warum?«

»Ich glaube, weil sie Angst hatte, dass Janroe ihn umbringen würde, oder es zumindest versuchen würde. Und wenn es im Laden passierte, dann wäre es ihretwegen.« Manuel hielt inne. »Ergibt das einen Sinn?«

»Ich denke schon. Sie wusste ja, dass Janroe und Vern auf verschiedenen Seiten standen.«

»Luz hat Angst vor ihm, und sie gibt das auch zu«, sagte Manuel. »Sie sagt, sie habe ein schlechtes Gefühl bei ihm und er würde ihr im Traum als *nagual* erscheinen, als ein Mann, der sich in jemand anders verwandeln kann. Ein Mann, der zwei Personen auf einmal ist.«

»Zwei Personen auf einmal? Das scheint zu passen«, sagte Cable und nickte. »Er könnte sein, was er vorgibt, und er könnte sein, was er wirklich ist, oder was er glaubt zu sein. Ich weiß es nicht. Ich weiß nicht einmal, wie ich mit ihm umgehen soll. Er will, dass ich für ihn arbeite. Er will, dass ich Vern und Duane umbringe.«

Manuel starrte ihn an. »Das hat er mir auch angetragen, vor einigen Monaten.«

»Was hast du ihm gesagt?«

»Dass er zur Hölle fahren soll.«

»Das wollte ich zuerst auch sagen, aber jetzt wohnen Martha und die Kinder bei ihm, und ich kann ihn nicht so hart angehen. Er hört einfach nicht auf, darüber zu reden und seine Gründe darzulegen, und irgendwann weiß ich nicht mehr, was ich darauf antworten soll.«

Manuel beugte sich in der Düsternis vor und legte seine Hand auf Cables Arm. »Willst du mehr über diesen Janroe erfahren?«

»Wie?«

»Ich bringe dich zu dem Mann, für den ich arbeite. Johns Freund aus Hidalgo. Der kann dir einiges erzählen.«

»Ich weiß nicht …«

»Du warst im Krieg und wirst verstehen, was er über Janroe zu sagen hat. Du bist in der Lage, die richtigen Fragen zu stellen.«

»Vielleicht sollte ich das.« Cable sprach leise, nachdenklich.

»Hör zu. Du machst dir Sorgen um dein Land, das verstehe ich. Aber danach werde ich dir helfen, und wenn du willst, werden wir die Kidstons zum Teufel jagen.»

Cable nickte. »Einverstanden. Wir reden mit deinem Mann.«

Bei ihrem Aufbruch herrschte immer noch himmelrotes Dämmerlicht. Als sie jedoch am Laden vorbeiritten, am Westufer des Flusses und hoch am Hang, damit niemand sie hörte, war es bereits tiefschwarze Nacht.

Martha stand am Spültisch und ließ sich Zeit mit dem Abwasch des Frühstückgeschirrs, ließ sich Zeit, weil sie nicht wusste, was sie danach tun sollte. Vielleicht Luz fragen, ob sie ihr bei irgendetwas helfen konnte. Luz, nicht Mr. Janroe. Aber selbst wenn es etwas zu tun gäbe, würde Luz ihre Hilfe nicht annehmen, da war sich Martha sicher.

Was also tun? Vielleicht mit den Kindern nach draußen gehen.

Ihr Blick wanderte vom Spülwasser zum Fenster, und sie sah ihre Kinder, die im Hinterhof spielten: Davis und Sandy schoben einen aus Stöckchen gebauten Zug über den festgetretenen Boden und machten Pfeifgeräusche; Clare saß über ihre Schiefertafel gebeugt auf einem Baumstumpf, man konnte ihre Zungenspitze im Mundwinkel erkennen.

Sie sind daran gewöhnt, dass er nicht da ist, dachte Martha. Aber du nicht. Selbst nach zweieinhalb Jahren nicht. Und jetzt scheint er weiter weg denn je.

Es war merkwürdig. Während des Krieges hatte Martha auf Cable gewartet, weil sie wusste, dass er heimkehren würde. Sie wusste es, weil sie inständig dafür betete und keinen anderen Gedanken zuließ. Und jetzt war er nicht mehr als einen einstündigen Ritt entfernt, aber die Distanz zwischen ihnen war größer als zu jener Zeit, als er unter General Forrest gedient hatte. Und auch jetzt spürte sie diese Ungewissheit in sich. Weil du damals keine Zeit hattest, darüber nachzudenken, sagte sie sich. Oder nicht darüber nachzudenken. Diesmal hattest du keine Gelegenheit, dir anzugewöhnen, nicht darüber nachzudenken, ob ihm etwas zustoßen könnte.

Einen Moment lang machte sie dieser Gedanke wütend. Zu Hause gab es so viel zu tun. Sie hatte eine Familie, um die sie sich kümmern musste, ihren Mann und die Kinder, aber sie, sie stand hier herum und wartete, während sie den Abwasch im Haus eines anderen machte, wieder von ihrem Mann getrennt, und wieder mit der ermüdenden Notwendigkeit konfrontiert, sich einzureden, alles werde gut.

War es das wert?

Und wenn nicht, gab es überhaupt irgendetwas, wofür es sich zu kämpfen, worauf es sich zu warten lohnte?

Und sie dachte, wenn man nicht das Verlangen hat, für etwas zu kämpfen oder auf etwas zu warten, dann gibt es auch keinen Grund dafür, auf der Welt zu sein.

Du hast leicht reden. Mach den Abwasch und füge dich deinem Schicksal. Martha lächelte. Nein, sagte sie sich, es war schlicht und einfach eine Frage von Sturheit oder Resignation. Wenn man vor einem Problem davonläuft, trifft man wahrscheinlich auf ein anderes. Also muss man sich dem ersten stellen, dem wichtigen. Sie erinnerte sich daran, wie Cable vor vielen Jahren sagte: »Wir sind mit allem, was sich uns in den Weg gestellt hat, fertiggeworden. Nichts und niemand wird uns von hier vertreiben.«

Und vielleicht kannst du daran glauben, sagte sich Martha, genau wie du daran geglaubt hast, dass er aus dem Krieg zurückkehren wird. Also, setz noch mal dein bestes Lächeln auf. Auch wenn dir davon übel wird.

Aber ich bin müde, dachte Martha, die nun nicht mehr lächelte. Vielleicht kann man diese Maske nicht für immer tragen, sonst erstickt man.

Sie blickte über ihre Schulter, als Luz in die Küche trat.

»Ich glaube, Mr. Janroe geht aus«, sagte Luz. Sie nahm ein Handtuch vom Haken über dem Spültisch und fing an, das Geschirr abzutrocknen. »Er ist im Laden, aber er ist angezogen, als würde er ausgehen.«

»Wohin sollte er gehen?«, fragte Martha.

»Ich weiß es nicht. Manchmal reitet er einfach weg.«

»Hat das vielleicht mit den Waffen zu tun?«

Luz schaute sie an. »Du weißt davon?«

»Natürlich. Glaubst du, Paul würde es mir verschweigen?«

»Ich war mir nicht sicher.«

»Luz, hast du irgendetwas mit der Sache zu tun?«

Die junge Frau nickte. »Am Tag, an dem die Waffen geliefert werden, reite ich nachmittags nach Hidalgo. Am Abend kehre ich eine Stunde vor ihnen zurück, um zu sehen, ob die Luft rein ist. Dann kommt Manuel und macht dasselbe. Danach kommen die Waffen.«

»Musst du bald wieder dorthin – oder sollte ich so etwas nicht fragen?«

»Das ist egal.« Luz zuckte die Achseln. »Morgen reite ich wieder hin.«

»Hast du keine Angst?«

»Nicht, wenn ich hier weg bin.«

»Aber du hast Angst vor Mr. Janroe«, sagte Martha. »Da bin ich sicher. Warum, Luz?«

»Du kennst ihn nicht, sonst würdest du nicht danach fragen.«

»Weil er so grob ist? Nicht wirklich das, was man einen Gentleman nennt?«

»Nein.« Luz schüttelte mit ernster Miene den Kopf. Sie warf einen Blick zur Tür, bevor sie sagte: »Es ist nichts, was man ihm ansieht.«

»Hat er dir je irgendwelche … Avancen gemacht?«

»Nein, das ist es auch nicht«, sagte Luz. »Es ist mehr ein Gefühl. Wie die Präsenz von etwas Bösem. Als wäre seine Seele so von Sünde befleckt, dass man seine Verdorbenheit wahrnimmt, fast als könnte man sie riechen.«

»Luz, du weißt, der Mann hat nichts Unrechtes getan.«

»Wenn man etwas spürt, ist es auch eine Gewissheit.«

»Aber es ist nichts, was du beweisen kannst, oder?« Martha stand bewegungslos mit den Händen im Spülwasser, ihre ganze Aufmerksamkeit war auf Luz gerichtet. »Was, wenn dir plötzlich klar wird, dass das unmöglich stimmen kann, dass du alles nur geträumt hast oder …«

»Ich habe von ihm geträumt. Schon einige Male, und letzte Nacht wieder.« Der Blick der jungen Frau wanderte zum Wohnzimmer und wieder zurück. »In dem Traum habe ich ein Tier gesehen, wie ein kleiner Wolf oder ein Kojote, das im Mondschein herumschlich. Dann war da ein Huhn, direkt vor ihm. Das Huhn pickte auf dem Boden herum, und noch bevor es den Kopf heben konnte, war das Tier schon über ihm und zerriss es mit den Zähnen und fraß es bei lebendigem Leib. Ich sah zu, das Blut war mir in den Adern gefroren, aber ich konnte mich nicht bewegen. Und während ich zuschaute, änderte das Tier seine Gestalt. Es hockte immer noch mir zugewandt da und fraß, vollgeschmiert mit Hühnerblut. Zuerst verwandelten sich seine Hinterläufe in menschliche Beine, dann wurde aus seinem Rumpf der bekleidete Körper eines Mannes. Danach änderte sich auch sein Gesicht, das Maul, die Schnauze. Die Zähne waren immer noch die eines Tieres, genau wie die Augen, und er hatte keine Stirn. Er blickte mich an, der Mund war voller Blut, genau wie die Hand … die eine Hand, die er noch hatte. In diesem Augenblick bin ich schreiend weggelaufen. Ich wusste, es war das Gesicht von Mr. Janroe.«

»Luz, du sagst doch selbst, dass es ein Traum war …«

»Das ist noch nicht alles.« Luz blickte wieder zum Wohnzimmer. »Ich bin schweißgebadet aufgewacht, meine Kehle war wie ausgetrocknet. Also stieg ich aus dem

Bett, um nach unten zu gehen und Wasser zu trinken. Im Flur war es dunkel, aber aus seinem Zimmer drang ein Licht. Ich ging zu seiner Tür, schaute in sein Zimmer … und ich schwöre bei meiner toten Mutter, mein Herz hörte auf zu schlagen, als ich ihn sah.«

»Mr. Janroe?«

Luz nickte hastig. »Er saß am Tisch und hielt ein Stück Fleisch direkt vor seinen Mund. Seine Augen waren auf mich gerichtet, aber nicht so, als hätte er gerade aufgeschaut, sondern so, als ob er mich die ganze Zeit beobachtet hätte. Ich sah seine Augen und die Hand, die das Stück Fleisch hielt, genau wie im Traum, und dann bin ich weggelaufen. Ich weiß nicht mehr, ob ich geschrien habe, aber ich erinnere mich, dass ich schreien, die Treppe hochlaufen und meine Tür abschließen wollte.«

Martha trocknete ihre Hände am Geschirrtuch. Sie lächelte die junge Frau sanftmütig an und legte ihr die Hand auf den Arm.

»Luz, es ist nichts Übernatürliches daran, wenn ein Mann mit den Fingern isst.«

»Du hast ihn nicht gesehen.« Luz verstummte. Ihr Blick huschte wieder zur Schwelle der Wohnstube, und einen Moment später tauchte Janroe auf. Martha schaute zu ihm und dann wieder zu Luz, die sich abrupt umdrehte und durch die Fliegengittertür verschwand.

Janroe trat in die Küche. Er hatte seinen Hut in der Hand und trug einen Mantel, aber der Mantel stand offen, und Martha konnte den Pistolengriff sehen, der unter dem Revers aus dem Schulterhalfter hervorlugte. Ein zweiter Revolver war an seiner Hüfte.

»Habe ich Sie bei irgendetwas unterbrochen?«

»Nichts Wichtiges.« Martha drehte sich vom Spültisch weg, um ihm ins Gesicht zu sehen. »Sie gehen aus?«

»Das hatte ich vor.« Er blickte sie mit einem leisen Lächeln an. »Sie fragen sich, ob ich Ihren Mann besuchen gehe?«

»Ja, das tue ich.«

»Das könnte sein.«

»Wenn Sie beim Haus vorbeikommen, würde es Ihnen etwas ausmachen, kurz anzuhalten?«

»Warum?«

»Was glauben Sie, warum, Mr. Janroe?«

»Vielleicht ist es ihm gar nicht recht, wenn Sie wissen, was er gerade treibt.«

Jetzt kommt auch noch diese Seite zum Vorschein, dachte Martha ermattet. Sie antwortete nicht.

»Ich meine, so schnell, wie er sie fallen gelassen und sich aus dem Staub gemacht hat.« Janroe hängte seinen Hut an eine Stuhllehne. Dann ging er gemächlich um den Tisch herum und sagte: »Ein Mann sieht zwei Jahre lang seine Frau nicht, und als er nach Hause kommt, verlässt er sie direkt wieder. Was ist das für eine Art?«

Martha beobachtete ihn, während er auf sie zukam. »Den Grund dafür kennen wir, Mr. Janroe.«

»Den Grund, den er vorgibt. Aus Sorge um seine Frau und die Kinder.«

»Was sollte es für einen anderen Grund geben?«

»Es ist nicht meine Angelegenheit, das herauszufinden.«

»Ancheinend machen Sie es gerade zu Ihrer Angelegenheit.«

»Ich habe mich nur gefragt, ob Sie ihm glauben.«

Er stand jetzt direkt vor ihr. Martha rührte sich nicht.

Sie spürte den hölzernen Spültisch im Rücken. »Ich glaube ihm«, sagte sie ruhig, »ich glaube ihm alles, was er mir erzählt.«

»Und hat er Ihnen erzählt, dass er all die Jahre, die er weg war, wie ein Heiliger gelebt hat?«

»Das habe ich ihn nie gefragt.«

»Soll ich Ihnen sagen, was ein Mann tut, wenn er weg ist von zu Hause?«

»Selbst wenn ich das nicht wissen wollte …«

»Er nutzt die Gelegenheit, um Spaß zu haben«, fuhr Janroe fort. »Er führt sich auf wie ein junger Bock in der Frühlingsluft, und erwartet gleichzeitig, dass seine Frau brav zu Hause sitzt.«

»Das wissen Sie aus eigener Erfahrung?«

»Ich habe es gesehen.« Seine Stimme war leise und vertraulich. »Einige von ihnen kommen nach Hause und tragen immer noch die Gewohnheiten dieses wilden Lebenswandels in sich, und dann machen sie sich wieder aus dem Staub.«

Er blickte sie eindringlich an, sein gesenkter Kopf war nur wenige Zentimeter von ihrem entfernt. »Und dann gibt es Frauen, die sich nicht ins Bockshorn jagen lassen und sagen: ›Wenn er Unsinn macht und Spaß hat, dann darf ich das auch.‹ Und sie machen es auch. Sie haben auch Spaß, und ihren Ehemännern geschieht das nur recht.«

Martha stand reglos da. Sie sah ihn an, seinen buschigen Schnauzbart und die harten, knochigen Gesichtszüge, und spürte seine fast beklemmende Nähe. Sie sprach kein Wort.

Dann fragte Janroe, fast flüsternd: »Wissen Sie, was ich meine?«

»Wenn ich meinem Mann erzählen würde, was Sie gerade gesagt haben«, sagte Martha ruhig, »dann würde er Sie wahrscheinlich umbringen.«

Janroes Miene veränderte sich nicht. »Das glaube ich nicht. Ihr Mann braucht mich. Er braucht ein Haus, in dem Sie und die Kinder wohnen können.«

»Wollen Sie mir weismachen, dass ich Teil einer Abmachung zwischen Ihnen und meinem Mann bin?«

»Ehrlich gesagt, so direkt haben wir nicht darüber gesprochen.« Janroe lächelte. »Wir sind doch keine Indianer.«

»Wir sind in einer Stunde weg«, sagte Martha in kühlem Ton.

»Kommen Sie, verstehen Sie keinen Spaß?«

»Nicht darüber.«

Er trat einen Schritt zurück und griff nach seinem Hut. »Ich glaube, Sie haben gar nicht verstanden, wovon ich gesprochen habe.«

»Hoffen wir, Sie haben recht. In Ihrem eigenen Interesse.«

Janroe zuckte die Achseln. »Sie können glauben, was Sie wollen.« Er setzte seinen Hut auf und verließ das Haus. Vor dem Laden stieg er auf ein gesatteltes braunes Pferd und ritt davon.

Er hatte immer noch Marthas ruhigen Gesichtsausdruck vor Augen, als er das flache Flusswasser durchquerte, den Braunen die Böschung hochtrieb und mit ihm über das Weideland ritt, das sich bis zu den Kiefern erstreckte, die den ganzen Bergrücken bedeckten. Dann gab er dem Braunen die Sporen, ließ ihn durch die Talsohle galoppieren, im prallen Sonnenlicht, dem heißen Wind ausgesetzt, der ihm ins Gesicht wehte. Aber selbst dann hatte er Martha noch vor Augen.

Sie blickte ihn kalt an. Und je schneller er ritt – mit straff angezogenen Zügeln, damit der Braune nicht nachließ –, je mehr er die rohe Kraft des Tieres spürte, die Hufe und den Wind hörte und versuchte, alles andere aus seinem Bewusstsein zu bannen, desto deutlicher fühlte er Marthas Verachtung.

Einige Zeit später, als er dem Pfad folgte, der sich zwischen den Kiefern hindurchschlängelte, ließ das irritierende Gefühl, sich lächerlich gemacht zu haben, nach. Es war, als könnte er sich hier, in der Stille, im sanften Schatten der Bäume, vor ihren Augen verstecken.

Er sagte sich, dass er sie vergessen musste. Der Vorfall in der Küche war ein Fehler gewesen. Er hatte sie gesehen und angefangen, mit ihr zu reden, und dann hatte eins zum anderen geführt. Es war nicht geplant gewesen, sondern war in diesem Augenblick einfach passiert. Er musste vorsichtiger sein. Sie war eine attraktive Frau und ihr Mann viele Meilen von ihr entfernt, aber es gab Wichtigeres als Martha Cable. Sie konnte warten, bis es keine Kidstons mehr gab … und keinen Paul Cable.

Und doch, während er sich dies sagte, nagte ihre Gelassenheit, ihre Gleichgültigkeit an seinem Stolz. Er war sicher, dass sie ihn wegen seines fehlenden Arms auf Abstand hielt, weil sie ihn verabscheute. Weil er kein ganzer Mann war.

Er rückte seine Gedanken zurecht und dachte wieder an den Grund, warum er hier war. Erstens, mit Cable sprechen und ihn weichklopfen, damit er die Kidstons zur Strecke brachte. Danach wollte er auf Erkundung gehen, um zu erfahren, was gerade vor sich ging.

Letzteres war ihm zur Gewohnheit geworden: den

Pfad nehmen, der über den Kamm führte, dann auf das Anwesen der Kidstons zuhalten, manchmal sogar bis auf Sichtweite. So machte er es alle paar Tage, manchmal auch nachts, denn wenn man die Augen offen hielt, brachte man so manches in Erfahrung. Wie Duanes Gewohnheit, abends für eine letzte Zigarre auf der Veranda zu sitzen. Oder die von Vern, einmal in der Woche die Weideplätze zu inspizieren und meistens erst am Tag darauf wiederzukommen. Aber es war immer jemand im Haus gewesen, wenn Duane auf der Veranda saß und rauchte. Und Vern hatte bei seinen Inspektionen immer Bill Dancey an seiner Seite. Zu wissen, dass Kidstons Cowboys in einigen Tagen losziehen würden, um die Pferde zusammenzutreiben, war ebenfalls hilfreich. Er hatte Cable bereits erzählt, dass keiner von den Reitern da sein würde. Vielleicht würde er ihm alles erzählen – die volle Wahrheit über Vern und Duane Kidston. Ihm die ganze Geschichte auftischen, damit er sah, wie einfach alles sein würde.

Oben auf dem Hang zügelte Janroe sein Pferd, er war auf der Höhe von Cables Haus. Dort unten gab es kein Lebenszeichen. Kein Laut, keine Bewegung, kein Rauch aus dem Kamin. Aber Cable könnte trotzdem zu Hause sein, beschloss Janroe.

Während er den Pfad hinunterritt und dabei das Schindeldach und den Hof im Auge behielt, dachte er: Was, wenn er nicht zu Hause ist?

Dann redest du ein andermal mit ihm.

Aber Moment. Was, wenn er nicht zu Hause ist und sich nicht einmal in der Nähe aufhält?

Er erreichte die Rückseite des Hauses und hielt kurz inne. Lauschte in die Stille.

Und was, wenn mit seinem Haus etwas passierte, während er weg war? Janroe spürte, wie bei diesem Gedanken innerlich seine Aufregung wuchs.

Aber du musst vorsichtig sein, sagte er sich.

Er ritt zur Vorderseite und rief Cables Namen.

Keine Antwort.

Er wartete, rief wieder seinen Namen, aber das Haus lag stumm da und zeigte keine Anzeichen von Leben.

Janroe machte mit dem Braunen kehrt, überquerte den Hof und hielt auf die Weidenbäume zu. Sein Blick streifte die Herde auf der Weide, und er betrachtete sie eine Weile. Nein, Cable war nicht hier. Niemand war hier.

Er wollte zurück zum Haus, zögerte aber. Weit und breit war niemand zu sehen. Was hatte das zu bedeuten?

Es war zu einfach. Wenn es zu einfach ist, dann stimmt etwas nicht. Und doch wusste er, dass sich ihm hier eine absolut narrensichere Gelegenheit bot, Cable zu reizen, damit er endlich etwas unternahm. Er saß still im Sattel, betrachtete die Herde, um sicherzugehen, dass keine Reiter hinter den grasenden Pferden zu sehen waren, und ließ sich alles durch den Kopf gehen.

Würde er unter Verdacht geraten? Nein. Er könnte Martha und Luz erzählen, dass er geschäftlich in Fort Buchanan war und niemand hier war, als er vorbeikam. Er könnte sich sogar in Richtung des Forts aufmachen, die Nacht irgendwo auf dem Weg verbringen und erst am nächsten Morgen zum Laden zurückkehren.

Aber was, wenn irgendjemand auftauchte, während er im Haus war? Was, wenn Cable nach Hause kam?

Entweder machst du es, oder du lässt es sein. Aber auf jeden Fall hörst du auf zu grübeln.

Also stand seine Entscheidung fest. Er ritt zum Haus zurück, schwang sich vom Pferd, nachdem er die Ramada erreicht hatte, und stieß die Vordertür auf.

Im Inneren, in dem düsteren, stickigen Raum, überkam ihn eine Dringlichkeit, und er trieb sich zur Eile an. Er musste die Sache schnell hinter sich bringen und das Haus wieder verlassen.

Er nahm eine Bratpfanne vom Herd, ging zum Geschirrschrank, öffnete ihn und schlug mit der Pfanne mehrmals in die Regale, bis kein Teller, bis keine Tasse mehr heil war. Mit einem Stuhl zerschlug er das Abzugsrohr über dem Herd. Eine Rußwolke verbreitete sich im Zimmer, während er die Decken vom Bett riss. Danach verteilte er den Inhalt der Küchenschubladen auf dem Boden, indem er sie einzeln herauszog und umdrehte. Er fand ein Tranchiermesser, mit dem er Matratze und Kissen aufschlitzte, die noch auf dem Bett lagen.

Reichte das?

Sein Atem ging schwer von der Anstrengung, von dem Gewaltausbruch, der nicht länger gedauert hatte als eine Minute. Er zögerte, ließ seinen Blick durch den Raum wandern und verspürte erneut den Drang, das Haus schnellstmöglich wieder zu verlassen.

Es reichte.

Er trat nach draußen, wischte sich den Ruß vom Mantel, stieg auf sein Pferd, ritt über den Hof und durchquerte den Fluss. Er machte lange genug halt, um sicherzugehen, dass keiner von Kidstons Reitern zur Herde gekommen war, seitdem er das letzte Mal nachgeschaut hatte. Dann gab er seinem Pferd die Sporen und ritt weiter über das Weideland in Richtung Osthang, und erst als er den Wald erreichte und den steilen Anstieg durch die Bäume in Angriff nahm, schaute er zurück zu Cables Haus. Dann atmete er tief durch – das hatte er schon im Haus gewollt, um sich zu beruhigen.

Das wird er nicht auf sich sitzen lassen, sagte sich Janroe und wägte diesen Gedanken gleichmütig ab, obwohl er am ganzen Körper immer noch die Erregung, die Anspannung spürte. Jetzt hast du alle Schleusen weit geöffnet.

Es war Abend, aber noch nicht dunkel, eine stille Zeit, in der die Bäume schwarz und üppig dastanden und der Himmel von rötlichen Sonnenstrahlen durchzogen war. Ein ganzer Tag war vergangen, und Cable war auf dem Weg nach Hause.

Er hatte einen Bogen um den Laden gemacht. Zwar wollte er Martha sehen, aber der Wunsch, Janroe aus dem Weg zu gehen, war stärker, und jetzt befand er sich schon hoch oben im Schatten und der Stille der Kiefern und folgte dem Pfad über den Bergkamm.

Er würde ein andermal mit Janroe reden. Nachdem er sich alles gründlich überlegt hatte und sicher war, was er sagen wollte.

An diesem Morgen hatte er mit einem Mann gesprochen, klein und alt, vielleicht um die sechzig, mit einem grauen Bart, der über seinem Mund vom Tabak gelb gefärbt war. Denamans Freund aus Hidalgo. In dem düsteren Haus, mit dem morgendlichen Lärm des Dorfes rundum, wirkte der Mann zu alt, zu klein oder zu zerbrechlich, um in eine solche Sache involviert zu sein.

Aber er fragte Manuel Acaso über Cable aus, dann

nahm er Cable in Augenschein und stellte noch mehr Fragen, und es waren seine Augen, die Cable davon überzeugten, dass er weder zu alt noch zu klein oder zu zerbrechlich war. Braune Augen – Cable würde sich daran erinnern –, die sanft und gütig waren, auch wenn sie nicht lächelten. Es waren die Augen eines geduldigen, leisen Mannes, der wenig mehr als mildes Interesse für das zeigte, was er sah oder hörte.

Er war mehr als willig, über Janroe zu reden, nachdem er sicher war, dass er Cable vertrauen konnte, und er versuchte erst gar nicht, irgendetwas zu verschweigen oder Janroes Taten zu rechtfertigen. Er sprach langsam, bedächtig, als hätte er das, was er erzählte, auswendig gelernt …

Edward Janroe stammte aus Florida, geboren in St. Augustine, einige Jahre vor Ausbruch des Zweiten Seminolenkrieges, und hatte dort seine Kindheit verbracht. Über diesen Lebensabschnitt Janroes war so gut wie nichts bekannt. Erst als er 1854 in die Army eintrat, wurde sein Leben aktenkundig.

1858 stellte man Janroe, der zu dieser Zeit den Rang eines Sergeants innehatte, vors Kriegsgericht, weil er bei einer Saloon-Schlägerei mit einem Messer auf einen Kameraden eingestochen hatte. Der Mann war gestorben, und Janroe wurde zu sechs Jahren Zwangsarbeit im Militärgefängnis von Fort Marion verurteilt. Er hatte gut und gerne drei Jahre abgesessen, als der Krieg ausbrach. Das ersparte ihm den Rest seiner Strafe.

Mit einer Kompanie von Freiwilligen aus St. Augustine marschierte Janroe im Sommer 1861 nach Winchester, Virginia. Dort wurde er der 10. Virginia-Infanterie zugeteilt, die zu General Edmund Kirby Smiths Truppen gehörte.

Trotz seines Strafregisters wurde Janroe zum Lieutenant ernannt, zweifellos aufgrund seiner Erfahrung.

Ein Jahr später verlor Janroe, inzwischen zum Captain befördert, in der Schlacht von Richmond, Kentucky, seinen Arm. Er wurde ins Militärkrankenhaus in Knoxville gebracht, wo er sieben Monate blieb. Irgendwann im März 1863 wurde er aus dem Dienst entlassen.

Aber Janroe kehrte nicht nach Hause zurück. Er hatte erfahren, dass Kirby Smith zum Kommandeur des Trans-Mississippi-Department ernannt worden war, mit Hauptsitz in Shreveport, Louisiana, und dorthin zog es ihn. Anfang April wurde er im Rang eines Lieutenants wieder aufgenommen und diente fortan unter Dick Taylor, einem von Kirby Smiths Generalmajoren.

Bis zu diesem Augenblick hatte Cable stumm zugehört. »Mir hat er etwas anderes erzählt.«

»Es ist mir egal, was er Ihnen erzählt«, sagte der Bärtige. »Er hat unter Taylor gedient und an den Gefechten um Alexandria und Opelousas teilgenommen.«

Aber nicht lange. Er war keine zwei Monate bei Taylors Einheit, als er wieder entlassen wurde, diesmal endgültig. Er habe genug für die Army getan und sich seinen Ruhestand redlich verdient. Aber der wahre Grund war seine grobe Missachtung der Sicherheit seiner Männer, die er bei jedem Feindkontakt in fast selbstmörderische Angriffe schickte. Das und die Tatsache, dass er sich weigerte, Gefangene zu machen. Während seiner Zeit unter Taylor hatte Janroe an die hundertzwanzig Nordstaatler an die Wand stellen und erschießen lassen.

Janroe verteidigte sein Vorgehen bis hoch zu Kirby Smiths Generalstab – er war Soldat, und das Soldatentum war sein Ein und Alles –, aber er wurde für den aktiven Militärdienst als ungeeignet befunden und sofort seines Kommandos enthoben.

Janroe kehrte nach St. Augustine zurück, das zu diesem Zeitpunkt in Händen der Union war. Durch einen Bekannten von früher nahm er Kontakt zu Agenten der Konföderation auf und stellte sich in ihren Dienst. Schlussendlich – er war bereits seit über einem Jahr in Florida – wurde er nach Mexiko geschickt. Dort wurde ihm seine jetzige Mission zugeteilt.

»Nun verstehe ich, warum er mir nicht alles erzählt hat«, sagte Cable.

Der bärtige Mann nickte. »Verständlich.«

Cable musterte ihn. »Was halten Sie von Janroe?«

»Er ist schwer zu durchschauen.«

»Ja, aber was halten Sie von ihm?«

»Ich habe für diese Art von Mann nichts übrig, wenn es das ist, was Sie meinen.«

»Und doch haben Sie ihm einen Auftrag gegeben.«

»Mr. Cable«, sagte der Bärtige, »dieser Janroe hat nur ein Ziel im Leben, und zwar, dass die Südstaaten den Krieg gewinnen.«

»Und dass dabei möglichst viele Yankees getötet werden.«

»Was ist der Unterschied?«

»Sie wissen, was ich meine.«

»Ich weiß, dass mehr als zweitausend Gewehre durch den Laden geschleust worden sind, seitdem er hier ist«, sagte der bärtige Mann.

»Und jetzt will er zwei Männer töten, die noch nicht einmal im Krieg gekämpft haben.«

»Nun, ich frage mich, ob man ihm das vorwerfen kann«, sagte der bärtige Mann matt. »Ein Mann wird ausgebildet und ins Feld geschickt, um zu töten. Aber danach ist es an ihm selbst, das alles abzulegen und zu vergessen.«

»Nur wusste Janroe, schon bevor er in den Krieg gezogen ist, wie man tötet«, sagte Cable.

Besser abwarten, dachte Cable jetzt, und über Janroe nachdenken und darüber, wann Vern aus der Deckung kommt. Und dabei ruhig bleiben und nicht abhauen.

Er war vielleicht eine Meile von seinem Haus entfernt und überquerte gerade eine Lichtung im Kiefernwald, als er unten auf der Weide zwei Reiter erblickte, nur für einen kurzen Moment, bevor sie zwischen den Bäumen am Flussufer verschwanden.

Cable wartete. Als die Reiter auf dieser Seite des Flusses nicht wieder zwischen den Bäumen hervorkamen, stieg er ab, nahm sein Fernglas und die Flinte vom Sattel und ging dann vorsichtig zu Fuß weiter durch den Wald. Er erreichte einen Felsvorsprung, etwa fünfzig Meter oberhalb der Ebene, wo der restliche Weg steil nach unten abfiel. Dort legte sich Cable flach auf den Boden, schob die Spencer in eine kleine Mulde zwischen zwei warmen, sandfarbenen Felsbrocken und schaute dann durch das Fernglas.

Er erkannte Lorraine Kidston auf den ersten Blick. Sie stand neben ihrem Pferd und schaute auf den Mann hinab, der sich über den Wasserrand beugte und trank. Als er aufstand, sich der jungen Frau zuwandte und mit dem Handrücken den Mund abwischte, erkannte Cable Vern Kidston.

Obwohl zweihundert Meter entfernt, war Cable bei ihnen, beobachtete die beiden aufmerksam durch das Fernglas. Vern stand breitbeinig da, als wäre er mit dem Boden verwachsen, die Hände in die Hüften gestemmt, leicht gebeugt. Sein buschiger Schnurrbart gab seinem Gesicht einen ernsten, fast traurigen Ausdruck. Er sagte nicht viel. Lorraine schien das Gespräch fast allein zu führen. Sie lächelte sanft, zuckte die Achseln, legte eine Hand an die Hüfte und gestikulierte gebieterisch mit der anderen.

Sie hielt inne. Für einen Augenblick sprach keiner von beiden, Vern dachte nach, während Lorraine ihn ansah. Dann nickte Vern zögerlich, fast resigniert, und Lorraine lächelte wieder. Sie ging zu ihrem Pferd, und Vern half ihr aufzusteigen. Sie ritt sofort los, ohne sich umzuschauen, über die Weide in Richtung Norden. Vern stand reglos da und sah ihr mit herabhängenden Armen nach.

Er war ganz nah, sein Hut, sein Schnurrbart, sein Hemd, sein Pistolengürtel, seine Hände, jedes Detail war zu erkennen. Dann, als Cable das Fernglas absetzte, war Vern Kidston nur noch eine kleine dunkle Figur zweihundert Meter weit weg.

Da steht er nun und wartet auf dich, dachte Cable.

Er legte das Fernglas weg und nahm die Spencer, mit ihrem kompakten, ausgewogenen Gewicht. Sie lag leicht in seinen Händen, und der Gewehrschaft schmiegte sich sanft an sein Schulterblatt.

Da steht er.

Es wäre ein Leichtes, dachte Cable. Er wusste, dass die Warterei, das Grübeln, die Fluchtgedanken, all das sich wahrscheinlich in Luft auflösen würde, wenn er den Abzug drückte. Also war es entschuldbar, sagte er sich.

Und es wäre auch nicht das erste Mal.

Zwei Apachen hatte er vom Pferd geschossen, als sie

aus der Baumgruppe am Flussufer geritten kamen und auf seine Rinder zuhielten. Er hatte auf demselben Hang gelegen, ein wenig höher als jetzt und näher beim Haus, und mit seinem Hinterlader gefeuert, nachgeladen und gefeuert. Die beiden Apachen wussten gar nicht, wie ihnen geschah, so schnell waren sie aus dem Sattel geflogen.

Und es hatte noch ein anderes Mal gegeben, eher wie die Sache hier, auch wenn er nicht allein gewesen war. Vor zwei Jahren, fast auf den Tag genau. Im Norden von Alabama …

Es war am Morgen des fünften Tages geschehen, nachdem sie die Truppen von Colonel Abel Streight ausgemacht und eingekreist hatten, um einen weiteren Angriff auf ihre erschöpfte Flanke zu starten.

Er lag im hohen Gras, noch feucht und kühl vom Regen, der fast die ganze Nacht gefallen war. Neben ihm im grauen Morgennebel kauerte stumm ein zitternder Soldat. Einige Hundert Meter dahinter waren die restlichen Männer des Spähtrupps, mit ihren Pferden. Sie warteten auf das Signal zum Angriff. Bestimmt eine Stunde lang lag er da und hatte das Fernglas auf einen Wachposten gerichtet, einen Gefreiten des 51. Indiana-Infanterieregiments der Union. Der Yankee war näher gewesen als Vern Kidston jetzt gerade, auf der anderen Seite eines Bachs, etwas unterhalb von ihm. Er hockte hinter einem Baumstumpf, aber sein Gewehr stand aufrecht und überragte seinen Kopf und die Schultern. Er war direkt vor Cable und hatte die Augen auf den Bach gerichtet. Der Schirm seiner Feldmütze, die er sich tief ins Gesicht gezogen hatte, glänzte nass im Sonnenlicht. Aber seine Augen waren weit offen, das wusste Cable, wegen des Nebels und der Stille und weil er ganz alleine auf seinem Wachposten war, über tausend Meilen von zu Hause weg. Er fragt sich bestimmt, dachte Cable, ob er jemals nach Indiana zurückkehren wird. Fragt sich, ob er seine Frau und die Kinder je wiedersehen wird. Er war alt genug, um Familie zu haben. Aber er ist noch nicht lange an der Front, sonst würde er in Deckung bleiben.

Cable erinnerte sich, dass er in jenem Augenblick dachte: Ich kann dir versichern, du kehrst nicht nach Hause zurück. Das ist Pech. Aber ich will auch nach Hause, und wie die Sache steht, wird nur einer von uns dazu in der Lage sein. Sie werden um dich weinen, und das ist traurig. Aber das alles hier ist traurig. Einen kurzen Moment lang dachte er: Geh endlich in Deckung, du Idiot! Hör auf, dich so ungeschützt zu zeigen.

Dann rüttelte irgendjemand an seinem Fuß. Er schaute sich um und blickte in ein bärtiges Gesicht. Das Gesicht nickte zwei Mal. Cable stupste den Soldaten neben sich an und flüsterte, wobei er auf den Yankee-Wachposten zeigte: »Erschieß ihn.«

Der Mann neben ihm presste seine Wange an die Enfield und zielte, aber er brauchte zu lange bei dem Versuch, den Gewehrlauf ruhig zu halten; durch die langen, regendurchnässten Stunden zitterte er am ganzen Körper wie Espenlaub. »Gib her!«, flüsterte Cable. Vorsichtig legte er das Gewehr vor sich hin und richtete das Balkenkorn direkt auf den Kopf des Gefreiten. Du hättest ihm nicht durch das Fernglas ins Gesicht sehen sollen, sagte sich Cable, drückte den Abzug, und der Wachposten hinter dem Bach war nicht mehr. Danach machten sie sich auf und davon. Erst am Abend fand Cable Gelegenheit, an den Mann zu denken, der ungeschützt und unwissend auf seinen Tod gewartet hatte …

So wie Vern Kidston jetzt, dachte Cable.

Es gibt keinen Unterschied zwischen den beiden, sagte er sich. Vern war ein Yankee, keine Frage. Das Einzige, was ihm fehlte, waren die blaue Uniform und die Feldmütze mit dem Kavallerieabzeichen vorne drauf.

Was, wenn der Gefreite des 51. Indiana-Infanterieregiments eine andere Mütze getragen hätte, du aber genau gewusst hättest, was er war und warum er hier war?

Du hättest ihn trotzdem erschossen.

Also bedeutet die Uniform gar nichts.

Es kommt darauf an, woran ein Mann glaubt und was er dir antut. Was, wenn Vern hier oben läge und du dort unten wärst, wenn ihr einfach die Plätze tauschen würdet?

Mit der rechten Hand ließ Cable den Abzugsbügel vor- und zurückschnellen, um eine Patrone in die Kammer zu führen. Dann spannte er mit dem Daumen den Hahn. Cable brachte den Karabiner in Anschlag und nahm die kleine Silhouette zwischen den Bäumen ins Visier. Wie all die anderen, sagte er sich. Schnell und sauber, und alles ist vorbei.

Wenn du nicht dein Ziel verfehlst.

Cable hob ein wenig den Kopf. Nein, er würde ihn von hier aus erledigen. Beim ersten Schuss würde er zu Boden gehen, mindestens, da war er sich sicher. Dann könnte er es zu Ende bringen. Aber was, wenn sich Vern in Deckung bringen konnte?

Erschieß das Pferd. Dann konnte Vern nirgendwohin, und er hatte genügend Zeit. Er fragte sich, ob es nicht besser gewesen wäre, wenn er mehr Munition mitgenommen hätte. In seiner Satteltasche waren noch vier Röhrenmagazine, die man in den Kolben des Gewehrs einführte und die je sieben Patronen Kaliber .56-56 beinhalteten. Die Spencer war jetzt geladen, aber nach sieben Schuss – wenn so viele nötig waren – würde er seinen Colt nehmen müssen.

Vern Kidston bewegte sich aus der Schusslinie. Cable hob den Blick, senkte ihn wieder, und sein Gewehr folgte Vern bis zu seinem Pferd. Als Vern die Zügel nahm und aufstieg, ging die Waffe leicht nach oben.

Jetzt, dachte Cable.

Aber er wartete noch.

Er beobachtete, wie Vern zwischen den Bäumen hervorkam, immer noch auf der anderen Seite des Flusses, und nach Norden ritt, in dieselbe Richtung, die auch Lorraine eingeschlagen hatte. Wahrscheinlich nach Hause. Entweder über den Pfad oder entlang der weit geschwungenen Weide. Aber warum ritten sie nicht zusammen? Es war merkwürdig, dass Vern sie zu dieser Stunde allein losreiten ließ. In knapp einer Stunde würde es stockdunkel sein. Cable zweifelte, dass sie sich in der Gegend gut auskannte.

Und noch etwas. Wo waren sie gewesen? Warum standen sie dort, redeten die ganze Zeit miteinander und trennten sich dann?

Plötzlich kam Cable in den Sinn: Du lässt ihn entwischen.

Er bewegte das Gewehr ein Stück zur Seite und nahm Vern erneut ins Visier. Der Karabiner lag fest in seinen Händen. Cable hatte den Finger am Abzug, und der Gewehrlauf folgte Zentimeter um Zentimeter seinem sich langsam vorwärtsbewegenden Ziel. Die Distanz wurde größer.

Du hast noch zehn Sekunden, sagte sich Cable. Danach konnte er nicht mehr sicher sein, Vern zu treffen. Seine Schultern und Arme versteiften sich, und eine flüchtige Sekunde lang hätte er beinahe den Abzug gedrückt.

Dann war es vorbei. Sein Körper entspannte sich, und er ließ den Hahn langsam zurückgleiten.

Nein, selbst wenn du hundert Jahre auf dem Buckel hättest, würdest du es nicht auf diese Art und Weise tun. Es gibt einen Unterschied, nicht wahr? Das weißt du jetzt. Du spürst es, obwohl du es nicht erklären kannst.

Cable stand ungelenk auf, schaute Vern noch kurz hinterher und stapfte dann langsam zwischen den Bäumen den Hang hoch.

Als er wieder aufgestiegen war, verspürte er eine große Müdigkeit. Er saß schwerfällig im Sattel, schloss von Zeit zu Zeit die Augen und ließ den Braunen im Schritt den Pfad entlanglaufen. Sein Körper schmerzte von dem ganztägigen Ritt, aber es war die Erfahrung, die er vor ein paar Minuten gemacht hatte, die ihn ausgelaugt, ihn mit leerem Kopf zurückgelassen hatte. Bei einer Sache war er sich jetzt sicher, über jeden Zweifel erhaben. Er konnte Vern Kidston nicht so töten, wie Janroe es wollte. Er konnte Vern oder Duane nicht auf diese Art töten, egal wie nachvollziehbar oder notwendig dieser merkwürdige, schlau daherredende Einarmige es machte.

Diese Gewissheit war immerhin eine Erkenntnis. Aber sie änderte kaum etwas. Es lag immer noch an Vern, den ersten Zug zu tun. Cable würde nach Hause reiten, sich aber nicht beeilen, weil niemand da war. Und er würde sich gedulden, bis er die Sache entweder ein für alle Mal ausgesessen oder Vern bezwungen hatte.

Er ritt den Hang hinter dem Haus hinunter, stieg neben der Scheune ab und führte den Rotfuchs hinein. Nach ein paar Minuten trat er wieder nach draußen. Mit der Flinte und dem Fernglas in der Hand ging er über den Hof und ließ dabei den Blick über die Weidenbäume schweifen, die nun grau und bewegungslos vor dem verblassenden Himmel standen. Als er zum Haus hinüberschaute, blieb er abrupt stehen. Durch die offene Tür drang Lampenlicht.

Er nahm die Spencer in die linke Hand, in der er schon den Lederriemen des Fernglases festhielt, die rechte legte er an den Colt und ließ sie dort, während er auf das Haus zuging, durch das Halbdunkel der Ramada schritt und über die Türschwelle trat.

Er erstarrte, als er die auf dem Boden verstreut herumliegenden Bettdecken sah, die aufgeschlitzte Matratze, den rußüberzogenen Tisch und das eingeschlagene Abzugsrohr. Das ganze Ausmaß der Zerstörung – und Lorraine Kidston stand mittendrin. Sie wandte sich vom Herd ab, schob mit dem Fuß zerbrochenes Geschirr beiseite und lächelte Cable an. »Ich habe auf Sie gewartet.«

5

Cable sprach kein Wort, als er den Blick über das zerbrochene Geschirr schweifen ließ, das in den Regalen lag, und von dort zum Herd und dann zu dem zerstörten Ofenrohr auf dem Boden.

Vern oder Duane oder beide wollten also nicht mehr abwarten. Sie hatten etwas unternommen, und das war eine Warnung. Wenn du das Haus reparierst, sagte sich Cable, werden sie das nächste Mal, wenn du nicht da bist, wieder alles zerstören. Wie lange hält man so etwas aus? Verlierst du jetzt schon die Geduld oder irgendwann später?

Er konnte seiner Wut freien Lauf lassen, auf dem zerbrochenen Geschirr herumtrampeln oder Lorraine anschreien, ihr drohen, ihrem Vater und Vern drohen. Aber was würde das bringen? Es war augenscheinlich ihre Absicht, ihn zu reizen, damit er etwas Unüberlegtes tat. Und wenn man erst einmal tat, was der andere von einem erwartete, wenn man auf seinen Plan hereinfiel, dann war man erledigt.

Lorraine beobachtete ihn. »Ist die Frau einmal nicht da, geht alles drunter und drüber, nicht wahr?«

Er schaute sie an. »Was erwarten die von mir?«

»Ich bin die Letzte, die Ihnen das sagen kann.«

»Oder die das kümmert.«

»Hören Sie, das alles tut mir sehr leid. Aber ich kann nichts daran ändern, oder?«

»Haben beide ihre Finger im Spiel?«

»Das bezweifle ich. Sie waren den ganzen Tag über zu Hause.«

»Ich habe gerade eben noch Vern gesehen.«

»Allein?«

»Sie waren bei ihm.«

»Muss ich erklären, was wir gemacht haben?«

»Das spielt keine Rolle.«

»Vern und ich sind nach dem Abendessen ausgeritten. Als wir an der Weide vorbeikamen, sagte Vern, er wolle nach den Pferden sehen. Ich habe ihm gesagt, das soll er tun, ich würde nach Hause reiten.«

Cable sagte nichts.

»Nun?« Lorraine sah ihn fragend an.

»In Ordnung, und dann?«

»Dann bin ich weggeritten.«

»Und hergekommen, um zu sehen, was er angerichtet hat.«

Lorraine lächelte und schüttelte den Kopf. »Sie dürfen noch einmal raten.«

»Ein andermal.«

Sie nahm die Müdigkeit in seiner Stimme wahr. Einen Moment sagte sie nichts, sie schaute stumm zu, wie er den Karabiner neben dem Fenster an die Wand lehnte und dann langsam zum Tisch ging und das Fernglas darauflegte. »Haben Sie mein Pferd draußen gesehen?«, fragte sie.

Cable blickte sie an. »Ich habe es nicht bemerkt.«

»Kein Pferd«, sagte Lorraine unbekümmert. »Deswegen bin ich hier.« Sie sah zu, wie Cable Bettdecke und Quilt vom Boden aufsammelte und übereinander auf die aufgeschlitzte Matratze legte.

»Ich bin den Pfad hinter Ihrem Haus hochgeritten, um den Weg nach Hause abzukürzen, als mein Pferd vor irgendetwas gescheut hat. Alles ging ganz schnell, es ist aus dem Tritt gekommen, und dann bin ich gestürzt.« Lorraine berührte sachte ihren Kopf und schaute finster drein. »Ich habe mir den Kopf angeschlagen.«

Cable blickte sie erneut an. Er spürte, dass sie nicht die Wahrheit sagte. »Und dann?«

»Dann hat das Pferd Reißaus genommen. Ich konnte es oben zwischen den Bäumen hören, aber ich konnte ihm ja schlecht hinterherjagen, oder?«

»Also sind Sie hierhergekommen.«

»Natürlich.«

»Wollen Sie, dass ich nach Ihrem Pferd suche?«

»Das ist wahrscheinlich immer noch auf der Flucht.«

Cable zögertre. Er war sich sicher, dass sie aus einem bestimmten Grund hier war, und tastete sich langsam vor, um herauszufinden, was es war. »Ich habe nur ein Pferd hier.«

»Ich weiß«, sagte Lorraine.

»Wollen Sie, dass ich Sie nach Hause bringe?«

»So, wie mein Kopf schmerzt, glaube ich nicht, dass ich das aushalten würde.«

»Nicht mal für eine Stunde? Länger brauchen wir nicht.«

Sie starrte Cable an. Ihr Lächeln war verschwunden, aber sie hielt seinem Blick mit ruhigem, frechem Selbstbewusstsein stand.

»Wir könnten bis morgen früh warten.«

Er hatte schon geahnt, dass sie das sagen würde, und trotzdem war es überraschend, die Worte laut ausgesprochen zu hören. Cable verzog keine Miene. »Und was würde Ihr Vater dazu sagen?«

»Was soll er schon dazu sagen? Ich habe keine andere Wahl. Ich bin hier gestrandet.«

Cable sagte nichts.

»Ich könnte ihm natürlich erzählen, dass ich die Nacht alleine im Freien verbracht habe.« Lorraine lächelte jetzt wieder. »Einsam und verloren.«

»Sie meinen es wirklich ernst, nicht wahr?«

»Was glauben Sie denn?«

»Wenn Sie bereit sind, sattle ich das Pferd.«

»Ich habe Ihnen doch gesagt, dass mir der Ritt zu beschwerlich ist.«

»Sie haben schon viel gesagt.«

Ihre Augen hatten wieder diesen wissenden, selbstsicheren Ausdruck angenommen. »Ich glaube, Sie fürchten sich vor mir. Oder vor sich selbst.«

»Davor, mit Ihnen alleine zu sein?«

Lorraine nickte. »Ich weiß nur noch nicht, welches von beiden es ist. Sicher bin ich mir nur, dass Sie nicht wissen, was Sie tun sollen. Sie können mich nicht mit Gewalt nach Hause bringen. Und rausschmeißen können Sie mich auch nicht. Also?«

Für einen Augenblick sah Cable Lorraine vor sich, wie sie mit Vern und ihrem Vater zu Hause saß, Abend für Abend, und wie sie von ihrem Buch aufblickte und etwas unternehmen wollte, irgendetwas, damit nicht alles so furchtbar eintönig war, aber es blieb ihr nichts anderes, als dort zu sitzen. Bis sie diesen Plan ausheckte oder irgendwie anders in die Sache hineingestolpert war. Vielleicht war sie einfach nur aus Langeweile hier. Das war ihre Vorstellung von etwas Aufregendem, womit man sich ablenken konnte. Nicht Teil eines Plans, der mit Vern und Duane zu tun hatte.

Was soll's, sagte sich Cable. Er war zu müde, um mit ihr zu streiten. Müde und hungrig, und sie hatte sich sowieso schon entschieden, das konnte man sehen. Er ging zur Tür, die zum Nebenzimmer führte, warf einen Blick hinein und sah, dass die beiden einzelnen Betten unberührt waren. Dann schaute er wieder Lorraine an.

»Suchen Sie sich eins aus.«

Sie ging zur Tür, trat dicht neben ihn, um das Zimmer in Augenschein zu nehmen. »Ist mir egal.«

»Sie haben die Wahl.» Er wandte sich von ihr ab und machte sich daran, das Ofenrohr auszubeulen und wieder gerade zu biegen. Es gelang ihm, es wieder anzubringen, zumindest vorübergehend, aber seine Hände und sein Gesicht waren mit Ruß beschmiert, als er damit fertig war.

Lorraine wartete, bis er im Herd ein Feuer entfacht hatte, dann sagte sie ihm, er solle nach draußen gehen und sich waschen, sie würde ihnen etwas zu essen machen. Cable zögerte, weil er ihre Kochkünste nicht einschätzen konnte, trat aber schließlich aus dem Haus. Er wusch sich am Fluss. Zuerst schrubbte er sich die Hände mit Sand, dann spritzte er sich kaltes Wasser ins Gesicht. Ihm war wohler hier, allein im Freien, und er ließ sich Zeit. Bevor er ins Haus zurückkehrte, ging er noch in die Scheue, um nach seinem Pferd zu sehen.

Kaffee stand auf dem Herd, Cable konnte es riechen, als er eintrat. Einen Augenblick sah er zu, wie Lorraine in der eisernen Bratpfanne Pfannkuchen machte, und dachte sich: Sie will, dass du angenehm überrascht bist. Er machte sich daran, das zerbrochene Geschirr zusammenzufegen. Dann drehte er die aufgeschlitzte Matratze um und breitete die Tagesdecke darüber aus. Als es Zeit war, am Tisch Platz zu nehmen, servierte sie ihm die Pfannkuchen auf einem großen Teller und füllte seine Tasse mit Kaffee. Lorraine setzte sich zu ihm, schaute zu, wie er aß, und wartete darauf, dass er etwas sagte. Aber Cable verzehrte sein Essen schweigend.

»Und, was halten Sie davon?«

»Es ist gut.» Er trank seinen Kaffee aus.

»Überrascht, dass ich kochen kann?«

»Sie sind ja immerhin eine Frau, oder?«, antwortete er, wohl wissend, dass sie das ärgern würde. Aber er sagte es trotzdem.

»Das folgt daraus?«, fragte Lorraine gereizt. »Nur, weil man eine Frau ist, hat man sich um nichts anderes zu kümmern als ums Essen und den Haushalt?«

»Das habe ich nicht gesagt.«

»Sie sind ein hoffnungsloser Fall. Geschieht Ihnen recht, mit einer Frau und drei Kindern hier draußen zu leben.«

»Bei Ihnen hört sich das an, als wäre es eine Strafe.«

»Sie sind *wirklich* ein hoffnungsloser Fall.«

»Und müde«, sagte Cable. Er stand auf, ging um den Tisch herum zu Lorraines Stuhl und zog ihn für sie zurück. »Genau wie Sie.«

Sie blickte zu ihm hoch. »Bin ich das?« Ihre Stimme war jetzt sanft.

»Müde von dem langen Ritt mit Vern.« Er nahm Lorraines Arm und führte sie zum Schlafzimmer. »Schlafen Sie gut. Ehe man sichs versieht, ist es an der Zeit, Frühstück zu machen.« Er stieß sie ins Zimmer und schloss die Tür, ehe sie ein Wort sagen konnte.

Cable blies die Lampe aus, ging dann zur offenen Vordertür und schaute in die Nacht. Die Stille und die leichte Brise, die von der Weide heranwehte, beruhigten ihn. Das tat gut. Aber dieser Frieden würde nur für die Nacht halten. Langsam ließ sich Cable vor der Türschwelle nieder. Nutze den Frieden, den du spürst, sagte er sich. Schlaf ist gut, aber nichts, von dem man jede Minute auskostet. Und jetzt gerade kostete er jede Minute aus.

Also setzte er sich vor die Tür, sog die Stille und die Dunkelheit in sich auf und dachte an seine Frau und die Kinder. Er stellte sich vor, wie sie im Bett lagen, in ihrem Zimmer über dem Laden. Dann stellte er sie sich hier vor, wie sie mit ihm zusammensaßen und redeten, wie er ihre Fragen beantwortete, geduldig, auch die zusammenhanglosen oder die ihrer Fantasie entsprungenen. Clare würde die meisten Fragen stellen, und an ihren weit geöffneten Augen könnte er fast erraten, welche Antworten sie sich ausmalte. Wie damals, als sie erzählte, was sie gerade geträumt hatte, und er sich vorstellte, wie sie alles mit ihren Kinderaugen sah, sich mit ihren Kindergedanken ein Bild davon machte. Während er mit Clare sprach, würde Davis ungeduldig werden und ihm auf den Rücken springen. Davis hatte immer genug Tatendrang für alle drei und wollte ständig gejagt werden oder kämpfen oder im Fluss schwimmen gehen. Sandy, der sich an ihn schmiegte und ihm zuhörte, zufrieden, mit dem Daumen im Mund, würde böse schauen und Davis sagen, er solle damit aufhören. Dann würde er sie alle beruhigen, und sie würden über etwas anderes reden, bis Martha sie riefe.

Und wenn ihre Kinder endlich im Bett wären, würden sie beide hier auf den Stufen sitzen und zusehen, wie sich die Weidenbäume in stumme schwarze Gestalten verwandelten. Und sie würden in den Kiefern und weit draußen auf dem Weideland die Geräusche der Nacht hören. Sie würden leise miteinander flüstern, ihre vertraute Nähe spüren. Sie würden über die Kinder reden und das Haus, über Dinge, die sie bereits erledigt hatten oder die noch anstanden, aber nicht über die Zukunft; denn wenn sie auch nicht mehr erreichen oder besitzen würden, als sie bereits hatten, war es trotzdem genug, und sie wären zufrieden. Vielleicht so zufrieden, wie es sich jeder Mann, jede Familie nur wünschen konnte.

Du musst nur bewahren, was du hast, sagte sich Cable. Jetzt gerade solltest du damit zufrieden sein und nicht mehr verlangen.

Er war sich sicher, dass die Kidstons das Haus als Warnung verwüstet hatten. Vielleicht nicht Vern. Das alles sah eher nach Duane aus. Aber egal, wer dafür verantwortlich war, die Wirkung war die gleiche.

Er hörte ein Geräusch hinter sich, die Schlafzimmertür wurde geöffnet und wieder geschlossen. Er wandte sich um und wollte gerade aufstehen, aber Lorraine stand schon über ihm. Ihre Hand senkte sich auf seine Schulter, und sie ließ sich neben ihm nieder.

»Ich dachte, Sie seien müde.«

»Ich lege mich auch gleich schlafen«, sagte Cable. Er sah, dass Lorraine eines von Marthas wollenen Nachthemden trug. Er hatte es bemerkt, als sie ihn gestreift hatte, während sie sich hinsetzte.

»Worüber haben Sie nachgedacht?«

»Über viele Dinge gleichzeitig.«

»Über Vern und Duane … die lustigen Gesellen?«

Er sah sie an. »Ich würde gerne wissen, was Sie hier zu suchen haben.«

»Das habe ich doch schon gesagt.«

»Sie sind genauso wenig vom Pferd gefallen wie ich.«

Lorraine lächelte. »Irgendetwas musste ich doch erzählen.«

»Hat Vern Sie geschickt?«

»Seien Sie nicht albern.«

»Was machen Sie dann hier?«

»Ihnen Gesellschaft leisten.«

»Das merke ich.«

Lorraine drehte sich zu ihm und kniete sich hin. Sie legte die Hände auf seine Schultern, dann strich sie ihm zärtlich übers Gesicht und küsste ihn.

»Sie sind aber nicht besonders empfänglich.« Sie schmiegte sich an ihn und küsste ihn noch einmal. »In Wirklichkeit sind Sie sogar ziemlich kalt. Das überrascht mich.«

»Sie haben nur den Falschen vor sich, das ist alles.«

»Ach, kommen Sie …«

»Oder Sie sind zum falschen Zeitpunkt am falschen Ort.«

»Möchten Sie an einen anderen Ort?«

Cable sagte leise: »Lorraine, Sie sind wahrscheinlich die angenehmste Versuchung, der ich je ausgesetzt war. Aber ich habe auch so schon genug Sorgen.«

Der Kopf der jungen Frau bewegte sich langsam hin und her. »Der einzig halbwegs gut aussehende Mann im Umkreis von fünfzig Meilen … und er hat ein Gewissen.«

Sie spürte seine Hände, die sich um ihre Hüfte legten, und als sie dort verweilten, sagte sie: »Ich gebe Ihnen noch eine Chance.«

Aber er stieß sie weg und stand auf, wobei er sie mit sich hochzog. »Ich glaube, keinem von uns würde das guttun.«

Ihre Augen ruhten in der Dunkelheit auf ihm, aber es vergingen einige Augenblicke, bevor sie sagte: »Ich nehme an, Ihre Frau darf sich glücklich schätzen. Aber ich bezweifle, dass ich gerne mit Ihnen verheiratet wäre. Ich werde das Gefühl nicht los, dass man als Mensch auch zu gut sein kann.«

Am nächsten Morgen räumte Cable die Wohnstube auf und befestigte das Ofenrohr ordentlich. Er beschloss, später zu Denamans Laden zu reiten. Er würde Teller und Tassen kaufen, vielleicht aus Blech, wenn Janroe so etwas überhaupt hatte. Und er würde so lange bei Martha und den Kindern bleiben, wie es nur ging.

Cable war draußen, als die beiden Reiter kamen. Er sah, wie sie den Fluss durchquerten und vorsichtig näher kamen. Mit dem Colt am Bein trat er unter der Ramada hervor. Dann wartete er, während die Reiter über den Hof auf ihn zukamen. Er hatte den vagen Eindruck, die beiden schon einmal gesehen zu haben, und studierte ihre Gesichter. Nein, er war sich sicher, dass er sie noch nie gesehen hatte. Obwohl …

Die beiden Reiter sahen sich ähnlich, auch wenn die Gesichtszüge des einen derber waren, mit hellerer Haut und Sommersprossen. Als stammten ihre schmalen, schroffen

Gesichter von ein und demselben Modell, nur war der eine sorgfältiger modelliert worden als der andere. Sie trugen buschige Schnurrbärte, und der dunklere von beiden hatte einen dichten Stoppelbart dazu, als hätte er sich mindestens eine Woche lang nicht rasiert.

»Wenn Sie Lorraine suchen«, sagte Cable, »sind Sie fündig geworden.«

Die zwei Reiter hatten ihre Augen auf Cable geheftet, aber nun wanderte ihr Blick zu Lorraine, die hinter ihm auftauchte.

Sie schien überrascht. »Woher wusstet ihr, dass ich hier bin?«

»Dein Daddy hat alle Mann losgeschickt, um dich zu suchen«, sagte der Dunklere. In seiner Stimme lag nicht die leiseste Spur von Unruhe.

»Macht er sich Sorgen?«

»Er kriegt sich überhaupt nicht mehr ein.«

»Das kann ich mir vorstellen.« Lorraine stieg die Stufen vor dem Haus hinab und ging auf sie zu. »Ihr werdet euch ein Pferd teilen müssen«, sagte sie und schaute zu ihnen hoch. Keiner von beiden machte Anstalten abzusteigen. Lorraine trat auf den kastanienbrauen Wallach des Dunkleren zu. »Ich nehme den hier.« Der Mann zögerte, und Lorraine fügte hinzu: »Wenn es dir nichts ausmacht.«

»Wo ist dein Pferd?«

»Keine Ahnung.«

Die Augen des Dunkleren wanderten zu Cable. »Vielleicht sollten wir in dem Fall seins nehmen.«

In Lorraines Miene zeigte sich plötzliches Interesse. »Wenn er euch lässt.«

»Das wird er.«

»Wir können nichts unternehmen, solange das Mädchen hier ist«, sagte der andere Reiter. »Das würde Duane nicht wollen.«

»Aber wir haben doch Zeit, oder?«, grunzte der Dunkle.

»Solange wir wollen«, sagte der andere Reiter.

Der Dunkle stieg ab. Er ging an Lorraine vorbei, ohne Anstalten zu machen, ihr in den Sattel zu helfen, und hielt dem anderen Reiter die Hand hin, damit der ihn aufs Pferd zog. Nun blickte er wieder auf Cable hinab.

»Solange wir Zeit haben.«

Sie ritten los, am Haus vorbei zum Pfad, der den Hang hochführte. Jetzt, da sie im Sattel saß, der auf beiden Seiten von ihrem Rock bedeckt war, wartete Lorraine einige Augenblicke, bis sie sagte: »Das waren Austin und Wynn Dodd.«

Cable runzelte die Stirn. »Ich kenne die beiden nicht.«

Lorraine lächelte vergnüglich. »Sie kannten ihren Bruder. Joe Bob.«

Sie ritt los, den Dodd-Brüdern nach, in Richtung Hang. Bevor sie die Kiefern hinter dem Haus passierte, drehte sich Lorraine noch einmal um und winkte.

Es gab Tage, an denen Janroe seine fehlende Hand förmlich spüren konnte. Tage, an denen er hätte schwören können, dass sich seine Finger bewegten. Er wollte gerade mit der linken Hand etwas aufheben, hielt sich aber im letzten Augenblick zurück. Kurz zuvor hatte er gedankenverloren seinen fehlenden Arm gehoben, um sich an den Türrahmen zu lehnen. Er war mit vollem Gewicht gegen das Holz gekracht und stand nun da und rieb sich den Stumpf, spürte den dumpfen Schmerz in dem Arm, der nicht mehr da war.

Luz Acaso kam hinter dem Haus hervor. Sie ritt ihre graue Stute, saß wie ein Mann im Sattel, mit nackten Beinen bis zu den Knien. Zwei von den Cable-Kindern, Clare und David, folgten ihr über den Hof in Richtung Fluss.

Janroe trat auf die Laderampe.

»Luz!«

Die Stute machte erschrocken einen Schritt zur Seite, woraufhin die junge Frau an den Zügeln zog, bevor sie zu Janroe herüberblickte.

»Komm her!«

Sie hielt das Pferd im Zaum, ungefähr zehn Meter von der Laderampe entfernt. »Ich kann Sie hören«, sagte sie.

»Aber vielleicht will ich nicht schreien.«

»Dann kommen Sie her!«

Bring sie nicht gegen dich auf, ermahnte sich Janroe. Irgendetwas machte ihr zu schaffen. Es war ihm aufgefallen, als sie ihm das Frühstück gebracht hatte. Sie sprach nur selten mit ihm, es sei denn, er richtete das Wort an sie, also war ihr Schweigen nichts Besonderes gewesen. Aber trotzdem hatte er gespürt, dass etwas anders war. Ihre Miene war düster, ausdruckslos, und er spürte eine neue Spannung zwischen ihnen. Selbst als sie ihm das Essen brachte, mied sie seinen Blick, sie schien Abstand halten zu wollen, während sie alles vor ihm auf den Tisch stellte, als hätte sie Angst, ihm zu nahe zu kommen.

Das war es. Als wollte sie ihre Gedanken vor ihm verbergen. Als wäre sie sich ihrer Gedanken derart bewusst, dass sie Angst hatte, er könnte sie erraten, wenn er sie nur ansah oder sie ihm zu nahe kam.

Während er aß, konnte er spüren, wie sie zu ihm herüberblickte, wie sie ihn beobachtete, vorsichtig, aufmerksam. Obgleich sie sich wegdrehte oder etwas vom Herd nahm, wenn er von seinem Teller aufsah.

Nun würde sie nach Hidalgo aufbrechen. Heute Nacht wurden neue Waffen geliefert, und Luz würde dafür sorgen, dass die Lieferung auch im Laden ankam, dass die Luft rein war. Janroe sagte: »Bist du nicht etwas zu früh dran?«

»Ich möchte genug Zeit haben, um meinen Bruder zu treffen.«

»Wofür?«

»Nichts weiter.«

»Für *nichts weiter* siehst du aber reichlich besorgt aus.«

»Ich will ihn sehen, das ist alles.« Sie wartete einen Augenblick und musterte Janroe, aber als er nichts mehr sagte, griff sie nach den Zügeln und ritt weiter über den Hof. Janroe sah ihr nach, bis sie zwischen den Weidenbäumen verschwand, und selbst als sie außer Sichtweite war, starrte er weiter auf die Bäume. Was war mit ihr los? War sie selbstsicherer, selbstbewusster, seit die Cables heimgekehrt waren? Ängstlich, wenn sie mit ihm alleine war, aber trotzdem irgendwie selbstsicherer.

Dann bemerkte er die Kinder. Clare und Davis waren immer noch auf dem Hof, sie standen dicht nebeneinander vor der Laderampe und schauten zu ihm hoch.

»Ich habe euch schon einmal gesagt, ihr sollt hinten spielen«, rief Janroe. »Ich werde es nicht noch einmal sagen. Das nächste Mal gibt's den Stock, verstanden?«

Clare erstarrte. Davis nickte kurz und griff nach Clares Arm. Sie wandten sich ab.

»Wartet noch.« Janroe blickte streng auf sie herab. »Wo ist euer Vater? Ist er noch hier?«

»Er ist oben«, sagte der Junge.

»Gut.« Janroe winkte sie weg, und sie rannten los. Bevor sie um die Ecke des Hauses bogen, schauten sie noch einmal zurück.

Was muss man einem solchen Mann antun, fragte sich Janroe. Ein Mann, der sein Haus verwüstet vorfindet und trübselig herkommt, um Blechteller zu kaufen und mit seiner Frau zusammenzusitzen. Cable war am Vormittag vorbeigekommen und war seitdem hier.

Janroe stand eine Weile da und rieb seinen Arm. Er blickte auf den Berghang hinter den vollen, runden Baumkronen. Er brauchte eine Weile, um die Reiter zu bemerken, die aus dem Wald auftauchten und in einer Reihe nacheinander den Hang herunterritten.

Vielleicht war es, weil seine Hand immer noch den Stumpf festhielt oder weil er sich gestoßen hatte und sich nun den Schmerz in seinem Arm vorstellte. Vielleicht war es, weil er plötzlich die Reiter auf dem Berghang entdeckte und es ihn nicht kümmerte, wer sie waren ... seine Gedanken wanderten jedenfalls zurück in eine andere Zeit, an einen anderen Ort.

Auch da waren Reiter auf einem Hang gewesen, direkt hinter einem Kornfeld, keine achthundert Meter entfernt, eine Reihe von Reitern, die auf der Hügelkuppe auftauchten, haltmachten und abstiegen. Er hatte gesehen, wie sie die Pferde von den Artilleriegeschützen losmachten, die sie gezogen hatten, und diese dann in Stellung brachten.

Er hatte abgewartet, die Lage durchs Fernglas beobachtet, mindestens zehn Minuten, vielleicht sogar eine Viertelstunde lang. Als er seine Männer endlich brüllend aus dem Wald herausgetrieben hatte, einen von ihnen hatte er sogar erschossen, da waren die Geschütze längst ausgerichtet, geladen und erwarteten sie.

Janroe war kaum hundert Meter vom Wald entfernt, als das erste Geschoss explodierte. Die Detonation knallte ihm in den Ohren und hätte ihn beinahe umgeworfen, aber er rannte weiter. Er sah, wie zwei, drei Männer aus einer dichten Rauchwolke herausstolperten. Einer von ihnen ging mit dem Gesicht nach unten zu Boden und bewegte sich nicht mehr. Währenddessen explodierte ein zweites und ein drittes Geschoss, und er sah, wie ein Soldat, der über den Boden kroch, in die Luft geschleudert wurde und auf seinem Rücken landete. Überall um ihn herum warfen sich die Männer auf den Boden und hielten sich die Hände über den Kopf.

Aber die vor ihm rannten weiter, und bei der nächsten Explosion war auch Janroe wieder auf den Beinen. Er sah den Mann, der eben noch voller Angst im Wald gehockt war, außer Atem, den Kopf im Nacken, als würde er zu den drei Geschützen hochschauen. Janroe war fast neben ihm, war kurz davor, ihn zu überholen und ihm zuzurufen, er solle nicht nachlassen, und plötzlich war der Mann nicht mehr da.

Es war, als würde die Zeit stillstehen; Janroe musste mit ansehen, wie der Mann, oder ein Teil von ihm, in die Luft geschleudert wurde. Er würde sich immer daran erinnern, an diesen Sekundenbruchteil, der sich unwiderruflich in seinem Gedächtnis eingebrannt hatte. Denn jene erschütternde, ohrenbetäubende Explosion von Rauch und

Stahl war es, die Janroe das Bewusstsein raubte und seinen linken Arm sauber abtrennte …

Für ein paar Minuten waren die Reiter außer Sicht, unten am Hang und hinter der Böschung mit den Weidenbäumen. Janroe wartete, hielt Ausschau und versuchte abzuschätzen, wo sie den Fluss durchqueren und die Schatten der Bäume verlassen würden. Es waren Reiter der Kidstons, da war sich Janroe sicher. Sollte er Cable warnen? Nein, besser nicht, entschied Janroe. Normal verhalten und die Dinge ihren Lauf nehmen lassen.

Es waren sechs an der Zahl. Janroe erkannte Duane Kidston sofort, wie er auf seinem großen, kastanienbraunen Pferd saß. Eine Hand lag auf seinem Schenkel, eine Reitpeitsche hing am Handgelenk. Den Ellbogen hielt er seitlich gespreizt in die Höhe. Auf seinem Kopf thronte ein Kossuth-Hut mit steifer Kalotte, die Krempe an einer Seite mit einem Regimentsabzeichen hochgesteckt. Duane spielt mal wieder Soldat, dachte Janroe voller Abscheu. Tat so, als wäre er ein ganzer Mann.

Na, dann viel Spaß, Major, sagte sich Janroe, der Duane nicht aus den Augen ließ. Amüsier dich, solange du noch kannst. Deine Zeit ist bald abgelaufen.

Mit einem schnellen Blick bemerkte er, wer Duane begleitete: Bill Dancey, gravitätisch mit seinem Vollbart, ritt zu seiner Rechten, dahinter kamen die Dodd-Brüder, Austin und Wynn. Die beiden waren bislang nur einmal hier gewesen, aber Janroe erinnerte sich gut an sie, die Brüder des Mannes, den Cable getötet hatte. Austin und Wynn Dodd, der eine hatte helle Haut, der andere dunkle, aber beide hatten die gleichen kantigen, ausdruckslosen Gesichtszüge. Ihr Blick war kalt, unpersönlich, als wäre man ein totes Ding, das den Blick nicht erwidern konnte.

Janroe war nicht sicher, ob er die anderen zwei Reiter schon einmal gesehen hatte. Er beobachtete, wie die beiden auf der Hälfte ihres Weges über den Hof abdrehten und zur Rückseite des Ladens ritten.

Einige Augenblicke später kamen die zwei Cable-Kinder, Clare und Davis, um die Ecke nach vorne gelaufen. Als sie die vier Reiter entdeckten, die auf die Laderampe zuhielten, blieben sie wie angewurzelt stehen und blickten sie mit großen Augen an.

»Wo ist er?«, fragte Duane.

»Im Haus.« Janroe trat an den Rand der Plattform.

»Holen Sie ihn raus.«

»Wofür?«

»Das ist meine Sache.«

»Wollen Sie ihn töten?«

»Duane muss mit ihm reden«, sagte Dancey.

Janroe ließ seinen Blick zu dem Bärtigen wandern. »Ich würde ihn ungern holen, damit er dann getötet wird.«

»Wir werden ihn nicht töten«, sagte Dancey.

»So etwas will man nicht auf dem Gewissen haben«, sagte Janroe. »Einen Mann zu rufen, damit er vor seinen Kindern erschossen wird.«

Dancey schüttelte den Kopf. »Sie haben mein Wort.«

»Und seine Frau ist hier«, sagte Janroe. »Ich könnte ihr nie mehr in die Augen sehen.«

»Mr. Janroe«, sagte Duane, »wenn Sie ihn nicht rausholen, werden wir es tun.«

Janroe blickte über die Männer hinweg zu den Kindern. Seine Augen ruhten auf Clare.

»Liebes, geh und sag deinem Daddy, dass ein paar Männer hier sind, um ihn zu sehen.«

Clare zögerte, aber Davis gab ihr einen Schubs, und sie rannte die Stufen zur Rampe hoch. Als sie an Janroe vorbei in den Laden lief, presste sie sich ganz nah an die Wand.

»Gute Kinder«, sagte Janroe freundlich. »Er hat drei davon.«

Duane hörte nicht hin. Er warf Dancey einen Blick zu. Dann stiegen Dancey und die Dodd-Brüder vom Pferd und kamen auch die Stufen zur Plattform hoch. Duane blieb im Sattel.

»Wo ist er?«, fragte Dancey.

»Vor ein paar Minuten war er noch oben.«

»Hat er erwähnt, was letzte Nacht passiert ist?«

»Mit keinem Wort.« Janroes Tonfall bezeugte kein großes Interesse. »Was ist geschehen?«

»Das mit Lorraine …«

»Nein!« Janroe sah überrascht aus, dann neugierig. »Was ist mit Lorraine?«

Danceys Augen blickten an ihm vorbei. Janroe drehte sich um. Er hörte Schritte auf den Fußbodendielen, und dann stand Cable auf der Türschwelle mit seinem Colt im Pistolengürtel.

»Legen Sie die Waffe weg«, sagte Dancey.

Cable blickte von Dancey zu den beiden Brüdern, zuerst zu Austin, dem dunkleren, der einen Schritt näher stand als Wynn. Dann zurück zu Dancey.

»Was wollen Sie?«

»Legen Sie die Waffe weg«, sagte Dancey noch einmal. »Wir haben das Haus umstellt.«

Cable hörte schnelle Schritte hinter sich. Er wollte sich

umdrehen, zögerte aber. Die beiden Reiter, die um das Haus herumgeritten waren, waren durch die Hintertür gekommen und hatten auf ihn gewartet. Einer von ihnen zog Cable den Colt aus dem Pistolengürtel. Als er das spürte, blickte Cable über seine Schulter. Er sah, dass der zweite Mann dicht neben seiner Frau stand.

Als sich Cable wieder zu Dancey umdrehte, setzte sich Austin Dodd in Bewegung. Er machte einen Schritt nach vorn und hob die linke geballte Faust. Noch bevor Cable es kommen sah, traf sie ihn im Gesicht. Er wurde gegen den Türrahmen geschleudert und fiel auf Hände und Knie, sein Kopf direkt über den Planken der Laderampe. Austin Dodd holte aus. Mit der rechten Hand zog er seinen Colt, wobei er gleichzeitig mit dem Daumen den Hahn spannte.

»Warte!« Dancey stellte sich vor ihn. »Dafür sind wir nicht hergekommen.« Er blickte Duane wütend an. »Du würdest ihn lassen, was?«

»Austin hat seine Gründe«, sagte Duane. »Es ist nicht meine Sache, ihn davon abzuhalten.«

»Wir sind nicht hergekommen, damit Austin Rache nehmen kann«, knurrte Dancey.

Duane starrte den bärtigen Vormann an. »Ich frage mich langsam, warum ich dich mitgenommen habe.«

»Das hättest du sowieso nicht getan, wenn Vern es nicht gewollt hätte. Du hast gesagt, dass du mit diesem Mann hier reden willst. Das ist alles.«

»Das werde ich auch.«

»Aber du hättest zugelassen, dass Austin ihn tötet.«

»Es war nicht dein Bruder, den Cable niedergeschossen hat«, sagte Duane. »Das ist der Unterschied.«

»Er hat ihn in einem fairen Duell geschlagen.«

»Da wäre ich mir nicht sicher. Wir wissen nur, dass Joe Bob und Royce auf ihre Sättel gebunden nach Hause gekommen sind, mit dem Gesicht nach unten«, sagte Duane. »Und es war nicht deine Tochter, die er …«

Duane verstummte. Seine Augen wanderten zu Cable, der immer noch auf den Knien war, nun aber zu Duane hochblickte.

»Er soll aufstehen.«

Dancey trat zur Seite. Er sagte: »Nur zu!« und ging dann zum Rand der Laderampe, wo Janroe stand. Die Dodd-Brüder hoben Cable auf die Beine. Dann bauten sie sich neben ihm auf, jeder von ihnen hielt einen Arm fest. Cable stand ruhig da und unternahm keinen Versuch, sich zu befreien. Dancey konnte sehen, dass hinter ihm Martha und das kleine Mädchen im Licht des Türrahmens standen. Martha wirkte ruhig, aber das wusste man bei Frauen nie so genau. Das Mädchen hatte Angst. Und der kleine Junge – Dancey richtete seinen Blick auf die Stufen, wo Davis hockte –, der kleine Junge fragte sich, was diese Männer mit seinem Dad anstellen wollten, und würde es nicht glauben, wenn man es ihm sagte.

Duane rief: »Jimmie!«, und einer der Männer, der Cable von hinten in Schach hielt, trat auf die Laderampe. Duane hob die Zügel und ließ sie dann fallen. Der Mann kam die Stufen herunter, und erst als er die Zügel in der Hand hatte, saß Duane von seinem Pferd ab. Er stieg ungelenk ab, strich seinen Mantel glatt, ging dann zu den Stufen und hoch zur Plattform, an Davis vorbei, den er keines Blickes würdigte, obwohl er ihn mit seiner Lederpeitsche streifte, als wollte er den Jungen aus dem Weg scheuchen.

Seine ganze Aufmerksamkeit galt nun Cable. Duane baute sich vor ihm auf, ganz nah, und stand dann schweigend eine Weile da, breitbeinig, die Fäuste in die Hüften gestemmt. Bevor er jedoch das Wort ergriff, senkte er die Arme.

»Ich hätte dich von Austin töten lassen sollen«, sagte Duane. »Aber das kann ich nicht. Gott weiß, dass es für alle hier besser wäre, aber ich kann nicht das letzte Urteil über einen Sterblichen fällen, selbst wenn er getan hat, was du getan hast.«

»Was habe ich getan?«, fragte Cable, nicht überrascht oder empört, sondern ruhig und gefasst. Er fragte sich, warum Duane so plötzlich hier auftauchte.

»Die Unschuld in den Schmutz gezogen«, sagte Duane. »Du hältst jetzt das Maul. Ich habe genug von dir gehört, mir dreht sich schon der Magen um.«

»Ich habe eine höfliche Frage gestellt.«

Duane hob die Reitpeitsche und fuhr Cable damit über das Gesicht. »Und ich habe gesagt, du sollst das Maul halten!« Als Cable versuchte, sich freizuringen, trat er einen Schritt zurück. Wynn Dodd geriet aus dem Gleichgewicht, und Cable wäre fast freigekommen, aber Austin drückte ihm den Arm auf den Rücken.

»Ich breche dir den Arm!«

Cable hörte auf, sich zu wehren. Er atmete langsam aus, und sein Körper schien in sich zusammenzufallen. Er blickte kurz zu Davis, der von den Stufen aus alles beobachtete, dann rasch wieder zu Duane.

»Müsst ihr das vor den Augen meiner Kinder machen?«

Duane trat wieder nah an ihn heran. »Und wie viel Respekt hast du gegenüber meiner Tochter gezeigt?«

»Was genau hat Lorraine erzählt?«

»Sie braucht nichts zu erzählen. Sie war die ganze Nacht bei dir.«

Janroe, der am Rand der Ladeplattform stand, schaute zu Martha hinüber, die aber die Augen auf ihren Mann gerichtet hatte. Er bemerkte, wie Duanes Blick zu ihr wanderte.

»Haben Sie das gehört, Mrs. Cable? Ihr Mann mit meiner Tochter.«

»Er hat mir alles erzählt«, sagte Martha ruhig.

»So, hat er das.« Duane bewegte kaum die Lippen. »Hat er Ihnen auch erzählt, wie er Lorraine ins Haus gezerrt hat?« Er schlug Cable noch einmal mit der Peitsche übers Gesicht. »Hat er Ihnen erzählt, dass er sie die ganze Nacht gefangen gehalten hat?« Erneut schlug er zu. »Wie er sie bedroht und ihr Gewalt angetan hat?« Wieder und wieder schlug Duane mit der Peitsche zu, auf Cables Wangen, auf seine Stirn. Cable presste die Augenlider zusammen und drehte nach jedem Schlag den Kopf weg. Aber er fand kein Gleichgewicht, ungelenk musste er sich nach vorne beugen und konnte sich nicht drehen, weil Austin ihm den Arm auf den Rücken drückte. Acht Mal schlug Duane zu, bevor er müde den Arm sinken ließ.

»Hat er Ihnen das auch erzählt, Mrs. Cable?«

»Er hat mir genau geschildert, was passiert ist.«

»Seine Version.«

»Wenn Sie fertig sind, Mr. Kidston, würde ich meinen Mann gerne mit ins Haus nehmen.«

Duane starrte Martha an. Seine Miene war angespannt, nur mit Mühe konnte er seine Wut angesichts ihrer ruhigen, gefassten Art zügeln.

Dann sagte er: »Wenn Sie ihn noch haben wollen, dann nehmen Sie ihn. Bringen Sie ihn irgendwohin, nur nicht zu Ihnen nach Hause. Ihre Zeit hier ist abgelaufen, und ich glaube, das wissen Sie auch, klug genug sind Sie ja. Wenn Sie das für ungerecht halten, haben Sie Pech gehabt. Ihr Mann kann sich glücklich schätzen, dass er noch lebt. Eines sage ich Ihnen, gäbe es die Kinder nicht, wäre er jetzt tot.«

Bill Dancey sah Martha an und wartete, ob sie etwas sagen würde. Aber Martha antwortete nicht, sie legte dem Mädchen an ihrer Seite nur die Hand auf den Kopf. Dancey ging quer über die Laderampe. Als er die Stufen hinunterstieg, wollte er Davis auf die Schulter klopfen, aber der Junge entzog sich ihm. Dancey stieg auf sein Pferd und sah zu Duane hoch.

»Es ist alles gesagt. Worauf wartest du noch?«

Duane stand immer noch vor Martha. Er ignorierte Dancey und sagte: »Heute Abend reiten meine Männer zu den Weiden. Sie werden eine Woche unterwegs sein. Wenn Sie bei ihrer Rückkehr immer noch hier sind, kommen wir Ihren Mann holen, um ihn zu hängen. Das ist meine letzte Warnung, Mrs. Cable.«

Duane drehte sich um, stieg ungelenk die Stufen hinunter und marschierte zu seinem Pferd. Die Dodd-Brüder folgten ihm eher widerstrebend, beide warfen Cable finstere Blicke zu, als sie aufstiegen und hinter Duane herritten.

Janroe trat vom Rand der Plattform weg und betrachtete eingehend Cables Gesicht. »Duane hat Sie ganz schön zugerichtet.«

Cable antwortete nicht. Er spürte Martha neben sich, blickte aber weiterhin den Reitern nach. Als sie endlich den Fluss durchquert hatten und den Hang hochritten, sah er zu Janroe.

»Der Mann, den Duane ›Jimmie‹ nannte – was hat der mit meinem Colt gemacht?«

Janroe ging wieder an den Rand der Plattform und sah hinunter. »Er hat ihn hier heruntergeworfen.«

»Holen Sie ihn mir.«

Janroe zeigte den Anflug eines Lächelns. »Sehr gerne.«

Cable spürte Marthas Hand auf seinem Arm. Er sah sie an, sah in ihr klares, sanftes Gesicht, ihre feuchten Augen. Aber er war sich nicht sicher, ob sie weinte.

Sie sagte: »Komm ins Haus, Cabe.«

Er folgte ihr durch den Laden und durch den Hauptraum zur Küche. Er setzte sich, während Martha zur Spüle ging. Sie schöpfte Wasser aus einem Eimer, goss es in den Kessel und stellte den Kessel dann zum Warmmachen auf den Herd.

Clare und Davis tauchten in der Tür auf und starrten ihren Vater an, bis Martha sie bemerkte und ihnen sagte, sie sollen nach draußen gehen und spielen.

Cable blickte auf. »Nein, sie können bleiben«, sagte er und gab den Kindern ein Zeichen. Sie kamen zögerlich herein, so als wäre der Mann mit den roten Striemen im Gesicht jemand, den sie noch nie gesehen hatten. Aber als er lächelte und die Arme ausbreitete, liefen beide zu ihm und drückten ihn. Er gab zuerst Clare einen Kuss auf die Wange, dann Davis. Der Junge schlang seine Arme um Cables Hals, und der spürte, wie sich der Knoten darin langsam löste.

Martha goss warmes Wasser in eine Waschschüssel, die sie zum Tisch trug. Dann beugte sie sich vor und begann die geschwollenen roten Streifen auf Cables Wangen, auf seiner Nase und der Stirn abzutupfen. Auf seinem Jochbein war an der Stelle, wo Austin Dodd ihn getroffen hatte, ein blauer Fleck.

Cable sah auf. »Wo steckt Sandy?«

»Er macht immer noch seinen Mittagsschlaf.«

»Ich bin froh, dass er nichts mitbekommen hat.«

Martha entgegnete nichts. Sie schob die Kinder beiseite, um mehr Platz zu haben, dann drückte sie das nasse Tuch sanft auf Cables Stirn.

»Es ist schon das zweite Mal, dass sie sehen, wie ich zusammengeschlagen werde«, sagte Cable. »Ich werde zwei Mal vor meinen Kindern zusammengeschlagen, stehe da und halte die andere Wange hin, während ein Mann mein Gesicht malträtiert.«

Martha hob mit der Hand sein Kinn. »Cabe, du musst ihnen nichts beweisen. Du bist ihr Vater.«

»Als hätten sie dabei mitreden können.«

»Sie werden dich immer lieben, egal unter welchen Umständen, das weißt du.«

»Dann muss ich es mir selbst beweisen.«

Martha schüttelte den Kopf. »Das hier ist keine Grundsatzfrage, es geht nicht darum, ob du ein Mann bist oder nicht. Das hier betrifft die ganze Familie. Wir wollen zurück nach Hause und dort in Frieden leben. Clare und Davis und sogar Sandy. Wir wollen nur, was rechtmäßig uns gehört, aber wir wollen es nicht ohne dich.«

»Dann willst du von hier wegziehen?«

»Das habe ich nicht gesagt. Wenn wir weglaufen, verlieren wir. Aber wenn wir dich begraben müssen, verlieren wir noch mehr.«

»Martha, ich habe keine andere Wahl.«

Sie beugte sich mit den Händen auf die Stuhllehne gestützt zu ihm vor. »Leg dich nicht mit ihnen an, Cabe. Nur weil Duane dir das angetan hat.«

»Du weißt, es ist mehr als nur das.«

»Du wurdest vor deinen eigenen Kindern zusammengeschlagen. Das ist alles, woran du im Augenblick denken kannst.«

»Früher oder später wird diese Angelegenheit mit Waffengewalt gelöst werden«, sagte Cable. »Dann kann es genauso gut jetzt gleich sein.«

»So muss es nicht kommen«, sagte Martha eindringlich. »Wenn wir warten, wenn wir es hinauszögern können … Cabe, es kann etwas geschehen, das alle Probleme in Luft auflöst.«

»Und was soll das sein?«

Sie zögerte. »Ich bin mir nicht sicher.«

»Martha, ich bin es leid zu warten.«

Sie blickte ihn entschlossen an.

»Du könntest nach Fort Buchanan reiten. Es dort melden.«

»Du weißt, auf welcher Seite die Leute stehen werden.«

»Aber das muss nicht sein. Es ist einen Versuch wert, Cabe!«

Von der Tür aus sagte Janroe: »Ich kenne die einzige Lösung des Problems.« In seiner ausgestreckten, offenen Hand lag Cables Revolver. »Sie ist genau hier.«

Martha drehte sich um und blickte ihn kühl an. »Das wird gar nichts lösen.«

»Gut«, sagte Janroe, »dann reiten Sie eben nach Fort Buchanan. Erzählen Sie den Yankees, dass Sie ein Südstaaten-Rebell sind, der nach Hause zurückgekehrt ist, und eine Bande von Yankee-Bereitern sich Ihr Land genommen hat und droht, Sie zu hängen.« Janroe trat in die Küche. »Wissen Sie, was die tun werden? Ihnen den Strick reichen.«

Martha führte die beiden Kinder zur Hintertür, öffnete sie, schloss sie hinter ihnen und blickte dann Janroe an.

»Mr. Janroe, ich glaube nicht, dass Sie diese Sache etwas angeht.«

»Fragen Sie Ihren Mann, ob diese Sache mich etwas angeht oder nicht.« Er machte vor Cable halt und gab ihm den Revolver. »Nicht wahr?«

Cable sagte nichts. Er nahm seinen Colt an sich, hielt die Waffe mit beiden Händen fest und betrachtete sie unentschlossen.

Janroe beobachtete ihn. »Sie reiten zum Haus zurück?«

Cable nickte.

»Das ist der richtige Weg«, sagte Janroe sanft. Seine Augen waren auf Cables gesenkten Kopf gerichtet. »Haben Sie gehört, was Duane gesagt hat? Dass seine Männer sich heute Abend auf den Weg machen? Sie reiten zu einem Stück Weideland, dass Vern nordwestlich von hier besitzt, um die Herden zurückzutreiben. Duane sagte, die Männer würden eine Woche lang weg sein.« Janroe schüttelte den Kopf. »Die werden länger unterwegs sein, und Duane und Vern bleiben hier, nur die beiden.«

Cable blickte auf. »Das haben Sie mir schon mal gesagt.«

Janroe nickte. »Und Duane hat es jetzt bestätigt.« Er redete leiser. »Es wäre ein Kinderspiel für jemanden wie Sie. Sie reiten hin und bringen die beiden zur Strecke.«

Martha trat von der Tür weg. »Sie verlangen von meinem Mann, einen Mord zu begehen.«

Janroe blickte sie zornig an. »So, wie jeder Soldat mordet.«

»Aber das hier ist nicht der Krieg. Und er ist kein Soldat mehr.«

»Wir alle haben das durchgemacht«, sagte Janroe. »Egal, ob er Gewissensbisse hat oder nicht, Ihr Mann hat keine Wahl. Er muss sie erledigen, bevor sie ihn erledigen.«

An diesem Abend schlüpfte Janroe, sobald es dunkel war, unter die Plattform und betrat den Lagerraum. Er ging in der Dunkelheit drei Schritte ab, um zu den Kisten mit den Enfields zu gelangen, die an der Rückwand aufgestapelt waren, und fragte sich, ob noch genug Platz war für die Ladung Gewehre, die in der Nacht ankommen sollte. Die Gewehre, die noch hier lagerten, hätten eigentlich schon vor Tagen abgeholt werden sollen.

Du kannst dir darüber den Kopf zerbrechen, sagte sich Janroe, oder du kannst es ignorieren und Luz danach fragen, wenn sie kommt. Sie sollte in zwei Stunden zurück sein. Vielleicht hat man ihr in Hidalgo erzählt, warum die Gewehre noch nicht abgeholt wurden. Vielleicht auch nicht. Im Augenblick hatte er noch andere Sorgen, und die waren unangenehm, wie eine offene Wunde, weil es gefühlt eben erst passiert und deshalb in seinen Gedanken noch präsent war, obwohl es sich bereits am Nachmittag zugetragen hatte, vor Stunden.

Er hatte Cable beinahe überzeugt. Nein, nicht nur beinahe. Er hatte ihn überzeugt. Er hatte dem Mann seinen

Revolver gegeben und ihm gesagt, er solle die Kidstons erledigen oder er werde selbst dran glauben müssen, und Cable hat diese Realität akzeptiert. Hätte er sich in diesem Moment auf den Weg gemacht, wäre er schnurstracks zu den Kidstons geritten. Da war sich Janroe sicher.

Aber Martha war dazwischengegangen. Sie hatte auf ihn eingeredet, die Wunden auf seinem Gesicht mit einem feuchten Tuch gelindert und seine Wut mit ihrer ruhigen, beherrschten Stimme erstickt. Und schließlich hatte Cable genickt und eingewilligt, an diesem Tag nichts zu unternehmen. Er würde nach Hause reiten und auf das Haus aufpassen – darum kamen sie nicht herum –, aber er würde den Kampf nicht ins Haus der Kidstons tragen, jedenfalls nicht, solange er sich nicht beruhigt hatte. Er hatte nur widerwillig zugestimmt, fast resigniert, während Martha ihm mit ihrer leisen, beharrlichen Stimme die Sache auseinandergesetzt hatte.

Vielleicht sollte er losreiten und mit Cable reden? Nein, die Waffenlieferung würde bald kommen, und er musste im Laden sein. Dann am nächsten Morgen? Aber zu dem Zeitpunkt wäre der stechende Schmerz von Cables Wunden vergangen, und seine eiserne Geduld hätte wieder Besitz von ihm ergriffen.

Er hatte Cable überzeugt, das war eine Tatsache … bis diese Frau mit ihren moralischen, einförmigen Argumenten …

Janroe richtete sich auf. Er stand da und lauschte. Das Geräusch eines herannahenden Pferdes war zu hören. Der Hufschlag wurde lauter, kam aber nicht näher, und als das Geräusch verstummte, wusste er, dass das Pferd die Rückseite des Ladens erreicht hatte.

Luz? Nein, das war noch zu früh. Er verließ vorsichtig den Lagerraum, sperrte die Tür mit einem Vorhängeschloss zu, ging nach draußen und ließ sich Zeit, zur Plattform hochzusteigen und den dunklen Laden zu durchqueren. Er sah zuerst Martha, die in der Küche stand, dann Luz, die aufschaute und seinen Blick auffing, als er auf sie zuging.

»Du bist früh dran.«

»Sie kommen nicht«, sagte Luz.

»Was soll das heißen, sie kommen nicht?«

»Sie kommen nicht mehr.«

»Gut«, sagte Janroe. »Sag mir, was du weißt.«

»Der Krieg ist vorbei.«

Sie hatte ganz ruhig und ohne Emotionen gesprochen, und einen Augenblick starrte Janroe sie an.

»Wovon redest du?«

»Es ist wahr«, sagte Martha. »Man hat ihr davon berichtet, sobald sie in Hidalgo angekommen war.«

Er blickte Martha an. Ihre Miene war zum ersten Mal nicht gefasst, sondern aufgewühlt, lebhaft, mit einem Lächeln, das warm und echt war und auch ihm galt, einfach nur, weil er anwesend war und sie diese Nachricht mit ihm teilen konnten.

Er wandte sich wieder an Luz. »Wer hat es dir erzählt?«

»Alle wissen es. Sie haben mir gesagt, ich solle zurückreiten und es Ihnen sagen.«

»Aber woher wissen die es? Wie können sie sicher sein?«

»Sie wissen es einfach.«

»Hör zu! Kriege enden nicht einfach so.«

»Wie enden sie denn sonst?«, fragte Martha. Sie lächelte nicht mehr.

»Dafür gibt es Anzeichen, Tage, Wochen zuvor.«

»Sie wissen, wie langsam sich Nachrichten hier in der Gegend verbreiten.«

»Nein«, sagte Janroe. »Wir hätten davon gehört. Das ist falscher Alarm oder ein Trick der Yankees. Es muss etwas anderes sein, denn Kriege enden nicht einfach so.«

»Der Krieg ist vorbei«, meinte Martha. »Ob Sie es glauben oder nicht, er ist vor fünf Tagen zu Ende gegangen, an dem Tag, als wir angekommen sind.«

»Und wir erfahren es erst heute?« Janroe schüttelte den Kopf. »Nein, das nehme ich Ihnen nicht ab.«

»Warum sollten sie Luz anlügen?«

»Ich weiß nicht einmal, was sie Luz erzählt haben. Wie kann ich sicher sein, dass Luz überhaupt dort war?«

Martha starrte ihn an. »Sie wollen es nicht glauben.«

»Was soll ich denn glauben – alles, was das Mädchen mir erzählt, sobald sie zur Tür reinkommt?«

Martha warf Luz einen Blick zu. »Kann ich dein Pferd nehmen?«

Janroe sah, wie Luz nickte, und fragte besorgt: »Wofür?«

»Um es meinem Mann zu erzählen«, antwortete Martha und blickte Janroe an.

»Halten Sie das für nötig?«, fragte Janroe. Das alles ging zu schnell für ihn, es rollte auf ihn zu, und er hatte keine Zeit, die Situation zu überdenken, da war sie schon einen Schritt voraus und wollte es ihrem Mann erzählen. Die beiden Frauen würden nicht einfach hier rumstehen, darüber reden und merken, wie lächerlich das alles war. Nein, sie wollten Cable in die Sache mit reinziehen, und wenn er Einwände dagegen erhob, dass sie ihren Mann aufsuchte, dann würde sie erst recht gehen.

»Ich meine, so allein durch die Nacht reiten«, sagte Janroe. Er schüttelte wieder den Kopf. »Das würde ich an Ihrer Stelle nicht tun.«

»Ich finde, mein Mann sollte es wissen.«

»Das glaube ich Ihnen«, sagte Janroe. Er fand nun leichter die richtigen Worte. »Ich sollte derjenige sein, der ihm die Nachricht überbringt.«

Martha zögerte. Und bevor sie etwas sagen konnte, hatte sich Janroe umgedreht und war verschwunden. Sie schaute Luz an. Keine der beiden Frauen sprach ein Wort, während sie Janroe im Nebenzimmer hörten.

Als er wieder die Küche betrat, trug er Hut und Mantel. Der leere Ärmel hing herunter und steckte am Ende in der Seitentasche. Dort, wo das Schulterholster saß, war unter dem Mantel eine leichte Wölbung zu sehen.

»Reiten Sie wirklich zu ihm?«, fragte Martha. »Ich meine, Sie werden dafür sorgen, dass er es erfährt?«

»Haben Sie keine Angst.«

»Und Sie versprechen, ihm alles zu erzählen?«

»Ich werde nicht lange weg sein.« Janroe ging durch die Hintertür nach draußen und bestieg Luz Acasos graue Stute.

Er durchquerte den Fluss und trieb das Pferd den Hang hoch zum Pfad, dann Richtung Norden. In der Dunkelheit zwischen den Bäumen konnte er kaum etwas erkennen, und obwohl er in der Eile immer wieder Äste und Zweige streifte, gab er der Stute die Sporen. Er ritt den Bergkamm entlang, aber nicht, um Cable aufzusuchen.

Er wusste, dass Cable jetzt keine Zeit blieb. Das konnte

er sich eingestehen, auch wenn er nicht akzeptierte, dass der Krieg vorbei war. Sicher, er konnte schon bald enden, vielleicht war heute der letzte Tag. Es konnte sogar sehr gut sein, dass heute der letzte Tag war. Also, heute war der letzte Kriegstag, und Cable blieb keine Zeit. Der Krieg war noch nicht vorbei, sagte er sich, aber es war noch genug Zeit, eine Sache zu erledigen.

Vier lange, wilde Kriegsjahre endeten nicht einfach mit zwei Frauen, die in der Küche stehen und behaupten, alles sei vorbei. Von Frauen konnte man nichts anderes erwarten, das war typisch. Die können einem alles erzählen. Für sie wird aus einer Lüge die Wahrheit, weil sie sich berechtigt fühlten, mit jedem erdenklichen Mittel dafür zu sorgen, damit der Lauf der Dinge eine süßlich duftende, schleichende Gangart behielt. Um daraus eine Weiberwelt zu machen, in der kein Platz für Krieg oder Auseinandersetzungen oder all die anderen Dinge war, die Männer so taten und mochten und durch die sie sich selbst als Mann beweisen konnten.

Wenn er nicht in die Küche gekommen wäre, hätte er nichts von alldem mitbekommen. Ein Mann konnte nicht acht Monate lang abwarten und Pläne schmieden und wissen, was er zu tun hatte, und dann löste sich auf einmal alles in Luft auf, nur weil er eine Küche betreten hatte. Das durfte nicht sein.

Also, die Frauen hatten gelogen, und es war töricht, sich darüber den Kopf zu zerbrechen. Und selbst wenn es keine richtige Lüge war, so war es doch irgendetwas anderes und genauso unwahr. Und ob es eine Lüge der Frauen war oder ein Trick oder die Unwahrheit aus einer anderen Quelle, spielte dabei keine Rolle.

Er beeilte sich, als wollte er mit der Zeit Schritt halten, damit keine Minute mehr vergeudet wurde, bevor er das Haus der Kidstons erreichte. Und obwohl er zugeben musste, dass es eigentlich unmöglich war, sagte er sich, dass der jetzige Moment Teil des großen Ganzen war, dass es kein Vorher und kein Nachher gab. Dieses große Ganze hatte mit seiner Ankunft im Laden begonnen und würde mit dem Tod der Kidstons enden. Er fand also im Zeitraum des Krieges statt. Sobald Janroe diesen Gedanken gefasst hatte, verfestigte sich diese Vorstellung. Jetzt, hier und jetzt, ging es um den Krieg im Ganzen, das große Ganze, das erst enden konnte, wenn die Kidstons ihr Leben gelassen hatten.

Er brauchte weniger als eine Stunde. Als er den Pfad verließ, hatte er alles aus seinen Gedanken verbannt, was nicht die Kidstons betraf. Während er sich, nun langsamer, zwischen den Sandsteinfelsen hindurchschlängelte, beruhigte er sich ein wenig und konnte darüber nachdenken, wie er vorgehen würde. Was er mit Cable anstellen, was er Martha und Luz erzählen würde. Martha …

Als er den Rand des Waldes erreichte, der an das Anwesen der Kidstons grenzte, und das Haus und die Nebengebäude überblicken konnte, war er gefasst und einsatzbereit. Er war Edward Janroe, der zufällig vorbeischaute, sagen wir, auf seinem Weg nach Fort Buchanan. Er war jemand, den die Kidstons mindestens einmal die Woche getroffen hatten, und das die letzten acht Monate lang. Er war der Einarmige, dem nun Denamans Laden gehörte und der nie viel redete. Er war niemand, vor dem man sich zu fürchten brauchte. Oder über den man sich wunderte. Und genau so wollte es Janroe haben.

6

Janroe ritt aus dem Wald in Richtung Haus, wobei er die Stute ihr eigenes Tempo einschlagen ließ. Er konnte jemanden auf der Veranda erkennen, und als er die glühende Zigarre bemerkte, war er sicher, dass es sich um Duane handelte.

Es gab keinen Grund zur Eile mehr. Janroes Augen wanderten von der Veranda zu dem erleuchteten Fenster im Obergeschoss, dann hinter das Haus, über die Viehgehege hinweg zur Tür der Schlafbaracke, die ein Viereck aus mattem Licht auf den Boden warf. Von dort drang kein Lärm zu ihm herüber, und auch nicht aus dem großen, blassgrauen Haus, das massiv in der Dunkelheit aufragte. Die Zigarre glühte wieder auf, als Janroe herankam.

»Guten Abend, Major.«

Als sich Duane vorbeugte, knarzte sein Korbsessel. »Wer ist da?«

»Edward Janroe.« Er hatte fast die Veranda erreicht und brachte sein Pferd zum Stehen. Duane erhob sich und trat ans Geländer.

»Ich wollte Ihnen keinen Schrecken einjagen«, sagte Janroe.

»Sie haben mir keinen Schrecken eingejagt.« In Duanes Stimme lag Empörung.

»Ich meine, weil Sie hier so allein sitzen … Ist Vern nicht da?«

»Nein, er ist bei den Weiden. Wollten Sie ihn sprechen?«

»Das wollte ich eigentlich. Aber man kann nicht alles haben.«

»Wie bitte?«

»Treibt Vern die Pferde zusammen?«

»Er bereitet alles vor. Ist den ganzen Tag schon weg.«

»Sie sind allein?«

»Meine Tochter ist im Haus.«

»Und in der Schlafbaracke ist niemand?«

Duane gab ein wenig genervt zurück: »Doch, zwei von unseren Männern.«

»Ich dachte, man braucht immer alle verfügbaren Männer, um die Pferde nach Hause zu treiben«, sagte Janroe.

»Wir behalten immer einen Mann hier.«

»Aber Sie sprachen gerade von zwei Männern.«

Als würde ihm gerade etwas einfallen, verschwand Duanes verärgertes Stirnrunzeln. »Der zweite Mann ist vorhin zurückgekommen, um die Nachricht zu überbringen. Seitdem sitze ich hier und denke darüber nach.« Duane machte eine feierliche Pause. »Mr. Janroe, der Krieg ist vorbei. Am 9. April hat sich Lees Nord-Virginia-Armee General Grant ergeben.«

»Ist das so?«

»Ich musste an einen Ort namens Chancellorsville denken«, sagte Duane ernst. »An die Männer, die dort gefallen sind. Männer, die mit mir zusammen gekämpft haben und die ihr Leben gelassen haben, um diesen Sieg zu erringen.«

»Ein bewegender Augenblick«, sagte Janroe.

Duane hob die Augen. »Wenn Sie gedient hätten, würden Sie dieses Gefühl kennen.«

»Ich habe gedient.«

»So? Das wusste ich nicht. In der Nordstaaten-Armee?«

»Bei Kirby Smith.«

»Oh … Sie haben Ihren Arm verloren … wurden Sie im Kampf verwundet?«

»In Richmond, Kentucky.«

»Ach was! Ich war zu der Zeit in Cincinnati. Wäre ich nicht auf dem Weg nach Washington gewesen, hätte ich mich als Freiwilliger bei General Nelson gemeldet.«

»Das wäre was gewesen«, sagte Janroe, der entspannt im Sattel saß und auf Duane herabblickte, »wenn wir gegeneinander gekämpft hätten.«

Duane nickte würdevoll. »Tatsächlich sind noch viel schlimmere Dinge passiert. Bruder kämpft gegen Bruder, Freund gegen Freund. Unsere seelischen Wunden müssen jetzt genauso verheilen wie die körperlichen, wenn wir gemeinsam in Frieden leben wollen.« Und um seinen Worten Gewicht zu verleihen, fügte er hinzu: »Der Krieg ist vorbei.«

»Das erzählen Sie mir nicht einfach so, oder?«, fragte Janroe.

»Was?«

»Dass der Krieg vorbei ist.«

»Natürlich ist er vorbei. Die Nachricht kam direkt aus Fort Buchanan. Dort hat man heute Nachmittag davon erfahren. Ihr Bote ist Vern über den Weg gelaufen, und Vern hat sofort jemanden losgeschickt, um uns zu benachrichtigen. Ihm war natürlich klar, dass ich es sofort wissen musste.«

»Mir hat niemand davon berichtet«, sagte Janroe. »Nicht offiziell jedenfalls, und was Sie da sagen, zählt für mich nicht.«

Duane runzelte die Stirn, während er in der Dunkelheit

zu Janroe hochblinzelte. Die Zigarre schwebte wenige Zentimeter vor seinem Gesicht. »Wie wollen Sie denn noch offizieller davon erfahren? Die Nachricht kam aus Fort Buchanan, von einer militärischen Einrichtung.«

»Sie haben es von Ihren Leuten erfahren«, sagte Janroe. »Von meinen habe ich offiziell noch nichts gehört.«

»Mann, Sie sind doch seit über einem Jahr aus dem Krieg raus. Erwarten Sie, dass man jedem Veteranen die Nachricht persönlich überbringt?«

»Ich bin nicht raus.« Janroe machte eine Pause, um Duanes Reaktion zu sehen. »Ich kämpfe noch. Genau wie Sie mit Ihrer Kavallerie aus herumstreunenden Cowboys. Genau wie Ihr Bruder, der den Yankees Pferde liefert.«

Duane blinzelte wieder. »Sie haben doch jeden einzelnen Tag in Ihrem Laden verbracht, da bin ich mir sicher.«

»Sehen Sie unter dem Laden nach«, sagte Janroe. »Da verstecken wir die Enfields.«

»Britische Gewehre?«

»Die aus Mexiko kommen, bevor sie in Richtung Osten gebracht werden.«

»Das glaube ich nicht.« Duane schüttelte den Kopf. »Die ganze Zeit über wollen Sie geschmuggelte Waffen durch Ihren Laden geschleust haben?«

»An die zweitausend Gewehre, seit ich angefangen habe.«

»Nun«, sagte Duane, der jetzt einen formellen Ton anschlug, »wenn dort immer noch Waffen lagern, empfehle ich Ihnen, sie den Leuten in Fort Buchanan zu übergeben. Ich nehme an, den Offizieren der Konföderation wird erlaubt, ihre Pferde und Handfeuerwaffen zu behalten. Aber mit Gewehren ist es etwas anderes.«

Janroe schüttelte langsam den Kopf. »Ich übergebe überhaupt nichts.«

»Wollen Sie riskieren, festgenommen zu werden?«

»Die können mich nicht festnehmen, wenn sie nichts von den Waffen wissen.«

»Wenn Sie die Waffen nicht aushändigen, Mr. Janroe, dann bin ich verpflichtet, Sie zu melden.«

»Das nehme ich an.«

»Warum haben Sie mir dann überhaupt von den Waffen erzählt?«

»Damit Sie wissen, wo wir stehen. Sie können zu so viel verpflichtet sein, wie Sie wollen. Nur sollten Sie verstehen, dass Sie nicht in der Lage sind, irgendetwas gegen mich auszurichten.«

Duane klemmte sich die Zigarre in den Mundwinkel. »Sie wagen es, hierher zu kommen und mir zu drohen?«

»Ich denke schon.« Janroe war entspannt. Er saß mit leicht hängenden Schultern da, seine Hand lag in seinem Schoß.

»Sie sagen mir, dass ich nicht nach Fort Buchanan reiten kann?« Duanes Stimme wurde laut. »Hören Sie, ich nehme meine Kavallerie herumstreunender Cowboys, wie Sie sie nennen, und hole die Gewehre höchstpersönlich ans Tageslicht. Und wenn mir danach ist, dann marschiere ich mit Ihnen und den Waffen direkt ins Fort. Also drohen Sie mir nicht, Mister, damit brauchen Sie mir nicht zu kommen!«

Janroe blickte ihn ruhig an. »Schade, dass Sie sich nicht freiwillig gemeldet haben, als Sie die Möglichkeit dazu hatten. Das würde die ganze Sache hier abrunden. Nein, es würde sie vollkommen machen – wenn Sie das Kommando über diese Artillerieeinheit der Yankees gehabt hätten. Sie hatten auf einer Hügelkuppe Stellung bezogen, und wir mussten ein niedergetrampeltes, offenes Kornfeld überqueren, um sie anzugreifen. Sie nahmen uns unter Beschuss, sobald wir losliefen. Ich wurde fast sofort getroffen und mein Arm sauber von meinem Körper abgetrennt.«

»Ich glaube, wir haben heute Abend genug über dieses Thema geredet«, sagte Duane steif.

»Was, wenn *Sie* den Befehl zu schießen gegeben hätten?«, sagte Janroe. »Sehen Sie nicht, wie viel einfacher das die ganze Sache hier machen würde?« Er schüttelte den Kopf. »Aber das wäre wohl zu viel verlangt. Genau wie auch Vern hierzuhaben. Sie beide hier, und weit und breit niemand anders.«

»Ich empfehle Ihnen, nach Hause zu reiten und darüber nachzudenken, was ich gerade gesagt habe«, sagte Duane. »Ich stoße keine leeren Drohungen aus.«

»Ich auch nicht, Major.« Janroe öffnete mit der Hand seinen Mantel. Er zog seinen Colt aus dem Schulterholster, spannte den Hahn und zielte auf Duane. »Obwohl ich nicht glaube, dass man das eine Drohung nennen kann. Über bloße Drohungen sind wir doch längst hinaus, oder?«

»Sie machen mir keine Angst«, sagte Duane. Er erinnerte sich an etwas, das Vern zu Cable gesagt hatte, an jenem Tag in Cables Haus. Den genauen Wortlaut wusste er nicht mehr, deshalb formulierte er es um: »Es ist ein großer Unterschied, eine Waffe in der Hand zu haben oder sie zu gebrauchen. Wenn Sie bluffen, Mr. Janroe, wenn Sie mir Angst einjagen wollen, rate ich Ihnen, damit aufzuhören und nach Hause zu reiten.«

»Ich bluffe nicht.«

»Dann haben Sie den Verstand verloren.«

»Ich glaube, Sie verstehen nicht, was hier gerade passiert, Major.«

»Ich verstehe, dass ich mit einem Mann rede, der nicht im Vollbesitz seiner geistigen Kräfte ist.«

»Das sagen Sie nur, um mich zu beleidigen«, sagte Janroe. »Würden Sie das glauben, hätten Sie gerade eine Heidenangst.«

Duane zögerte. Schweigend fixierte er Janroe. Die Hand, in der er die Zigarre hielt, hing schlaff an seiner Seite. »Sie werden nicht wagen, diese Waffe zu gebrauchen«, sagte er schließlich.

»Deswegen bin ich hier.«

»Aber Sie haben überhaupt keinen Grund, mich zu töten!«

»Sehen Sie es als meine Pflicht an, Major. Oder wie immer Sie es nennen mögen.« Er zielte direkt auf Duanes Brust. »Wollen Sie weglaufen oder hier stehen bleiben? Entscheiden Sie sich …«

»Aber der Krieg ist vorbei. Verstehen Sie das nicht?«

Janroe drückte ab. Es gab einen heftigen Knall, dann sah er, wie Duane das Geländer umklammerte, um sich auf den Beinen zu halten, und drückte noch einmal ab. Duanes Körper wurde durch die zweite Kugel nach hinten gerissen und sank dann auf der Veranda zu Boden.

»*Jetzt* ist er vorbei«, sagte Janroe. Er nahm die Zügel und verfiel mit dem Braunen in Galopp. Er hörte hinter sich, wie ein Fenster hochgeschoben wurde, und dann eine Frauenstimme, aber alle Geräusche schienen abrupt zu verstummen, als er von der Dunkelheit zwischen den Bäumen verschluckt wurde.

Nun zurück zum Laden. Es gab keinen Grund zur Eile. Den Frauen würde er erzählen, dass Cable nicht zu Hause war, dass er nach ihm gesucht habe, aber vergeblich. Morgen würde er wieder rausreiten und den Frauen sagen, dass er Cable ausfindig machen wolle.

Aber er würde sich Zeit lassen, damit Vern Gelegenheit hatte, vom Tod seines Bruders zu erfahren. Damit Vern zu der Überzeugung gelangte, dass Cable ihn umgebracht hatte. Und den Entschluss fasste, Cable zur Strecke zu bringen. Nein, es gab wirklich keinen Grund zur Eile.

Er hatte diesen Augenblick genossen. So gut hatte er sich nicht mehr gefühlt, seit er in der Nähe von Opelousas die Yankee-Gefangenen ermordet hatte.

Bill Dancey verbrachte die Nacht in einer Holzhütte sieben Meilen nördlich vom Anwesen der Kidstons entfernt. Am Tag zuvor, nach dem Vorfall bei Denamans Laden, bei dem er hatte zusehen müssen, wie Duane seine Autorität mit einer Reitpeitsche unter Beweis stellen musste, nachdem er zusammen mit Duane und den Dodd-Brüdern nach Hause geritten war, ohne ein einziges Wort mit ihnen zu wechseln, hatte Dancey entschieden, dass es an der Zeit war, mit Vern zu reden.

Aber Vern war noch unterwegs. Schon am Morgen war er zu den Weiden geritten, um die Pferdetreiber anzuweisen, die Herden in ihre Heimatkoppel zurückzubringen. Es konnte sein, dass er über Nacht blieb, das wusste Dancey, und darum war er ihm nachgeritten. Was er ihm zu sagen hatte, konnte nicht warten.

Am späten Abend, nachdem er das westliche und nördliche Weideland abgesucht hatte, immer eine Stunde oder mehr hinter Vern, entschied Dancey, sein Lager in der Hütte aufzuschlagen. Sie stand jetzt leer, was ihm ganz gelegen kam. Es war gut, ab und zu ohne die anderen zu sein, friedlich irgendwo zu sitzen oder in Ruhe unter der Decke zu liegen und sich selbst beim Nachdenken zuzuhören. So konnte er sich durch den Kopf gehen lassen, was er Vern sagen wollte.

Beim ersten Anflug von Tageslicht saß er wieder im Sattel, und bei der nächsten Weide erfuhr er von der Sache mit Duane. Fünf Männer saßen zum Frühstück ums Feuer. Sie erzählten ihm, dass Vern mit ihnen unterwegs gewesen war, aber in der Nacht sei ein Reiter gekommen mit der Nachricht über Duane – vorher war schon ein anderer da gewesen, um zu vermelden, dass der Krieg vorüber sei, wirklich eine ereignisreiche Nacht –, und Vern sei sofort losgeritten und habe nur die Dodd-Brüder mitgenommen.

Um sechs Uhr erreichte Dancey das Anwesen der Kidstons. Er ritt über den Hof zur Koppel, sattelte ab und brachte sein Pferd hinter die Umzäunung, bevor er zum Haus ging.

Austin und Wynn Dodd saßen auf den Stufen: Wynn stierte vornübergebeugt zwischen seine Füße, Austin lehnte sich zurück und stützte sich mit den Ellbogen auf die oberste Stufe. Beide Männer trugen Revolver im Holster, der Griff von Wynns Waffe stand im Sitzen von der Hüfte ab. Dancey bemerkte, dass Austin zwei Revolver trug, zwei Colts, die so aussahen wie die seines Bruders Joe Bob.

Dancey machte vor ihnen halt. »Ist Vern drinnen?«

Wynn schaute hoch. Austin nickte.

»Hat er euch befohlen, auf ihn zu warten?«

»Genau hier.« Auch Wynn lehnte sich jetzt zurück und stützte die Ellbogen auf der Stufe hinter ihm ab.

»Wenn's dir recht ist, Bill«, sagte Austin kühl.

Dancey ging zwischen ihnen hindurch auf die Veranda. Er trat durch die Fliegengittertür und sah Vern und Lorraine vor dem Kamin am anderen Ende des Zimmers stehen. Dancey wartete ab, bis Vern ihn gesehen hatte, und ging dann auf ihn zu.

»Ich habe nach dir gesucht.« Verns Worte waren schroff und schürten Danceys Wut, die er seit gestern Nachmittag unter Kontrolle hielt.

Er wollte schon zurückblaffen, und wenn er deshalb vor die Tür gesetzt wurde, war ihm das egal. Aber Duane war tot, und bevor er sich mit Vern stritt, musste er ihm sein Beileid aussprechen. Auch Lorraines Anwesenheit machte ihm zu schaffen. Es sah nicht so aus, als hätte sie geweint. Sie stand nur da und starrte ausdruckslos auf das erloschene Feuer. Wahrscheinlich dachte sie gar nicht an ihren Vater, sondern fragte sich, was nun aus ihr werden würde. Sie wirkte weniger selbstsicher als zuvor, aber Dancey wusste, dass er sich das vielleicht nur einbildete.

Er blickte Vern an. »Dein Bruder ist tot?« Und als Vern nickte, sagte Dancey: »Das tut mir leid. Wo ist er jetzt?«

»Oben. Wir begraben ihn heute Nachmittag.«

»Gut.« Danceys Augen wanderten zu Lorraine. »Was geschieht mit ihr?«

»Ich glaube, sie geht nach Hause zurück. Vielleicht ist sie ja von einem auf den anderen Tag erwachsen geworden.«

»Das kann sein«, sagte Dancey. »Wann ist es passiert, letzte Nacht?«

Vern nickte. »Er kam angeritten, als Duane auf der Veranda saß. Lorraine war oben. Sie hörte zwei Schüsse und schaute rechtzeitig aus ihrem Fenster, um ihn wegreiten zu sehen.«

»Wen?«

»Was glaubst du?«

»Hat sie ihn klar und deutlich gesehen?«

»Das muss sie nicht.«

»Es ist besser, wenn man sicher ist.«

»Hör zu, Bill, wenn nicht Cable, wer soll es sonst gewesen sein?«

»Ich weiß, er war's wahrscheinlich. Aber du musst dir sicher sein.«

»Sicherer werde ich nicht mehr.«

Vern ging an ihm vorbei, und Dancey folgte ihm nach draußen auf die Veranda. Die Dodd-Brüder hatten sich erhoben und musterten Dancey.

»Wir regeln das zu viert«, sagte Vern zu ihnen. Er wartete, bis die Brüder in Richtung Stall unterwegs waren, dann schien er sich ein wenig zu entspannen. Er lehnte sich gegen einen Stützpfeiler und blickte gedankenversunken über den Hof. Er sagte zu Dancey hinter sich: »Sie bringen dir ein frisches Pferd.«

»Das kann ich auch selbst«, sagte Dancey.

»Sicher kannst du das. Aber sie bringen es dir trotzdem.«

»Und dann statten wir Cable einen Besuch ab, oder was?«

»Du musst nicht mitkommen.«

»Dann komme ich auch nicht mit.«

Vern drehte sich abrupt um, zögerte dann aber. »Bist du

dir im Klaren darüber, Bill, dass dieser Mann drei Männer auf dem Gewissen hat, einer davon ist mein Bruder?«

»Willst du mir weismachen, dass du hinter Cable her bist, weil du und Duane so eng miteinander wart?«

»Sei vorsichtig, Bill.«

»Was hättest du getan, wenn zwei Männer nachts in dein Haus eindringen – zwei Männer wie Royce und Joe Bob? Was hättest du getan, wenn jemand dein Haus verwüstet hätte …«

»Damit hatte ich nichts zu tun, das weißt du.«

»Duane hat gestern gesagt, er auch nicht.« Dancey verstummte. »Vielleicht hat Lorraine die ganze Sache angezettelt.« Der Ton in seiner Stimme zeigte, dass er nach einer Erklärung suchte.

Aber Vern sagte nur: »Wer dafür verantwortlich ist, ist nicht mein Problem.«

»Gut«, sagte Dancey, »was würdest du sagen, wenn dir jemand mit einer Peitsche ins Gesicht schlägt, während zwei Männer dich festhalten.«

»Dazu muss ich nichts sagen. Der Mann hat meinen Bruder umgebracht, verstehst du das nicht?«

»Du hast alle Argumente auf deiner Seite.« Dancey sah, wie viel Wut in Verns Blick lag, und sein schmales, ernstes Gesicht verhärtete. »Was hast du vor?«

»Ihn nach Fort Buchanan bringen.«

»Dann musst du Gewalt anwenden.«

»Wenn es sein muss.«

»Anders wirst du ihn nicht besiegen können«, sagte Dancey. »Und selbst dann wird er verbissener kämpfen als du. Für ihn stehen seine Familie und sein Land auf dem Spiel.«

Vern schüttelte den Kopf. »In dieser Sache geht es längst nicht mehr nur um einen Streit über ein Stück Land.«

»Du hast dreihundert Pferde auf deinen Weiden«, sagte Dancey. »Wenn du sie hierhertreibst, brauchen sie Wasser. Darum dreht sich alles. Um nichts anderes. Du musst dich um die Pferde kümmern. Er um seine Familie. Was glaubst du? Wer wird härter austeilen?«

Vern sah zu den Dodd-Brüdern hinüber, die die Pferde brachten, dann wieder zu Dancey. »Ich werde ihm Gelegenheit geben, mir ohne Widerstand nach Fort Buchanan zu folgen. Wenn er sich weigert, dann ist es sein Problem.«

Dancey schüttelte den Kopf. »Dann musst du ihn töten.«

»Ich sagte, dann ist es sein Problem.«

»*Du* kannst dich vielleicht zurückhalten.« Dancey sah, wie die Dodd-Brüder näher kamen. »Aber die beiden nicht. Die würden sogar auf ihren Monatslohn verzichten, um ihn abzuknallen.« Dancey zögerte einen Moment, und als Vern nichts entgegnete, fügte er hinzu: »Du bist in eine Geschichte verstrickt, an die du selbst nicht glaubst.«

»Hör zu«, sagte Vern scharf, »ich habe es klar und deutlich gesagt: Wenn er Widerstand leistet, werden wir ihn zwingen.«

»Aber du hoffst, dass er auf dich hört.«

»Mittlerweile ist es mir egal.«

»Das wird er nicht tun«, sagte Dancey. »Und auch niemand sonst in seiner Familie. Ich habe es gestern mit eigenen Augen gesehen. Ich habe seine Frau mit den Kindern gesehen, seinen kleinen Sohn, der dastand und mitansehen musste, wie sein Vater mit einer Peitsche geschlagen wurde, und der nicht mal gezuckt hat, geschweige denn geweint oder weggeschaut. Seine Familie steht hinter ihm, Vern. Sie sind ein Teil von ihm. Wenn du dich mit ihm anlegst, hast du es mit fünf Männern zu tun, nicht nur mit einem.«

»Wir sind zu viert, Bill«, sagte Vern. »Das ist fast genauso viel.« Er trat auf die Stufen.

»Drei«, sagte Dancey. »Ich kümmere mich um die Pferde. Dieses eine Mal. Aber ich greife nicht ein.«

Vern blickte zu Dancey hoch, musterte ihn und sagte schließlich: »Gut, Bill«, als hätte er zunächst etwas anderes sagen wollen und es sich dann anders überlegt. Er ging zu seinem Pferd, stieg auf, ohne Dancey einen Blick zuzuwerfen, und ritt vor den Dodd-Brüdern zum Hof hinaus.

Cable war im Stall, während Luz Acaso angeritten kam.

Als er sich früher am Tag etwas zu essen machen wollte und zum Fluss gegangen war, um Wasser zu holen, hatte er Kidstons Stuten und Fohlen auf der Weide entdeckt. Er hatte sie schon vor zwei Tagen zurückbringen wollen, aber dann war Manuel gekommen und Cable hatte die Sache mit den Pferden vergessen. Also stieg er nach dem Frühstück auf seinen Rotfuchs und trieb die Herde durch das weit geschwungene Tal zurück auf Kidstons Land.

Kaum eine Stunde später war er zurück. Als er den Fuchs in den Stall führte, hörte er, wie ein Pferd vom Pfad auf dem Bergkamm durch den Kiefernwald kam. Er wartete. Dann, als er Luz Acaso entdeckte, die zwischen den Bäumen erschien und um das Haus herum auf den Hof ritt, trat er aus der Scheune. Aber im gleichen Moment machte er wieder einen Schritt zurück.

Zwei Reiter tauchten am gegenüberliegenden Ufer des Flusses auf. Als sie ihre Pferde ins Wasser springen ließen, um den Fluss zu durchqueren, wandte sich Cable rasch zu seinem Pferd, zog die Flinte aus dem Sattelhalfter, wich dem Rechteck aus Licht auf dem Boden der Scheune aus und stellte sich zum offenen Tor.

Von hier aus sah er zuerst Luz Acaso, die dicht neben ihrer grauen Stute stand und über den Hof blickte. Dann, hinter ihr, die beiden Reiter, die zwischen den Weidenbäumen hervorkamen. Der eine war Vern Kidston. Cable erkannte ihn sofort. Der andere war einer der Dodd-Brüder, und Cable war sich fast sicher, dass es Austin war.

Aber warum schlichen sie sich nicht heran?

Nein, sie konnten ihn nicht gesehen haben. Er war nahe bei den Bäumen geblieben, als er zurückgekehrt war, nachdem er die Pferde zurückgetrieben hatte, und auch danach hatte er sich nur kurz auf dem Hof aufgehalten. Während er die beiden Reiter beobachtete, dachte er: Wenn sie dich töten wollten, hätten sie sich angeschlichen.

Es sei denn, es waren mehr als nur die zwei. Vielleicht wollte Vern ihn herauslocken. Wollte, dass er sich zeigte.

Warte eine Minute. Behalt sie im Auge.

Aber er durfte Luz nicht vergessen.

Sein Blick wanderte zu der jungen Frau zurück. Sie stand immer noch neben ihrem Pferd. Aber jetzt ließ sie die Zügel fallen und ging auf die beiden Reiter zu, ruhig und bedächtig, kaum eine Bewegung war unter ihrem langen weißen Kleid auszumachen. Vern Kidston stieg aus dem Sattel, während sie sich ihnen näherte.

Cable hörte ihn fragen: »Wo ist er?« Die Worte waren schwach und kaum zu verstehen. Luz antwortete. Nichts war zu hören, aber er sah, wie sie mit den Schultern zuckte und mit den Händen gestikulierte. Dann sprach Kidston wieder. Laute drangen an Cables Ohr, aber er konnte ihre Bedeutung nicht verstehen. Er sah, wie Luz den Kopf schüttelte.

Einige Minuten lang standen sie dicht beieinander. Luz schaute zu Kidston auf und machte ab und zu eine Geste mit den Händen, bis Vern sie plötzlich am Arm packte. Luz wehrte sich und versuchte sich loszureißen, aber sein Griff war zu fest. Vern führte sie zu ihrem Pferd, half ihr in den Sattel, und als sie saß, gab er dem Tier einen kräftigen Schlag auf den Hintern. Er sah ihr nach, bis sie in dem Espenhain hinter dem Haus verschwand. Dann winkte er Austin Dodd zu sich heran.

Austin nahm die Zügel von Verns Pferd und kam näher. Cable beobachtete ihn und fragte sich, wo der andere Dodd-Bruder steckte. Wynn. Er hatte sie nur zweimal gesehen, aber er konnte sich den einen nicht ohne den anderen vorstellen. Vielleicht war Wynn ganz in der Nähe. Vielleicht standen die beiden anderen deshalb ohne jede Deckung da.

Austin war bei Vern und gab ihm die Zügel. Cable wartete. Würde Vern aufsteigen und einfach wegreiten? Wenn er das tat, war es vorbei. Vorbei für dieses Mal, dachte Cable. Dann würde er auf das nächste Mal warten, dann auf das übernächste Mal und das darauffolgende. Es sei denn, du unternimmst jetzt etwas, dachte Cable.

Sag es ihm, und zwar klar und deutlich …

Nein, Cable wusste, dass er genau jetzt, in dieser Sekunde, schießen musste, um seinen Standpunkt klarzumachen, Und das konnte er nicht.

Während des Wartens war ihm das noch nicht klar gewesen. Er haderte nicht mit sich selbst, aber der Zweifel, sein Gewissen, was immer es war, das ihn zögern und unsicher werden ließ, war ein Teil von ihm und hielt ihn davon ab, Vern Kidston zu töten, so wie es ihn schon einmal davon abgehalten hatte, den Abzug zu drücken.

Für einen Augenblick dachte er: Man kann auch zu ehrlich mit sich selbst sein und alles verlieren. Er zögerte, weil dies ein einfaches Prinzip war, fast eine Frage von Schwarz oder Weiß, und welche Grautöne auch immer auftauchten, welche Zweifel er auch haben mochte, sie wären nicht stark genug, um einen Mann kaltblütig zu erschießen.

Aber das war noch nicht alles. Ein einfaches Prinzip, aber keine einfache Sache. Nicht so etwas Brutales, geradezu Einfaches wie der Krieg. Er konnte Vern nicht einfach kaltblütig erschießen. Aber wenn er *könnte* … Wenn der Drang, die Sache zu beenden, stärker wäre als alles andere, wäre dann Verns Tod wirklich das Ende? Würde er auch Austin erwischen? Und dann Wynn und Dancey und Duane … und wie viele gab es noch?

Es war nicht gut, darüber nachzudenken. Das war genau das Problem, darüber nachzudenken und es schwarzweiß zu sehen, Gut und Böse, Krieg oder nicht Krieg. Es wäre so gut, wenn man nur sechs Tage zurückreisen und neu anfangen könnte, ohne Janroe oder die Kidstons, wenn nichts von alldem wirklich passiert wäre, nicht einmal im Traum.

Nein, es ging nicht allein darum, dass er Vern nicht kaltblütig erschießen konnte. Es war nicht nur das. Es ging auch um die Angst, was dann mit seiner Familie passieren würde. Erst mit ihm, und dann mit seiner Familie.

Wenn sie bereit wären, zu kämpfen, dachte er. Wenn sie

vorpreschen und kämpfen würden, könntest du zurückschlagen, und es gäbe nichts anderes zu bedenken, du hättest nicht einmal die Gelegenheit dazu.

Er sah, wie Vern Kidston seinen Revolver zog. Er sah, wie Austin Dodd vom Pferd stieg und ein Gewehr aus dem Sattelhalfter zog. Beide Männer kamen aufs Haus zu, und nach ein paar Schritten verschwanden sie aus Cables Blickfeld, der sie von der Scheune aus beobachtete.

Diesmal werden sie endgültig alles in Schutt und Asche legen, dachte Cable.

Wenn du sie lässt.

Er spürte die Anspannung im Inneren, aber seine Hand mit der Spencer verkrampfte sich nicht und auch seine Beine fühlten sich in Ordnung an. Als er aus der Scheune trat, blickte er zur Rückseite des Hauses. Auf der Lichtung war niemand zu sehen. Er lief über den Hof, ließ dabei aber das Haus nicht aus den Augen. So erreichte er die fensterlose Seite, schob sich daran entlang, spannte das Gewehr und ging dann um die Ecke zur Hausfront.

Vern und Austin Dodd waren in diesem Moment aus der Vordertür getreten und standen jetzt unter der Ramada, Vern mit leeren Händen, den Colt wieder im Halfter, Austin Dodd hatte das Gewehr noch in der Hand, aber der Lauf war nach unten gerichtet. Beide Männer entdeckten Cable zur gleichen Zeit, und beide erstarrten in einem Moment der Unentschlossenheit.

Cable sah es und blieb stehen, bereit zu schießen, wenn einer der beiden auch nur einen Finger rührte. Er wartete, überließ ihnen die Entscheidung und hoffte fast, dass sich der Lauf von Dodds Gewehr heben würde.

»Entscheidet euch«, sagte Cable, obwohl er spürte,

dass dieser Moment bereits verstrichen war. Er bewegte sich am Haus entlang auf sie zu, bis ihn weniger als ein Dutzend Schritte von den beiden Männern trennte. »Seid ihr gekommen, um alles ein zweites Mal kaputt zu machen?«

»Ich bin gekommen, um zu reden«, sagte Vern ohne Umschweife. »Fürs Erste.«

»Mit einer Waffe in der Hand.«

»Damit es keinen Streit gibt.«

»Nun, den haben wir jetzt.«

Verns Blick fiel auf den Karabiner. »Sie sollten besser das Gewehr runternehmen.«

»Sobald Sie mein Land verlassen haben.«

»Wenn Sie kämpfen wollen«, sagte Vern in demselben mürrischen Ton, »dann wird einer von uns Sie töten. Wenn Sie mitkommen wollen, ohne Widerstand zu leisten, gebe ich Ihnen mein Wort, dass wir nicht schießen.«

»Mitkommen wohin?«

»Nach Fort Buchanan.«

Cable schüttelte den Kopf. »Ich habe keinen Grund, dorthin zu reiten.«

Vern starrte ihn an, sein dichter Schnurrbart betonte die entschlossene Linie seines Mundes. »Ich gehe erst wieder, wenn Sie mitkommen«, sagte er. »Entweder Sie schießen oder Sie werfen die Waffe weg.«

Cable spürte augenblicklich die Veränderung in Vern Kidston. Vor vier Tagen hatte er eine Pistole auf Vern gerichtet, und Vern hatte ihm ruhig und gelassen gesagt, dass er den längeren Atem haben werde. Aber Vern hatte sich verändert. Cable konnte es an seinem flachen, grimmigen Tonfall hören. Und er konnte es in Verns Gesichtszügen sehen: diese unnachgiebige Entschlossenheit, seinen Willen durchzusetzen. Es würde keine Möglichkeit geben, vernünftig mit ihm zu reden. Er würde keinen Aufschub dulden. Cable war sich dessen sicher. Genauso wie er wusste, dass er selbst nie wegen etwas weniger Überzeugenderem als einer Kugel sein Land verlassen würde.

Dennoch musste er sich unwillkürlich fragen, was diese Veränderung in Vern bewirkt hatte. Er sagte: »Sie haben also die Geduld verloren.«

»Sie haben gestern Abend Duane einen Besuch abgestattet«, sagte Vern. »Wir wollen uns revanchieren.«

»Ich habe gestern Abend das Haus nicht verlassen.«

»Als wüssten Sie nichts davon.«

»Dann erzählen Sie mir, was ich getan habe. Damit ich es weiß.«

»Falls Sie nicht gewartet haben, um sicher zu sein«, sagte Vern, »ich kann Ihnen bestätigen: Duane ist tot. Schon eine der beiden Kugeln hätte gereicht, um ihn zu töten.«

Cable starrte Vern an. Fast hätte er den Lauf seines Gewehrs sinken lassen, hielt die Spencer dann aber umso fester in Händen. Er konnte kaum glauben, dass Duane tot war, und fragte sich, ob das eine Finte war. Aber wenn Vern das alles erfunden hatte, was wollte er damit bezwecken? Nein, Duane war tot. Das war eine Tatsache. Das war der Grund dafür, warum Vern jetzt hier war. Irgendjemand hatte ihn getötet.

Janroe.

Janroe, des Wartens überdrüssig. Janroe, der den Krieg, seine eigene Version des Krieges, zu Duane geschleppt hatte. Vielleicht war es Janroe gewesen. Gut möglich. Wahrscheinlich war es Janroe gewesen.

Aber das durfte er Vern nicht sagen. Denn um Vern zu überzeugen, dass es Janroe gewesen war, würde er alles erzählen müssen: von dem Mann und den Waffen, und dann würden auch Luz und Manuel mit in die Sache reingezogen. Dann würde Vern zum Laden reiten, Martha und die Kinder waren gerade dort, und die hatten schon genug gesehen … viel zu viel. Außerdem musste diese Sache zwischen ihm und Vern geklärt werden, egal, was Janroe getan hatte.

Cable sagte: »Ich habe Ihren Bruder nicht umgebracht. Wenn ich mich angeschlichen hätte, um jemanden zu töten, wenn ich es so weit getrieben hätte, dann nur, um Sie ins Visier zu nehmen.«

»Sie sind der Einzige, der einen Grund hatte, es zu tun«, sagte Vern.

»Das könnte man meinen«, antwortete Cable. »Aber ich habe es nicht getan. So wie Sie der Einzige sind, der einen Grund hatte, mein Haus zu zerstören. Haben Sie es getan?«

»Ich habe Ihr Haus nicht angerührt.«

»Sehen Sie«, sagte Cable. »Vielleicht lügen wir beide. Aber vielleicht lügt auch keiner von uns.«

»So reden Sie sich aus der Sache nicht raus«, sagte Vern.

»Das muss ich auch nicht.« Cable hielt den Karabiner ein wenig höher. »Ich bin derjenige mit der Waffe im Anschlag.«

»Und sobald Sie den Abzug drücken, wird Austin Sie mit einer Kugel durchbohren.«

»Wenn er dann noch lebt«, sagte Cable und richtete seine Aufmerksamkeit auf Austin Dodd, der immer noch das Gewehr in der Hand hielt, wobei die Spitze des Laufs fast den Boden berührte. Der Mann wirkte noch selbstsicherer als Kidston. Er musterte Cable in aller Ruhe, mit entschlossenem, aufmerksamem Blick. Seine Augen waren leicht zusammengekniffen.

Als ob du keine Waffe in der Hand hättest, dachte Cable, der ihn nicht aus den Augen ließ. Es kümmert ihn nicht, weil er weiß, was er tut. Also knöpfst du dir Austin zuerst vor, wenn überhaupt.

In Gedanken riss er das Gewehr herum, nahm Austin ins Visier und zielte dabei direkt über seine gekreuzten Pistolengürtel. Wenn ein Mann in den Bauch geschossen wird, entspannen sich seine Muskeln, er drückt nicht reflexhaft den Abzug, und es gibt keine wilde Schießerei mit Toten. Dann stellte er sich vor, wie er mit dem Karabiner tiefer und weiter nach links zielte. Austin könnte sich fallen lassen und wegrollen, und wie bei allen beweglichen Zielen könnte der Schuss ihn verfehlen. Nein, so würde es nicht gehen, auch wenn es danach aussah. Dann dachte er: Das reicht jetzt. Wenn du nachdenken musst, während es passiert, ist es zu spät.

Einige Momente lang herrschte Schweigen, bevor Austin Dodd das Wort ergriff: »Er redet, aber er hat Angst davor, etwas zu unternehmen.«

Kidston schwieg.

Austin Dodds Augen waren immer noch auf Cable geheftet, ruhig, gespannt auf seinen nächsten Schritt. »Ich habe ihn durchschaut. Bis auf eine Sache. Woher hat er den Mut genommen, Joe Bob umzubringen?«

»Frag ihn doch«, sagte Kidston.

»Er wird sagen, dass er ihn in einem fairen Duell getötet hat.« Vorsichtig hob Austin die linke Hand an die Krempe seines Huts, schob ihn ein Stück zurück und setzte ihn dann wieder gerade auf. »Vielleicht«, sagte er, »sollten wir einfach zu ihm gehen und ihm die Waffe abnehmen.«

Cable beobachtete ihn. Einen Moment zuvor, als Austin seinen Hut zurechtrückte, war er sich sicher, dass der Mann die Augen gehoben und kurz an ihm vorbeigeschaut hatte, direkt bevor Austin zum ersten Mal gesprochen hatte.

Um sicherzugehen, darfst du ihn nicht aus den Augen lassen, sagte sich Cable. Er spürte, wie sich sein Magen zusammenzog bei der Vorstellung, dass ein Mann hinter ihm oder an der Hausecke stand oder sich mit gezogener Waffe aus der Scheune schlich. Austin starrte ihn an. Dann flackerte auch Vern Kidstons Blick kurz an ihm vorbei. Als Vern ihn wieder anschaute und seinen entschlossenen Blick sah, ließ er die Augen ziellos in Richtung Weidenbäume wandern.

Jetzt kannst du dir sicher sein, dachte Cable und wollte sich am liebsten umdrehen, das Feuer eröffnen und losrennen, immer weiter, bis er allein war und Stille herrschte, die einzigen Geräusche weit weg in der Ferne.

Aber er zwang sich, stehen zu bleiben, sich nicht zu bewegen. In Gedanken ging er durch, was jetzt nicht passieren durfte: dass sich jemand an ihn heranschlich, ohne dass er es hörte; oder dass er Vern und Austin Dodd niederstreckte und dann direkt in der Schusslinie stand.

Also musste zeitlich alles genau aufeinander abgestimmt sein. Sowie die beiden sich rührten und aus dem

Weg waren, würde der Mann hinter ihm schießen. Cable kam zu diesem Schluss, weil es keine andere Möglichkeit gab.

Und bald würde es so weit sein.

Lass vor allem Austin nicht aus den Augen und bleib auf seiner Höhe.

Gleich war es so weit.

Denk nicht nach und hör auf deine innere Stimme.

Du wirst es hören. Bei Gott, du wirst es hören.

Und du wirst es sehen, du wirst Austin …

Cable setzte sich in Bewegung. Er drehte sich blitzschnell um und sprang zur Seite, aus der Schusslinie. Er hatte sein Gewehr im Anschlag, bevor Austin Dodd und Kidston in Deckung gehen konnten. Das Krachen des Schusses, der auf ihn abgefeuert wurde, lag noch in der Luft, als er mit dem Karabiner Wynn Dodd ins Visier nahm, der etwa zehn Meter entfernt stand, mit gezogenem Colt und ohne Deckung.

Cable feuerte. Zu früh! Er sah, wie Wynn mit dem Colt auf ihn zielte, während er den Karabiner nachlud, an die Schulter brachte und erneut feuerte. Wynn verlor durch die Wucht des Treffers das Gleichgewicht und riss seinen Colt hoch in Richtung Bäume, als der Schuss losging. Er versuchte, die Waffe wieder auf Cable zu richten. Der aber rannte auf ihn zu, lud währenddessen nach, hob das Gewehr und feuerte erneut. Wynn fasste sich an die Seite, stolperte vorwärts, stürzte beinahe. Als Cable fast bei ihm war und Wynn mit dem Colt ein weiteres Mal auf ihn zielte, schoss er erneut, und dieses Mal wusste er, dass er Wynn ausgeschaltet hatte. Cable lud wieder nach, drehte sich um und schoss auf Austin Dodd. Er verfehlte ihn, denn Austin hatte sich im selben Moment hingekniet, um sein Gewehr in Anschlag zu bringen.

Austin und Vern hatten wegen Wynn nicht geschossen, aber jetzt eröffneten beide das Feuer. Austin hatte Cables Schuss ausweichen müssen, doch jetzt feuerte er zurück – daneben. Von der Ramada aus gab Kidston zwei Schüsse ab. Bevor er erneut den Abzug drücken konnte, war Cable hinter der Ecke des Hauses in Deckung gegangen. Hier war er außer Sichtweite, und mit zehn Schritten hatte er die sichere Scheune erreicht.

Er holte den Rotfuchs aus seiner Box, band das Gewehr ans Sattelhorn, stieg auf und zog seinen Colt.

Du musst den richtigen Moment abwarten, sagte sich Cable.

Er wusste, was Kidston und Austin tun würden, was ihre erste Reaktion sein würde. Die beiden mussten handeln, um mit ihm Schritt zu halten, und zwar schnell, sonst würde er entkommen.

Nur ein Mann konnte die Scheune von der Hausecke aus beobachten. Der zweite Mann musste aus der Deckung kommen oder zwischen den Bäumen an der Uferböschung Schutz suchen und dort entlanglaufen, bis er sich gegenüber der Scheune befand, in direkter Schusslinie, kaum mehr als dreißig Meter entfernt. In diesem Fall würde Cable in der Scheune festsitzen, bis er erschossen wurde oder verbrannt oder vom Durst nach draußen getrieben. Wenn er abwartete, war irgendwann die Zeit auf ihrer Seite.

Also musste er reagieren, und zwar gleich, während sie noch überlegten, was zu tun war, um seine Flucht zu verhindern. Nach zweieinhalb Jahren Dienst unter General Nathan Bedford Forrest wusste es Cable instinktiv. Man ließ sich nicht in Sicherheit wiegen. Man wartete nicht und gab dem anderen damit Zeit zum Nachdenken. Man trug den Kampf zu den eigenen Bedingungen aus, auf eigenem Boden.

Alles hängt vom Zeitpunkt ab. Schnell handeln, aber im richtigen Augenblick.

Der Rotfuchs stand auf direktem Weg zum Scheunentor, allerdings noch ziemlich weit hinten. Von hier aus konnte Cable die Hausecke beobachten. Er sah eine Schulter, dann den Teil eines Kopfs und das stumpfe Glitzern eines Colts im Sonnenlicht. Fast zur gleichen Zeit hörte er irgendwo hinter dem Haus ein Pferd – das war der andere, unterwegs zur Uferböschung.

Cable behielt die Hausecke im Blick.

Und jetzt wird er den Rückzug antreten, sagte er sich, hob den Colt und zielte auf die Hausecke. Er gab einen Schuss ab. Der Mann – Cable war sicher, dass es Kidston war – tauchte weg. In diesem Moment gab Cable dem Rotfuchs die Sporen. Urplötzlich war er draußen im Sonnenlicht. Er lenkte das Pferd nach rechts, wobei er den Colt auf die Hausecke gerichtet hielt, und als Kidston aus der Deckung kam, schoss Cable. Er musste seinen Körper verdrehen, um den Arm gerade über dem Hinterteil des Pferds zu halten. Er schoss noch einmal, fast im selben Moment wie Kidston, aber beide Schüsse waren überhastet abgefeuert. Cable jagte mit dem Rotfuchs davon und war bereits hinter dem Haus verschwunden, als Kidston einen zweiten Schuss abfeuerte.

Als er den Pfad erreichte, der hinauf durch den Wald führte, erkannte Cable, wie er sie überrumpeln konnte. Genau wie Forrest, unerwartet, schnell und ohne Gnade.

Er verließ den Pfad und ritt im Schutz der Bäume unentdeckt zurück. Als er wieder hinter dem Haus war, im freien Schussfeld, lenkte er das Pferd nach rechts und umrundete das Gebäude auf der anderen Seite, jenseits der Scheune. Einen Augenblick später hatte er die Hausfront erreicht.

Zwanzig Meter weiter stieg Kidston gerade auf sein Pferd. Er blickte Cable über den Knauf seines Sattels hinweg an. Cable sah, wie Vern versuchte, seinen Colt zu ziehen. Er konnte Verns Gesicht deutlich hinter dem Lauf seines eigenen Revolvers erkennen. Doch in dem Moment, als er abdrückte, warf Verns Pferd seinen Kopf in die Schusslinie. Cable zog an den Zügeln, damit sich sein Pferd nach rechts drehte, und sah dabei, wie Verns Pferd aus dem Tritt kam und stürzte. Vern ging mit zu Boden, konnte aber rechtzeitig die Steigbügel abstreifen.

Cable erhaschte einen Blick auf Austin Dodd, der bereits die Uferböschung hochgaloppierte, aber das war auch schon alles. Ihm blieb noch ein Schuss. Cable gab dem Rotfuchs die Sporen und jagte mit ihm durch den schattigen Espenhain. Dann bog er nach links ab, in Richtung Weidenbäume, durch die er hindurchfegte, und er spürte, wie die dicken, schweren Äste ihm Deckung gaben, während er den Fluss durchquerte und auf der anderen Seite die Weide hochritt.

Abstand zwischen sich und Austin bringen, das war jetzt das Wichtigste. Sich Zeit zum Nachladen verschaffen und es gleichzeitig so aussehen lassen, als würde man fliehen. Jetzt würde er Austin dorthin führen, wo er ihn haben wollte, und ihn zugleich glauben machen, er wäre der Verfolger. Dann würde er vielleicht unvorsichtig werden.

Austin feuerte erneut, als er die Weidenbäume am Flussufer hinter sich gelassen hatte. Aber er agierte zu hastig, und nun hatte Cable fast zweihundert Meter Vorsprung, da er den Rotfuchs in stetem Galopp hielt.

Cable war jetzt ruhiger. Auch wenn er nur sehr grob wusste, was zu tun war. Irgendwie würde er Austin Dodd schon aufhalten, so wie er Vern aufgehalten hatte.

Aber hatte er Vern wirklich aufgehalten? Und für wie lange? Er konnte sich wieder an Cables Fersen heften. Er würde Wynns Pferd finden, das konnte dauern oder auch nicht, aber er würde sicher kommen.

Es war also gar nicht vorbei, nicht einmal ansatzweise. Es fing gerade erst an. Er musste vorsichtig sein und die Augen offen halten. Und zuerst Austin ausschalten. Ihn zunächst so lange hinter sich herlocken, bis er den Ort gefunden hatte, an dem er mit ihm kämpfen wollte. Cable wandte das an, was er bei Bedford Forrest gelernt hatte. Wie man tötet, ohne getötet zu werden. Aber nicht aus einem Drang heraus, Austin Dodd zu töten, nur weil er Austin Dodd war. Obwohl man vielleicht sogar das rechtfertigen konnte, sagte sich Cable.

Er würde auf der anderen Seite der Talsohle den Hang hochreiten und sich zwischen den Bäumen verbergen, während Austin ungeschützt über die Weide reiten musste. Austin musste langsamer werden, und das gab ihm Zeit, nachzuladen. So konnte es gehen, sagte er sich und hob den Blick zu den Kiefern und dem Berghang, der über ihnen aufragte.

Aber im selben Moment ertönte ein schwerer, lauter Knall, gefolgt von dem unverwechselbaren, schmatzenden Geräusch einer Kugel, und Cables Plan löste sich in Luft auf. Der Rotfuchs war im Hinterlauf getroffen und ging zu Boden. Cable rollte zur Seite, und bei einem Blick zurück konnte er gerade noch sehen, wie Austin Dodd wieder auf sein Pferd stieg.

Der Mann hatte im vollen Galopp nachgeladen und war dann abgestiegen, um die letzte Gelegenheit für einen gezielten Schuss zu nutzen. Aus zweihundert, dreihundert Metern Entfernung. Und du hast nicht aufgepasst!

Cable sprang zu seinem Pferd, das hilflos und mit krampfhaft zuckenden Hinterläufen auf dem Boden lag. Sein Gewehr war immer noch am Sattel, die Munition für seinen Colt in den Satteltaschen. Aber er wusste sofort, dass es zu spät war, um an sie heranzukommen. Wenn er zögerte, würde er hinter dem Pferd festsitzen. Er gab keine weitere Möglichkeit, das wusste er. Nicht mit einem dichtbewachsenen Hang keine vierzig Meter entfernt.

Er rannte darauf zu, geduckt, so schnell er konnte, ohne zurückzublicken, aber er hörte, wie Hufschläge näher kamen. Und den Schuss.

Noch bevor Austin einen weiteren abgeben konnte, war Cable zwischen den gelb blühenden Mesquiten am Waldrand hindurch und ging zwischen den Bäumen in Deckung. Von hier aus beobachtete er, wie Austin sein Pferd zum Stehen brachte und abstieg. Cable lief weiter den Hang hoch. Erst nach einigen Metern blickte er sich nach Austin um.

Der hockte jetzt neben dem Rotfuchs und durchsuchte die einzig erreichbare Satteltasche. Dann stand er auf, richtete das Gewehr auf das Pferd, trat einen Schritt zurück und schoss ihm in dem Kopf. Er warf den Karabiner weg und blickte den Hang hinauf.

»Cable!« Austin rief seinen Namen und verharrte dann lautlos, während seine Augen die dunklen Bäume absuchten. »Cable, ich kriege dich!«

Cable beobachtete ihn. Eine kleine Gestalt, vierzig oder fünfzig Meter unter ihm, auf freiem Feld, die jetzt auf den Wald zuging.

Er ist sich seiner Sache sicher, dachte Cable. Weil er die Schüsse gezählt hat und genauso gut weiß wie du, wie viele Schuss er noch hatte. Cable prüfte den Revolver, um sicher zu sein.

Ihm blieb eine Patrone. Seine Munition, das Schießpulver und die Zündhütchen, das alles steckte in den Satteltaschen.

Luz trieb ihre Stute an, damit sie nicht langsamer wurde, und presste ihre nackten Knie an den Sattel. Ihre Beine schmerzten unter der Anstrengung, immerzu die Fersen in die Flanken des Pferdes zu stoßen.

Ihr ging auf, dass sie den Pfad hätte nehmen sollen. Der war kürzer. Aber Vern Kidston hatte sie so unvermittelt losgeschickt, und in dem Moment war ihr einziger Gedanke gewesen, Hilfe zu holen, so schnell das Pferd laufen konnte. Und jetzt folgte sie dem kurvenreichen, fünf Meilen langen Bogen um das Weideland herum. Sie war bereits jenseits der Abzweigung zum Pfad, der zu Cables Haus führte.

Sie würden ihn in der Scheune finden … Sie hatte ihn hineingehen sehen, als sie sich näherte. Wenn er sich zeigte, würden sie ihn töten. Und wenn nicht, saß er in der Falle. Sie stellte sich vor, wie Vern und der andere Mann auf ihn schossen, sicher aus ihrer Deckung heraus. Die beiden würden sich Zeit lassen, falls Cable festsaß. Dann hätte sie vielleicht Gelegenheit, rechtzeitig Hilfe zu holen.

Hoffentlich war ihr Bruder zu Hause. Ihr war niemand sonst in den Sinn gekommen. In ihren Gedanken sah sie bereits, wie er auf sein Pferd stieg und losgaloppierte, um Cable zu helfen. Er musste unbedingt zu Hause sein. Gott, mach, dass er zu Hause ist. Sie schloss die Augen und wiederholte diesen Wunsch so inbrünstig, dass Gott nicht anders konnte, als ihn wahrzunehmen. Manuel hatte gesagt, er werde heute zurückkehren. Also musste Gott nur dafür sorgen, dass es auch so war. Kein Wunder vollbringen. Nur dafür sorgen, dass er zu Hause war.

Und was, wenn nicht? Dann zu Mr. Janroe.

Nein! Sie schüttelte heftig den Kopf und verwarf den Gedanken. Gott ist gerecht. Er würde nicht auf etwas Böses zurückgreifen, um Gutes zu leisten.

Doch bei der guten Tat, Cable zu retten, könnte Vern Kidston verwundet oder getötet werden. Und daran war gar nichts gut.

Sie schloss die Augen, so fest sie konnte, um alles besser zu verstehen, aber es blieb verworren, Gut und Böse überlagerten sich und waren nicht klar umrissen oder gegensätzlich, so wie es sein sollte. Denn die Falschen kämpfen gegeneinander, dachte sie.

Aber warum konnten sie es nicht sehen? Vern Kidston und Paul Cable sollten auf einer Seite stehen, weil sie die gleiche Art von Mann sind. Obwohl Paul vielleicht etwas behutsamer ist. Er hat eine Frau und hat gelernt, behutsam zu sein.

Aber Vern könnte auch eine Frau haben. Und er könnte

auch lernen, behutsam zu sein. Sie wusste das, sie spürte es und hatte es immer gewusst, seit sie ihn zum ersten Mal gesehen hatte. Ein Gefühl wie ein warmer Mantel, der ihren Körper einhüllt, als er sie geküsst hatte; fast ein Jahr war es her, kurz bevor Janroe kam. Und dann hatte sie es wieder gespürt, als sie vor Cables Haus dicht bei ihm gestanden und es in seinen Augen gesehen hatte.

Sie hatte ihm gesagt, Cable sei nicht zu Hause, und er antwortete, dann würden sie auf ihn warten. Ich warte mit dir, hatte Luz gesagt. Aber Vern hatte den Kopf geschüttelt und gesagt, sie solle nach Hause reiten, zu Janroe. Da hatte sie ihm, ohne groß nach Worten suchen zu müssen, beschrieben, was sie von Edward Janroe hielt, halb Mensch, halb Tier, welche Art von *nagual* er war. Und sie hatte gesehen, dass Vern ihr glaubte, als sie ihm erzählte, wie sehr sie Janroe hasste.

Sie hatte ihn angefleht, die Waffen niederzulegen und mit Cable zu reden, um die Sache zwischen ihnen ehrlich und fair zu klären, wie zwei Männer es tun sollten. Der Krieg war zu Ende, deshalb hatte sie gesagt: »Sie haben ihn beendet, als sie gesehen haben, wie sinnlos es ist, dass so viele Männer sterben. Beende auch deinen Krieg«, hatte sie gesagt.

Aber er hatte sie am Arm gepackt, sie halb zu der Stute gezogen und gesagt, sie solle gehen. Es war nicht der Moment für Liebenswürdigkeiten, er musste sich um Cable kümmern. So hat er es nicht gesagt, aber Luz wusste es. So wie sie jetzt wusste, warum er sie seit Janroes Ankunft nicht mehr gesehen hatte.

Denn Vern Kidston war stolz und würde lieber wegbleiben und die Fäuste ballen, als zu erfahren, dass sie mit Edward Janroe zusammenlebte oder ihn liebte. Das konnte nur eines bedeuten. Vern Kidston liebte sie. Das war früher schon so und auch jetzt.

Aber daran darfst du jetzt nicht denken. Am besten an gar nichts denken. Tu einfach, was du tun musst. Sie sagte sich, dass sie das alles nicht verstehen konnte. Denn wie konnte es Liebe und Hass in ein und demselben Moment geben? Wie kann das Gute dem Guten entgegenstehen? Wie kann man gleichzeitig glücklicher sein und mehr Angst haben als je zuvor?

Nach wenigen Minuten war sie in Sichtweite des Ladens, mit den dunklen Weidenbäumen dicht dahinter. Sie betrachtete aus der Ferne das Haus, und bald schon konnte sie eine Gestalt auf der Laderampe ausmachen. Sie betete, dass es Manuel war.

Aber es war Janroe, der unbeweglich dastand und sie anstarrte, während sie über den Hof ritt und ihre Stute zum Stehen brachte.

»Wo bist du gewesen?«

Sie sah die Wut in seinem Gesicht und die angespannte Körperhaltung. Aber es war keine Zeit, zu zaudern. Sie musste es ihm sagen, sie musste alles auf einmal sagen und sicherstellen, dass er es auch verstand.

»Ich war bei Cable«, begann sie, völlig außer Atem. Keuchend stieß sie die Worte hervor.

»Ich habe dir gesagt, dass ich das übernehme!« Janroes Stimme ertönte wie ein Peitschenschlag, dann wurde sie heiser, als würde er beim Sprechen die Zähne zusammenbeißen. »Ich habe dir gesagt, dass du zu Hause bleiben sollst, dass ich später hinreiten würde – aber du bist trotzdem aufgebrochen! Ich habe dir gesagt, dass er gestern

Abend nicht da war und dass ich ihn heute Morgen sehen werde – aber du bist trotzdem dort gewesen!«

»Hören Sie zu!«, schrie Luz und spürte, wie ein Hitzeschwall über ihr Gesicht lief. »Vern Kidston ist dort …«

Janroe starrte sie an, und langsam löste sich die Anspannung in seinem Gesicht. »Allein?«

»Ein Mann ist bei ihm. Vielleicht auch mehr.«

»Was ist passiert?«

»Noch nichts. Aber Vern will Cable töten. Ich weiß es!«

Janroes Brustkorb hob und senkte sich beim Atmen, aber er sagte ruhig: »Er will wahrscheinlich nur mit Cable reden.«

»Nein, er ist bewaffnet. Vern, und dieser Austin. Jeder mit zwei Pistolen und einem Gewehr im Sattel … Hören Sie, ist mein Bruder hier?«

»Noch nicht.«

»Er sagte, er würde heute zurückkommen.«

»Wahrscheinlich erst später.«

Sie blickte ihn aufmerksam an und versuchte etwas in ihm zu finden, dem sie vertrauen konnte, dem sie Glauben schenken konnte. Aber selbst dafür war jetzt keine Zeit, und sie sagte: »Kommen Sie mit. Jetzt gleich, bevor sie ihn umbringen.«

»Luz, Vern will nur mit ihm reden.« Janroe war jetzt völlig entspannt. »Vern ist ein geduldiger Mann. Warum sollte er sich ändern?«

»Dann kommen Sie eben nicht«, sagte Luz.

»Das ist auch nicht nötig. Komm ins Haus und hör auf, dir Sorgen zu machen.«

Sie schüttelte den Kopf. »Ich reite zurück.«

»Luz, ich sagte, komm ins Haus. Es geht dich nichts an, was zwischen den beiden vorgeht.«

Sie sah wieder die Wut in seinem Gesicht und hob die Zügel. Janroe trat von der Laderampe herunter und wollte nach dem Zaumzeug greifen, aber die Stute scheute, bäumte sich auf, und Janroe wurde zu Boden geworfen. Luz nutzte die Gelegenheit und sprengte längst über den Hof, als Janroe sich wieder aufrappelte.

Sie saß in gebückter Haltung im Sattel und trieb die Stute mit den Fersen und lauten Rufen an. Im Galopp jagte sie das Pferd über die Wiesen, die sich scheinbar endlos über das Tal erstreckten.

Sie würde etwas unternehmen, sagte sie sich, weil sie etwas unternehmen musste. Es gab niemanden sonst. Sie wollte sich gar nicht erst vorstellen, dass es bereits vorbei sein könnte. Sie würde ankommen, bevor sie Cable fanden, und würde Vern anflehen. Diesmal würde sie nicht gehen, auch wenn er versuchte, sie dazu zu zwingen. Er würde auf sie hören. Dann würde Paul aus der Scheune herauskommen, und sie würden reden, und nach einer Weile wäre die Sache geregelt.

Aber nur Augenblicke später wusste sie, dass sie zu spät kam. Luz verlangsamte das Tempo, richtete sich im Sattel auf und zog schließlich mit aller Kraft an den Zügeln, um das Pferd zum Stehen zu bringen. Sie saß da und lauschte.

Dann hörte sie es wieder, in der Ferne: den flachen Klang von Gewehrschüssen, und sie wusste, sie hatten ihn gefunden und versuchten, ihn zu töten.

7

Bald wären sie zu zweit.

Cable konnte den Reiter jetzt sehen – es musste Vern sein, auf Wynns Pferd. Er war bereits diesseits des Flusses und kam über die Weide geritten.

Unten, näher bei ihm, war Austin Dodd.

Cable wartete, bis Austin die gelben Mesquiten am Waldrand hinter sich gelassen hatte. Als der Mann die Bäume erreichte, zog sich Cable langsam zurück. Er bewegte sich vorsichtig den Hang hinauf und sah sich immer wieder um. Er durfte nicht stolpern und Zeit verlieren, aber auch Austin nicht aus den Augen lassen. Es gelangen ihm nur flüchtige Blicke auf den Mann, der sich vorsichtig zwischen den Bäumen hindurchschlängelte.

Der Hang war an dieser Stelle nicht steil. Die niedrigen Pinyon-Kiefern standen in regelmäßigen Abständen nebeneinander und glichen eher einem verlassenen, wild wachsenden Obstgarten. Es war kein Ort, an dem man mit nur einer Kugel im Revolver gegen einen Mann bestehen konnte, der zwei Colts und alle Zeit der Welt hatte.

Cable lief weiter, bis er die Baumgrenze erreichte. Dort blieb er stehen und suchte aufmerksam die Bergflanke vor ihm ab. Sie war mit Gestrüpp und Klippenrosen bedeckt, nichts, was als Deckung taugte. Kein Schutz auf dem gesamten kiesigen, fast hundert Meter langen Abschnitt, der steil zum Himmel anstieg.

Vielleicht konnte er es schaffen. Aber nicht auf gerader Linie nach oben. Dafür war es zu steil. Er musste quer über die Flanke laufen, und Austin hätte genügend Zeit, um auf ihn zu schießen. Aber es war einen Versuch wert. Und allemal besser, als hier zu verharren. Er musste Austin aus seinen Gedanken verbannen – auch Vern, der jetzt fast schon die gesamte Talsohle durchquert hatte. Er musste sich nur auf den Kamm konzentrieren und sich dabei von nichts anderem aufhalten lassen.

Dann war er aus der Deckung, lief diagonal über die Anhöhe, seine Stiefel gruben sich hart in den verkrusteten, bröckeligen Sandboden. Fast augenblicklich spürte er den stechenden Schmerz in seinen Oberschenkeln, aber er lief weiter, blickte nicht zurück und versuchte auch nicht daran zu denken, dass Austin Dodd ihm auf den Fersen war oder Vern gerade am Fuß des Hangs stand und sein Gewehr aus der Satteltasche zog.

Cable überquerte einen Teil der Bergflanke, der mit dichten Büschen bedeckt war. Dort fand er besseren Halt und kam schneller voran. Doch plötzlich geriet er auf ein Stück blanken Felsen, der etwa einen halben Meter aus dem Boden ragte, kam ins Rutschen und stürzte. Er versuchte aufzustehen und rutschte erneut ab, rollte sich dann über die glatte Felsoberfläche und kam dahinter wieder auf die Beine. Er kletterte weiter und war weniger als zwanzig Meter vom Grat entfernt, als er Austin rufen hörte.

»Cable!«

Er blieb stehen, holte Luft und atmete langsam aus, bevor er sich umdrehte. Er ahnte, dass er den Grat nie erreichen würde. Und als er sah, dass Austin schon längst den

Wald verlassen hatte und sich zu seiner Linken etwa zwanzig Meter unter ihm befand, war er sich sicher. Austins Colts steckten noch im Holster, aber seine Hände berührten sie fast. Er kam langsam auf Cable zu, seine Miene war ruhig, sein Blick blieb auf ihn geheftet.

»Du kannst jederzeit ziehen«, sagte Austin. Er kam weiter den Hang herauf, ohne auf den Boden vor sich zu achten. Schritt für Schritt tastete er sich vorwärts. »Das willst du doch. Aber du hast nur einen Versuch.« Er hatte die Büsche erreicht. »Zähl die Schüsse deines Gegners. Das habe ich vor langer Zeit gelernt. Und als ich deine ganze Munition in den Satteltaschen gesehen habe, habe ich mir gesagt: Ich möchte nicht in seiner Haut stecken. Er hat nicht den Hauch einer Chance.«

Cable blieb stumm. Er beobachtete, wie Austin Dodd das Gestrüpp aus orangefarbenen Büschen erreichte und dann stehen blieb.

»Wenn du also ziehst«, sagte Austin, »muss die eine Kugel auch treffen.« Er schien fast zu lächeln. »Das kann die Nerven ganz schön strapazieren.«

Austin war bereit. Er hatte den Ort gefunden, an dem er kämpfen wollte. Cable wusste, um ihn zu besiegen, musste er mehr als nur schnell sein. Er musste genau ins Schwarze treffen.

Aber er hatte keine Zeit, ihn ins Visier zu nehmen, keine Zeit, um sicherzugehen.

Es sei denn, Austin zögerte. Oder er wurde abgelenkt.

Cables Blick wanderte von den Büschen zu dem blanken Felsen, auf dem er ausgerutscht war. Wenn er Austin dorthin locken könnte, ihn zu einer abrupten Bewegung zwingen könnte, ihn erschrecken. Wenn er Austin für einen Moment aus dem Gleichgewicht brächte, hätte er genug Zeit zu ziehen, genau zu zielen und zu feuern. Wenn ihm das gelänge …

Vern war bereits im Wald.

Nein. Immer eins nach dem anderen.

Langsam trat Cable ein paar Schritte zurück.

Austin schüttelte den Kopf. »Du würdest es nicht mal ansatzweise schaffen.«

Cable wich weiter zurück, ein, zwei, fast drei Meter, bevor Austin ihm folgte. Cable blieb stehen. Er beobachtete, wie Austin die Büsche hinter sich ließ und den Felsrücken erreichte. Vorsichtig tastete er sich mit einem Fuß voran und trat auf das glatte, abgeschliffene Gestein.

Als Austins Fuß sich wieder ein Stück nach vorne bewegte, sprang Cable zur Seite, zog seinen Colt und ließ sich auf ein Knie fallen.

Austin reagierte blitzschnell. Er hob seinen rechten Revolver und zielte auf Cable. Aber die abrupte Bewegung brachte ihn aus dem Gleichgewicht. Seine Stiefel fanden auf dem glatten Felsen keinen Halt, und noch während er feuerte und noch einmal feuerte, fiel er nach hinten, mit der freien Hand vergeblich rudernd.

Vor dem Lauf von Cables Revolver schien Austin einen Moment lang in der Luft zu schweben, mit gekrümmtem Rücken, die Hand mit der Waffe steil in die Luft gereckt. Cable zielte auf die Brust seines Gegners, und genau in diesem Moment, als er ganz sicher war und es keinen Zweifel mehr gab, drückte er den Abzug.

Er rutschte bereits den Kieshang hinunter, als Austin rückwärts in den Busch fiel. Noch bevor er bei ihm war, wusste Cable, dass Austin Dodd tot war, und er verlor keine Zeit, dem Mann die Waffe aus den Fingern zu reißen. Cable nahm die Revolver an sich, beides Army Colts, Kaliber .44. Dann verharrte er einen Moment, aber von Vern war nichts zu sehen. Er erhob sich, blieb aber geduckt, in Erwartung eines Schusses. Schließlich rannte er zu den Kiefern und ließ sich unter einem Baum nieder. Er spürte den sandigen Boden und das warme Gras unter sich, die dicken Äste darüber. Und er lauschte.

Vern musste ganz in der Nähe sein. In der Zwischenzeit hatte er womöglich den ganzen Wald durchquert. Vielleicht auch nicht, aber Vern musste auf jeden Fall gesehen haben, wie Cable über die Lichtung gerannt war. Wahrscheinlich hatte er nur keine gute Schussposition gehabt. Aber Vern wusste jetzt, wo er steckte, so viel war sicher.

Also los, sagte Cable zu sich selbst.

Er setzte wieder ein Knie auf den Boden und wartete einen Moment lauschend, dann rannte er geduckt weiter durch die Büsche. Fast augenblicklich krachte ein Gewehrschuss durch das Gehölz. Cable warf sich auf den Boden, kam wieder hoch, änderte die Richtung und lief den Hang hinunter. Wieder ertönten Schüsse, diesmal von einem Revolver, fünfzig bis hundert Meter von ihm entfernt. Cable rannte weiter, und die .44 hinter ihm wurde fünf Mal abgefeuert, bis er in einer Felsrinne Deckung fand.

Cable rollte sich auf den Bauch, steckte einen der Colts ins Halfter und begann die schmale Rinne hinaufzukriechen zum offenen Hang. Er bewegte sich auf Knien und Unterarmen voran, bis er fast den Rand der Bäume erreicht hatte, ungefähr zehn Meter über der Stelle, an der er in Deckung gegangen war. Dann verharrte er wieder und lauschte.

Es war nichts zu hören. Jenseits der Schatten von Büschen und Felsen dicht vor ihm lag der Hang im gleißenden Sonnenlicht. Er wandte sich um und warf einen Blick zurück, dann nahm er den Hut ab, rollte sich auf die Seite und legte den Colt so auf seinen Oberschenkel, dass er die Felsrinne hinunter zielte.

Minutenlang Totenstille. Dann ertönte ein Geräusch, aber nicht in der Nähe des Waldes. Es war das Geräusch von Pferdehufen, weit entfernt, noch in der Talsohle.

Da kommt Verstärkung, dachte Cable.

Er musste Vern stellen, bevor sie bei ihm waren. Es musste ein Kampf Mann gegen Mann bleiben, wenn er überleben wollte.

Und wenn du wüsstest, wo Vern steckt, könntest du das auch.

Aber er wusste es nicht. Vern konnte ganz in der Nähe sein. Vern konnte sogar wissen, dass er hier in Deckung lag, und wenn er zum Hang hinüberrannte, würde Vern ihn höchstwahrscheinlich abknallen. Oder auch, wenn er aufstand oder sich nur bewegte.

Wenn, wenn, wenn … Damit kommt man nicht weiter. Nichts überstürzen. Abwarten und es geschehen lassen. Sogar Forrest hatte manchmal abgewartet. Er hat gewartet, dass seine Gegner Fehler machten. Und er würde auch in dieser Situation warten – bei Gott, ja, er würde abwarten, ob sie Fehler machten oder nicht.

Ein Pferd schien näher zu kommen. Er konzentrierte sich, lauschte, bis er sicher war, dass es nur ein Pferd war. Ein Reiter. Der Vern zu Hilfe eilte.

Cable drückte sich mit einer Hand hoch und versuchte, durch die Bäume zur Talsohle zu sehen, konnte aber nur die andere Seite erkennen, das Weideland, das an den Fluss und den dunklen, friedlichen Hang dahinter grenzte. Der Reiter musste schon hier sein.

Als Cable den Blick wieder hob, erstarrte er.

Direkt vor ihm war Vern Kidston. Keine zehn Meter entfernt, ein Bein in der Feldrinne, halb sitzend, halb am Rand kniend und teilweise durch das Gestrüpp verdeckt. Vern hatte seinen Revolver im Anschlag und blickte ihn an.

Keiner von beiden rührte sich. Sie starrten einander schweigend und mit gezücktem Revolver an. Cable saß da, stützte sich mit einer Hand hinter sich ab, die andere lag mit dem Colt auf seinem Oberschenkel. Sein Gesicht, auf das durch die Bäume Sonnenlicht fiel, war ruhig. Verns Gesicht lag teilweise im Schatten, und sein Schnurrbart bedeckte seine Mundwinkel, aber seine Miene war ebenso gelassen wie die von Cable. Es lag eine Spannung zwischen den beiden Männern, die sich entladen würde, sobald einer von beiden zuckte. Und je länger ihr Schweigen andauerte, umso wahrscheinlicher genügte auch nur ein einziges Wort für den ersten Schuss.

Diese Spannung schwang in Verns Tonfall mit, als er schließlich »Cable« sagte und wartete, ob eine Reaktion käme.

»Ich hätte dich bereits töten können«, sagte er dann. »Ich hatte meine Waffe auf dich gerichtet und du hast mich nicht gesehen … Warum habe ich es nicht getan?«

Cable antwortete nicht.

»Ich hätte es in diesem Moment beenden können. Aber ich habe es nicht getan. Weißt du, warum?« Er wartete. »Das frage ich dich.«

Cable schüttelte den Kopf, obwohl er Vern genauso vor

sich sah, wie er ihn vor zwei Tagen gesehen hatte – eine kleine Gestalt im Visier seines Karabiners –, und sich daran erinnerte, dass auch er nicht in der Lage gewesen war, abzudrücken. Er hatte lange darüber nachgedacht und kannte den Grund, warum er es nicht getan hatte, aber es war nichts Klares, Nachvollziehbares, nur ein Gefühl, und das konnte bei jedem Mann anders sein. Wovon hat sich Vern leiten lassen? Aber was machte das schon für einen Unterschied? Vern hatte es nicht geschafft, abzudrücken, als er die Chance dazu hatte, und das zu wissen reichte aus. Aber jetzt ist es anders, dachte Cable, genauso wie bei mir. Dieses zögerliche Gefühl würde jetzt für keinen von ihnen gelten oder ihn zurückhalten.

Erzähl es ihm trotzdem, dachte Cable, und er sagte: »Ich hatte dich auch schon einmal im Visier. Mir ist genau das Gleiche passiert. Aber ich bin nicht sicher, ob ich es noch einmal zulassen würde.«

»Wann war das?«

»Vor zwei Tagen. Du warst mit Lorraine zusammen.«

»Warum hast du nicht geschossen?«

»Das müsste ich erklären«, sagte Cable. »Und ich bin mir nicht sicher, ob es einen Sinn ergibt, wenn man es ausspricht.«

Vern nickte kurz. »Vielleicht geht es darum, es dem anderen zu überlassen.«

»Ich habe nicht damit angefangen«, sagte Cable barsch. »Ich fühle mich auch nicht verpflichtet, die Sache fortzusetzen.«

»Aber du würdest es zu Ende bringen, wenn du könntest«, sagte Vern. »Was ist mit Austin – ist er tot?«

Cable nickte.

»Ich hätte nicht gedacht, dass du eine Chance gegen ihn hast.«

»Das hatte er auch nicht«, sagte Cable. »Deshalb ist er jetzt tot.«

»Du hast also alle drei Dodd-Brüder erledigt, und auch Royce …«

»Was hättest du an meiner Stelle getan?«

»Du meinst, weil es jedes Mal um Leben und Tod ging?«

»Oder um meine Familie«, sagte Cable. »Ich frage dich, was du getan hättest. Es gibt zwei Möglichkeiten. Weglaufen oder sich der Sache annehmen.«

»Also gut.« Vern hielt inne. »Aber Duane. Das ist etwas anderes.«

»Ich habe deinen Bruder nicht erschossen.«

»Es gibt keinen anderen, der einen Grund dazu hätte.«

»Nur eine Sache zählt«, sagte Cable. »Ich habe ihn nicht erschossen.«

»Obwohl er dich geschlagen hat?«

»Wenn ich ihm das hätte heimzahlen wollen, hätte ich meine Fäuste benutzt. Ich war nie der Meinung, dass man eine Schlägerei mit einem Mord vergelten sollte.«

»Vielleicht sagst du die Wahrheit«, sagte Vern. »Aber woher weiß ich, dass es so ist?«

»Ob du es glaubst oder nicht«, antwortete Cable, »deine Waffe ist nicht treffsicherer als meine.« Aber dann sagte er: »Ich habe dir schon gesagt, dass ich letzte Nacht nicht aus dem Haus gegangen bin.«

»Und wenn du es nicht getan hast …«, begann Vern.

»Warum kann es nicht einer deiner Männer gewesen sein?«

Vern schüttelte den Kopf. »Ich weiß genau, wo sich jeder von ihnen zu der Zeit aufgehalten hat.«

Dann war es Janroe, dachte Cable, ohne jeden Zweifel. Er sagte zu Vern: »Ich kann dir dieselbe Frage stellen.«

»Du meinst, wegen deines Hauses? Ich habe nie etwas angerührt.«

»Dann war es Duane.«

»Ich weiß ganz sicher«, sagte Vern, »dass es keiner von uns war.«

»Aber du hast Royce und Joe Bob auf mich angesetzt.«

Wieder schüttelte Vern den Kopf. »Sie sind von allein gekommen.«

»Was ist mit Lorraine?«

»Ich wusste davon«, gab Vern zu. »Ich hätte sie aufhalten müssen.«

»Was war der Grund dafür?«

»Lorraine sagte, sie wolle einen Keil zwischen dich und deine Frau treiben. Damit ihr euch trennt und du keinen Grund mehr hast, hierzubleiben.«

»Und du glaubst, das hätte funktioniert?«

»Ich sagte doch, ich hätte sie aufhalten müssen.«

»Vern, ich lebe seit zehn Jahren hier. Wir sind seit acht Jahren verheiratet.«

Kidston nickte ernst. »Bill Dancey sagte, du hättest bessere Gründe zu kämpfen als ich.«

»Was hast du ihm geantwortet?«

»Ich weiß es nicht mehr.«

»Glaubst du ihm?«

»Ich sag dir eins. Ich hätte dich lieber zu einer anderen Zeit gekannt.«

Cable nickte. »Vielleicht hätten wir uns verstanden. Hätten sogar die Sache mit dem Land geklärt.«

»Sogar das«, sagte Vern.

»Ich wäre einverstanden gewesen, einige von deinen Pferden auf meine Weiden zu lassen«, sagte Cable, »wenn die ganze Sache nicht auf diese Art und Weise begonnen hätte.«

»Nun, das ist jetzt nicht mehr wichtig«, sagte Vern.

Aber es könnte wichtig sein, dachte Cable. »Wir wollten beide abwarten«, sagte er. »Aber Royce und Joe Bob haben sich eingemischt. Und dann dein Bruder. Ich frage mich, wie alles gekommen wäre, wenn er noch lebte.«

Vern blickte Cable aufmerksam an. »Ich wünschte, ich könnte dich verstehen. Entweder hast du nichts mit dem Mord an Duane zu tun, oder du bist ein großer Schauspieler.«

»Genau wie ich zu verstehen versuche, warum du Wynn und Austin mitgenommen hast«, sagte Cable. »Du bist doch Manns genug, deinen eigenen Kampf zu führen.«

»Wenn ein Mann getötet wird«, sagte Vern, »ist es kein Spiel oder persönlicher Wettkampf mehr. Es war an der Zeit, dich zu erledigen, und zwar so sicher wie möglich.«

»Nur wenn der Mann dein Bruder ist«, sagte Cable. »Als Royce und Joe Bob getötet wurden, hast du nichts unternommen.«

»Ich habe mich geirrt«, sagte Vern, »vielleicht schon von Anfang an. Ich habe die Sache aus dem Ruder laufen lassen. Das gebe ich zu. Aber jetzt kann ich nichts mehr daran ändern.«

»Also hättest du irgendwann zurückgesteckt«, sagte Cable, »wenn Duane nichts zugestoßen wäre.«

»Nun, als der Krieg noch im Gange war, konnte ich

dich als Feind ansehen. Dich von deinem Land vertreiben und mir einreden, es sei in Ordnung. Aber jetzt, wo alles vorbei ist, bin ich mir mit nichts mehr sicher, nicht einmal bei meinem Geschäft mit den Pferden. Vielleicht kann ich einen Vertrag mit der Postkutschengesellschaft abschließen, wenn sie wieder anfangen, aber …«

Cable unterbrach ihn. »Was hast du gesagt?« Er starrte Vern ungläubig an. »Über den Krieg?«

»Er ist vorbei. Das weißt du doch, oder?«

»Seit wann ist er zu Ende?«

»Seit ein paar Tagen.«

»So lange wusstet ihr es schon?«

»Wir haben es gestern erfahren.« Vern runzelte die Stirn, während er Cables Gesichtsausdruck studierte. »Luz wusste davon. Sie erwähnte es, als ich vor einer Weile mit ihr gesprochen habe.«

»Gestern?«, fragte Cable.

Vern nickte. »Sie müsste es gestern erfahren haben.«

Und wenn sie es wusste, dachte Cable, dann wusste es auch Janroe. Gestern. Bevor Duane getötet wurde. Janroe hatte es gewusst. Er muss es gewusst haben. Und trotzdem hat er Duane getötet. Wie kann das sein?

Wenn man darüber nachdachte, sagte sich Cable, ergab es keinen Sinn. Und doch war es möglich. Bei jedem anderen würde man zweifeln. Aber bei Janroe gab es keinen Platz für Zweifel. Was seltsam war, denn er kannte den Mann kaum.

Aber gleichzeitig war es auch nicht seltsam. Nicht, wenn man sich vor Augen hielt, dass dieser Mann im Krieg seinen Arm verloren und über hundert Kriegsgefangene getötet hatte. Nicht, wenn man hörte, wie er immer wieder darauf bestanden hatte, dass Vern und Duane sterben sollten. Nein, es war nicht seltsam. Nicht, wenn er alles zusammenzählte, was ihm bei Janroe in den Sinn kam.

Womöglich war es Janroe gewesen, der sein Haus verwüstet hatte. Das kam Cable in diesem Moment in den Sinn, und er war sich augenblicklich sicher: Janroe hatte versucht, ihn aufzuwiegeln, ihn wütend zu machen, damit er sich die Kidstons vorknöpfte. Janroe wollte sie – den Feind, oder was auch immer sie für ihn waren – tot sehen, aber ohne sich Schuld aufzuladen.

Janroe könnte sogar den Verstand verloren haben. Vielleicht war ihm das im Krieg passiert.

Nein, fang nicht damit an, sagte sich Cable. Nimm es einfach für bare Münze. Janroe hat einen Mann getötet, dessen Mord man dir anhängen will. Er hat es getan, ob er nun einen Grund dafür hatte oder nicht. Der Krieg konnte nicht der Grund dafür gewesen sein, denn der war vorbei, und das wusste Janroe sicherlich. Also akzeptiere diese Tatsache und mach was draus.

Er setzte sich auf, hob den Colt, drehte die Trommel und ließ den Hahn sanft in die leere Kammer gleiten. Vern rührte sich nicht, doch als Cable wieder aufblickte, wusste er, dass diese Geste Vern überraschte und verwirrte.

»Wir verschwenden unsere Zeit«, sagte Cable. »Es gibt jemanden, mit dem wir uns unterhalten sollten.«

Er begann Vern von Janroe zu erzählen.

Luz erreichte Cables toten Rotfuchs, bevor sie die beiden Pferde sah, die am Fuß des Hangs vor den Büschen grasten. Sie gehörten Vern und Austin. Sie ließ ihre Stute im

Schritt gehen und suchte mit den Augen den mit Kiefern bewachsenen Hang ab. Die Schüsse waren von dort oben gekommen, da war sie sich sicher.

Aber seit geraumer Zeit waren keine Schüsse mehr zu hören gewesen. Sie könnten zwischen den Bäumen Jagd auf ihn machen. Oder alles könnte längst zu Ende sein.

Als sie die beiden Gestalten kurz sah, die durch die Bäume herunterkamen und für einen Augenblick auf der Lichtung auszumachen waren, war sie überzeugt, dass alles vorbei war, dass es Vern und Austin waren, die zu ihren Pferden zurückgingen. Sie ließen die Bäume hinter sich und waren eine Zeit lang hinter den Büschen verschwunden. Schließlich tauchten sie wieder auf, und erst jetzt sah sie, dass der zweite Mann nicht Austin, sondern Cable war.

Sie beobachtete, wie sie sich näherten, und hatte das seltsame Gefühl, dass dies hier nicht wirklich passierte, dass alles ein Traum war. Sie hatten aufeinander geschossen, aber jetzt gingen sie nebeneinanderher, beide bewaffnet, keiner der Gefangene des anderen.

Fragen schossen ihr durch den Kopf, und sie wollte sie alle auf einmal stellen. Aber als sich die beiden Männer genähert hatten, ergriff Cable als Erster das Wort.

»Luz, hat Janroe gestern Abend den Laden verlassen?«

Die Frage überraschte sie. Ohne Gruß, ohne eine Erklärung darüber, warum sie einträchtig nebeneinander hergingen, ohne sich zu erkundigen, was sie, Luz, hier zu suchen hatte, fragte Cable nach Janroe. Die Frage musste so wichtig für ihn sein, dass er alle anderen Fragen beiseiteschob.

Sie sagte zögerlich: »Er ist gestern Abend zu dir geritten. Aber er sagte, du wärst nicht zu Hause gewesen.«

»Wo ist er jetzt, im Laden?«

»Da war er vor einer Weile.« Sie erinnerte sich daran, dass er von der Laderampe heruntergesprungen war, um sie am Wegreiten zu hindern. »Aber er benimmt sich seltsam«, sagte sie. »So habe ich ihn noch nie gesehen.«

Vern schaute Cable an. »Ihre Frau und Ihre Kinder sind dort?« Als Cable nickte und wieder zu Luz blickte, sagte Vern: »Ich glaube, wir sollten Mr. Janroe einen Besuch abstatten.«

Janroe blickte Luz nach, bis sie außer Sichtweite war. Er drehte sich um, hielt inne, um sich den Staub von den Knien zu klopfen, da bemerkte er Martha, die in der Tür stand. Er sah zu ihr auf. An ihrem Gesichtsausdruck erkannte er, dass sie Luz' Worte gehört hatte.

»Nun?«, sagte Janroe.

»Ich würde mir gerne ein Pferd leihen«, sagte Martha nervös.

»Sie können nichts ausrichten.«

»Geben Sie mir einfach ein Pferd«, sagte Martha. »Sonst brauche ich nichts von Ihnen, schon gar nicht Ihren Rat.«

»Und Sie nehmen Ihre Kinder mit?«

»Ich würde sie gerne hierlassen.«

Janroe schüttelte den Kopf. »Ich habe keine Zeit, um auf Kinder aufzupassen.«

Martha trat auf die Laderampe hinaus. »Sie wollen mich daran hindern, zu meinem Mann zu reiten? In einem solchen Moment wollen Sie mich daran hindern, ihm beizustehen?«

»Sie können ihm nicht helfen«, sagte Janroe. »Und ich

auch nicht. Luz verschwendet ihre Zeit, ganz gleich, was sie sich einredet. Ich habe versucht, sie aufzuhalten, sie zur Vernunft zu bringen, aber sie wollte nicht hören. Das ist das Problem mit euch Frauen. Ihr regt euch furchtbar auf, und dann rennt ihr los, ohne vorher nachzudenken.« Er war jetzt bei der Rampe und stieg die Stufen hinauf. »Wenn Vern dort ist, um mit Ihrem Mann zu reden, hat es keinen Sinn, ihn aufzuhalten. Wenn er aus einem anderen Grund dort ist, wird ihn keiner von uns aufhalten können, selbst wenn wir es versuchen.«

»Sie geben mir also kein Pferd?«

»Sie sollten sich beruhigen. Dann sind Sie auch nicht mehr so nervös.«

»Mr. Janroe, ich flehe Sie an …«

»Nein, das tun Sie nicht.« Er schob sie vor sich in den Laden. »Wenn Sie etwas tun wollen, gehen Sie in die Küche und machen den Abwasch.«

Martha wollte nicht nachgeben, das konnte er sehen, aber sie hatte ihm nichts entgegenzusetzen, also drehte sie sich abrupt um und ging an der Ladentheke entlang.

Janroe rief ihr nach: »Verlassen Sie nicht das Haus! Haben Sie verstanden? Und Sie machen nicht die Tür auf, bevor ich es sage!«

Er wartete, bis sie im Nebenraum war, bevor er hinter die Theke trat, die sich an der Vorderseite des Ladens entlangzog. Er griff darunter und holte eine kurzläufige Schrotflinte hervor, in deren Schaft *Hatch & Hodges* eingeritzt war – sie stammte noch aus der Zeit, als der Laden eine Poststation gewesen war. Janroe prüfte, ob sie geladen war, und legte sie dann auf die Theke.

Von einem Haken hinter ihm nahm er sein Schulterholster und warf es sich über seine armlose Schulter. Den extralangen Lederriemen, der den Colt sicher hielt, wickelte er sich um die Brust und verknotete das Ende geschickt mit einer Hand. Nur für den Fall der Fälle, sagte er sich, aber du wirst ihn nicht brauchen. Da kannst du dir sicher sein.

Alles würde nach Plan laufen. Luz würde innerhalb einer Stunde zurück sein. Diesmal würde sie langsam heranreiten und Martha erst später erzählen können, was geschehen war. Hinter ihr würden Vern und Austin kommen, wahrscheinlich eher die Dodd-Brüder gemeinsam, und Cable würde mit dem Gesicht nach unten auf seinem Pferd liegen. Vern würde erzählen, was geschehen ist, und wenn Martha weinte oder ihn anschrie, würde er sagen: »Er hat meinen Bruder getötet.« Oder: »Er hätte an seine Familie denken sollen, bevor er Duane getötet hat.« Oder irgendwelche Worte, die das Gleiche besagten. Dann würden sie seine Leiche loswerden. Oder sie würden ihn einfach liegen lassen, jetzt, da alles vorbei war, und wegreiten.

Und was dann? Dann würde er die Frau weinen hören, die Frau und die Kinder. Es gab keine Möglichkeit, das zu vermeiden. Danach würde er vielleicht der frischgebackenen Witwe seine Dienste anbieten …

Was dann? Vern töten? Nein, das musste er hintanstellen. Und darüber nachdenken, wenn die Zeit dazu reif war. Es hatte keine Eile. Er konnte zurück nach St. Augustine gehen. Oder hierbleiben. Das wäre doch was, hierzubleiben als Verns Nachbar. Ab und zu mit ihm über Duane reden und über Cable und den ganzen Ärger, den Cable verursacht hatte. Das wäre was. Aber hierzubleiben, hier zu leben und die Zeit verstreichen lassen, wäre es vielleicht nicht wert. Er würde das gegen die immense Befriedigung abwägen müssen, mit Vern zu reden, ohne dass dieser wusste, dass er Duane getötet hatte.

Nein, nur keine Eile. Später war noch Zeit, um darüber nachzudenken, was zu tun war. Mit zwei Armen wäre er in der Armee geblieben, auch wenn der Krieg vorbei war.

Janroe ertappte sich. Ist er tatsächlich vorbei?

Na gut, er ist vorbei. Du hast noch nichts gehört, dachte er. Aber wenn sie sagen, dass er vorbei ist, dann ist er vorbei. Es war ein guter Krieg, zumindest ein Teil davon. Aber jetzt, ab sofort, konnte man sagen, dass er zu Ende ist. Man kann nicht gegen Leute kämpfen, die sich nicht wehren.

Erst würde Luz kommen, dann Vern. Bislang war alles genau nach Plan gelaufen, und es gab keinen Grund, jetzt etwas zu ändern.

Die Tatsache, dass Luz heute Morgen verschwunden war, hatte an seinen Nerven gezehrt. Er wusste, dass sie zu Cable geritten war, um ihm zu sagen, dass der Krieg vorbei war. Er malte sich aus, wie sie sich erkundigte, ob Cable gestern Abend zu Hause gewesen war. Warum sollte Janroe lügen und behaupten, du wärst nicht da gewesen?, würde sie fragen. Dann malte er sich aus, wie Cable ihn im Laden aufsuchte.

Aber alles war glatt gelaufen. Vern war vor ihr da gewesen. Vern, der Rache nehmen wollte.

Jetzt gab es keine Möglichkeit mehr, dass Cable die Wahrheit herausfand, vor Vern fliehen oder ihn besiegen konnte und danach hierher ritt. Sicher, er würde kommen, aber nicht lebendig.

Aber diese verdammte Warterei …

Janroe lief hinter dem Tresen auf und ab, dann trat er

auf die Laderampe hinaus, stand eine Zeit lang da und blickte auf die sonnenbeschienene Weite des Tals, dann zu den Weidenbäumen und der Anhöhe dahinter. Er ging wieder hinein, durch den Laden zum Wohnzimmer. Von hier aus sah er Martha, die in der Küche stand. Davis, der ältere Junge, war bei ihr. Er stand auf einem Stuhl und räumte das Frühstücksgeschirr weg. Janroe hörte ein Geräusch im Obergeschoss, und ihm fiel ein, dass die beiden anderen Kinder dort oben waren. Martha hatte Clare hochgeschickt, um ihr Bett zu machen, und der Jüngere war mit seiner Schwester gegangen. Sie hatten wahrscheinlich das Bett vergessen und spielten.

Er war rechtzeitig wieder draußen auf der Plattform, um zu sehen, wie ein Reiter den Abhang herunterkam und hinter den Weidenbäumen verschwand. Während er wartete, hatte Janroe ein flaues Gefühl im Magen und er spürte den dumpfen Schmerz in seinem Arm, der nicht mehr da war. Doch schon im nächsten Moment waren Anspannung und Schmerz verschwunden. Er empfand eine große Erleichterung, als er sah, wie Luz zwischen den Bäumen auftauchte und über den Hof auf ihn zuritt.

Er bemerkte, dass sie ihn aufmerksam anblickte, während sie näher kam und schließlich die Plattform erreichte.

»Was ist passiert?«

»Es ist vorbei.«

»Ist er tot?«

Luz warf einen Blick zur Tür, dann wieder zu Janroe und nickte schnell.

»Wo ist er?«

»In seinem Haus.«

»Ich dachte schon, dass Vern kommen würde.«

Luz zuckte mit den Schultern. »Das weiß ich nicht.« Sie stieg ab und kam auf die Plattform hoch. »Ich gehe besser rein und sage es ihr.«

Janroe trat zur Seite. »Nur zu.« Dann sagte er: »Es scheint dir gar nichts auszumachen.«

Luz antwortete nicht.

»Hat Vern nicht gesagt, dass er herkommen würde?«

Luz schüttelte den Kopf. »Ich kann mich nicht erinnern.« Sie ging rasch an ihm vorbei in den Laden.

Janroe folgte ihr. »Warte einen Moment. Erzähl mir, was passiert ist.«

»Gleich«, sagte Luz. Sie eilte in den nächsten Raum.

Nachdem sie weg war, stand Janroe noch eine Weile am Ende des Tresens.

Warum hatte sie keine Tränen in den Augen? Sie war bestimmt aufgewühlt, weil sie Martha die Nachricht überbringen musste, aber sie hatte doch sicher geweint, wenn nicht jetzt, dann vorher, und das müsste man ihr ansehen.

In seinem Kopf keimte ein Verdacht auf. Warum wollte sie nicht sagen, was passiert war? Sie schien ihm aus dem Weg zu gehen. Sie wollte sofort Martha sehen, es nicht aufschieben, weil es schwer für sie war, ihr gegenüberzutreten und die traurige Nachricht zu überbringen. Nein, sie wollte sie sehen, um ihr zu sagen … um ihr was zu sagen?

Mit eiligen Schritten lief er durch Laden und Wohnzimmer. Dann erblickte er sie in der Küche, Martha, Luz und den kleinen Jungen. Martha sah ihn kommen, ihre Augen leuchteten, und sie bedeutete Luz mit der Hand, nicht weiterzureden.

»Was hast du ihr erzählt?«

Luz drehte sich um und wich zurück, als er in die Küche kam.

»Nichts. Ich wollte gerade ...«

»Was hat sie Ihnen erzählt?« Er drehte sich abrupt zu Martha.

»Das geht Sie nichts an, Mr. Janroe.«

»Antworten Sie mir!« Seine Hand griff nach Marthas Arm, und er sah, wie sie zusammenfuhr und versuchte, sich loszureißen. »Sie hat gesagt, dass Ihr Mann noch am Leben ist, nicht wahr? Sie hat gesagt, Sie sollen sich keine Sorgen machen, es geht ihm gut. Er wird kommen.« Janroe schüttelte sie heftig. »Los, antworten Sie mir!«

Er hörte, wie Luz sich hinter ihm bewegte. Er drehte sich um und wollte auch nach ihr greifen, aber sie war schon an ihm vorbei. »Luz!«

Sie rannte vor ihm durch den Laden, hinaus zur Laderampe und sprang hinunter. Janroe erreichte die Tür. Er zog den Colt, spannte ihn und schrie noch einmal ihren Namen, als letzte Warnung. Aber dann sah er, wie Cable zwischen den Weidenbäumen hervortrat, mit einem Gewehr in der Hand. Dann, etwas näher, Vern, der um die Ecke gerannt kam. Janroe stürzte zurück ins Haus. Er dachte an Martha und rannte ins Wohnzimmer, wo er sah, wie sie zur Treppe hinüberlief. Sie hatte gerade die unterste Stufe erreicht, als sie Janroe hörte und sich zu ihm umdrehte.

»Sie können die beiden doch nicht einfach da oben allein lassen, oder?«, sagte Janroe.

Sie standen zwischen den Bäumen und beobachteten die Ladenfront. Vern war etwas weiter gegangen, in Sichtweite der Hintertür, aber er war zurückgekommen, als Luz aus dem Laden rannte und Janroe hinter ihr herrief.

»Damit ist alles klar«, sagte Vern. »Er hat Duane umgebracht. Ich frage mich nur, was er davon halten wird, wenn er uns hier zusammen sieht.«

Cable, der am Rand der Bäume stand, antwortete nicht.

Luz starrte ausdruckslos auf das Lehmhaus. »Ich hätte nicht weglaufen sollen«, sagte sie. »Ich sollte dort sein, bei deiner Frau und den Kindern.«

»Du hast das Richtige getan«, sagte Cable.

»Aber ich bin weggelaufen und habe sie mit ihm allein gelassen.«

»Wir hätten dich nicht losschicken dürfen«, sagte Cable.

»Nein«, sagte Vern. »Es war der einzige Weg, und wir mussten es versuchen. Das war es wert.« Der Plan war, dass Luz Janroe mitteilen sollte, dass Cable tot sei. Dann sollte sie Martha dazu bringen, die Kinder zu nehmen und sich aus dem Haus zu schleichen. Dann wäre Janroe allein gewesen, und sie hätten ihn im richtigen Moment überwältigen können. Aber jetzt mussten sie sich etwas anderes einfallen lassen.

»Wo war Martha?«, fragte Cable.

»In der Küche.«

»Waren die Kinder bei ihr?«

»Nur Davis.« Sie blickte Cable an. »Könnte es sein, dass Clare und Sandy draußen spielen?«

»Sie müssten irgendwo in der Nähe sein. Aber ich habe sie nicht gesehen.« Er schaute zu Vern. »Auf dem Hinterhof vielleicht?« Als Vern den Kopf schüttelte, sagte Cable: »Dann sind alle im Haus.«

»Er wird ihnen nichts antun«, sagte Luz. »Dafür hat er zu viel Angst.«

»Er wird jetzt einen Weg da raus suchen«, sagte Vern.

»Es sei denn, er hat sich schon einen Plan zurechtgelegt.« Cable beobachtete das Haus. »Ich glaube, es ist besser, wenn ich mit ihm rede.«

Vern sah ihn an. »Willst du einfach da rausgehen?«

»Ich weiß keinen anderen Weg«, sagte Cable.

Er teilte die Weidenzweige und machte sich auf den Weg über den Hof. Augenblicklich gebot ihm Janroes Stimme Einhalt.

»Sie bleiben, wo Sie sind!«

Luz' Pferd, das neben der Laderampe stand, hob den Kopf.

Cables Blick wanderte von der Fliegengittertür hinüber zum ersten Fenster auf der rechten Seite. Einer der hölzernen Fensterläden stand offen. Wenn Janroe dort lauerte, war er allein im Laden, hinter dem Tresen, der sich über die gesamte Vorderseite erstreckte. Cable ging weiter in Richtung Haus.

»Bleiben Sie stehen oder ich töte Sie!«

Dort stand er, am Fenster. Cable war sich jetzt sicher.

»Janroe, Sie haben doch schon genug Ärger. Lassen Sie meine Familie raus.«

Aus dem Laden kam keine Antwort.

»Hören Sie mich? Schicken Sie sie raus und niemand wird Ihnen etwas antun.« Er sah Janroe am Fenster stehen, einen Teil von seinem Kopf und der Schulter.

»Woher soll ich das wissen?«

»Sie haben mein Wort.«

»Ich habe etwas Besseres als Ihr Wort.«

»Janroe, wenn Sie meiner Frau und meinen Kindern etwas antun …«

»Unsere Unterhaltung ist hiermit beendet, Cable!«

»Also gut.« Cables Stimme wurde leiser und ruhiger. »Was wollen Sie?«

»Das sage ich Ihnen, wenn ich so weit bin. Gehen Sie zurück, dorthin, wo Sie gerade waren. Wenn Sie versuchen, sich irgendwie anzuschleichen, werden Sie meine Schrotflinte hören.«

Cable starrte auf das Fenster, ohne sich zu rühren.

»Machen Sie schon!«

»Janroe«, sagte Cable schließlich, »wenn Sie meiner Familie auch nur ein Haar krümmen, sind Sie ein toter Mann.« Dann drehte er sich um und ging zurück zu Luz und Vern, die immer noch zwischen den Bäumen in Deckung waren.

Kurz darauf entfernte sich Luz' Pferd von der Plattform, die Zügel schleiften über den Boden. Es wanderte zunächst ziellos umher, schnüffelte herum, doch schließlich hob es den Kopf und kam auf sie zu, angelockt vom Geruch des Flusswassers.

Luz nahm die Zügel in die Hand und schaute Cable an. »Er könnte verlangen, dass wir es zurückbringen. Warum macht er das nicht?«

»Er weiß, dass er es jederzeit tun kann«, antwortete Cable.

Sie warteten, behielten den Laden im Auge und sprachen nur wenig. Der Nachmittag zog sich hin, und es gab kein Lebenszeichen von Janroe, kein einziges Geräusch drang aus dem Laden nach draußen.

Am späten Nachmittag, mit den ersten rötlichen Strahlen des Sonnenuntergangs, kam ein Reiter von Süden her den Pfad herunter. Es war Manuel, der aus Hidalgo zurückkehrte, für immer, wie er sagte.

Er schaute Vern fragend an, dann Cable, und Cable erzählte ihm die ganze Geschichte, vom Mord an Duane bis zum jetzigen Moment. Sie waren fast schon sechs Stunden hier und warteten darauf, dass Janroe seinen nächsten Zug machte. Etwas anderes konnten sie nicht tun.

Es bestand kein Zweifel daran, dass Janroe eine Geisel nehmen würde, wenn er sich entschloss, zu fliehen. Wahrscheinlich eines der Kinder. Und ebenso wahrscheinlich wartete er darauf, dass es dunkel wurde. Aber darauf konnte man sich nicht verlassen – wie Luz meinte –, denn mit dem Verstand dieses Mannes stimmte etwas nicht. Aber für Cable stand eins fest: Janroe wusste genau, dass sie sich aus Angst um das Kind zurückhalten mussten. Und er würde lange vor Tagesanbruch versuchen, zu entwischen.

Die Frage war, was er mit seiner Geisel tun würde.

Cable sprach es unverblümt, aber ruhig aus, obwohl sein Magen sich verkrampfte und er den unaufhörlichen Drang verspürte, sich zu bewegen und irgendetwas mit seinen Händen zu tun. Irgendetwas.

Es war Vern, der die Frage nach der Hintertür aufbrachte. »Er kann nicht Vorder- und Rückseite gleichzeitig im Auge behalten. Es sei denn, er hat hinten abgeschlossen.«

Manuel schüttelte den Kopf. »An der Tür ist kein Schloss. Aber was ist, wenn er euch hört?«

»Das ist ein anderes Problem«, sagte Vern.

Es wurde allmählich Abend, und die Dämmerung drang in den Weidenhain und sickerte in langen Schatten auf den Laden zu. Man hörte Vogelgezwitscher oben im Kiefernwald, aber zwischen den Bäumen um sie herum war alles still. Später würde wahrscheinlich leichter Wind aufkommen, und die Grillen würden zu zirpen beginnen. Aber in diesem Moment herrschte endlose Stille. Sie warteten.

Luz und Vern saßen dicht beieinander, und gelegentlich vernahm Cable das Gemurmel ihrer Stimmen. Janroe hatte sie auseinandergerissen und jetzt wieder zusammengebracht. Vielleicht würden sie heiraten. Dann wäre immerhin noch etwas Gutes bei der ganzen Sache herausgekommen. Irgendwann später würden er und Vern über das reden, was zwischen ihnen stand. Cable hielt sich abseits von den anderen, er saß am Flussufer und schaute auf das dunkle Wasser.

Er dachte über Verns Vorschlag mit der Hintertür nach. Manuel hatte erzählt, dass es kein Schloss an der Tür gab. »Was ist, wenn er euch hört?,« hatte Manuel gefragt.

Aber, dachte Cable, was ist, wenn er dich nicht hört?

Er könnte im Schutz der Bäume bleiben, bis er die Scheune erreicht hatte. Er würde im Schatten der Wand entlangkriechen, sich über den Hof schleichen und dann vorsichtig in die Küche. Im Haus war es dann bereits dunkel. Aber wenn er irgendetwas anstieß …

Nein, sagte er sich, du kennst das Haus gut genug. Du könntest blind durch das Haus gehen, ohne etwas zu berühren.

Janroe rechnet nicht damit, und alles würde absolut lautlos vonstattengehen. Er würde am Fenster stehen, Martha und die Kinder im Auge behalten und ständig nach draußen sehen. Und er, Cable, würde zur Tür schleichen, die in den Laden führte, und Janroe mit dem ersten Schuss niederstrecken.

Eine Stunde verging. Es war dunkel unter den Weiden, und am Himmel hatten sich die letzten roten Strahlen der Sonne verflüchtigt. Cable kniete sich ins sandige Flussufer, um mit den Händen einen Schluck Wasser zu schöpfen.

In einer anderen Zeit würde Martha gerade die Kinder zu Bett bringen. Sie würden kommen und ihm einen Gutenachtkuss geben, bevor Martha sich aufs Bett setzen und ihnen eine Geschichte erzählen würde, der sie mit großen Augen lauschten.

Es gab eine Geschichte, die den Kindern gefiel und nach der sie oft fragten. Sie handelte von einem kleinen Mädchen und seinem Bruder, die sich im Wald verirrt hatten. Als es Nacht wurde, begann das kleine Mädchen zu weinen, und sein Bruder legte seinen Arm um sie. Sie saßen aneinandergekuschelt da, zitterten vor Kälte und lauschten den Geräuschen der Nacht. Als sie die Kälte und die furchterregenden Geräusche nicht mehr ertragen konnten, erschien der Schutzengel des kleinen Mädchens und führte sie schließlich durch den Wald zu ihrem Haus.

Die Kinder mochten die Geschichte, sie konnten sie sich leicht ausmalen, und sie gab ihnen das Gefühl, sicher in ihrem Zuhause zu sein, während sie sich in der beängstigenden Dunkelheit wähnten.

Bald würde diese Geschichte für eines seiner Kinder Wirklichkeit werden. Janroe würde eines als Geisel nehmen, denn mit einem Kind wird man leichter fertig als mit Martha. Er brauchte nur ein Pferd und das Kind vor sich auf dem Sattel zu halten, um nach Süden in Richtung

Grenze zu reiten und sich dabei an unwegsames Gelände zu halten, das gut Deckung bot. Aber irgendwann auf dem Weg, wenn er die Gewissheit haben würde, dass er seine Verfolger abgehängt hatte, wenn er seine Geisel nicht mehr brauchen würde, würde Janroe das Kind zurücklassen.

Das Leben des Kindes kümmerte ihn nicht. Es gab nicht einmal einen Grund zu hoffen, dass es anders sein könnte. Vielleicht würde er Sandy nehmen. Drei Jahre alt und allein irgendwo in der weiten, wilden Felsenlandschaft im Süden. Wenn sie ihn nicht fanden – und das wäre ja fast so wundersam wie diese ganzen Geschichten –, würde der Junge vielleicht zwei Tage überleben, nicht mehr.

Du hast also keine Wahl, sagte sich Cable. Er musste Janroe aufhalten, bevor er den Laden verließ. Oder während er ihn verließ …

Cable richtete sich auf. Vielleicht war das die Lösung. Dazu die Idee mit der Hintertür, damit es funktionierte.

Vielleicht, wenn Janroe gerade mit dem Kind herauskam. Aber die Entfernung war zu groß, es war zu weit, und schon jetzt gab es nicht genug Licht. Aber wenn Vern an der Seitenwand des Hauses Stellung bezog? Dann könnte es gehen.

Janroe würde herauskommen, einen von ihnen auffordern, ihm unbewaffnet ein Pferd zu bringen, und drohen, das Kind zu erschießen, wenn man ihm nicht gehorchte. Er würde als Erster aufsteigen, seine Geisel hochziehen und dann vor sich setzen. Oder er würde das Kind zuerst in den Sattel setzen. In jedem Fall würde es aber einen Moment geben, in dem Janroe von dem Kind getrennt war.

Das war seine Chance. Dann wirst du da sein, dachte

Cable. Du wirst von hinten in den Laden gehen, wenn er das Haus verlässt, du wirst direkt hinter ihm sein und von der Tür aus feuern, aus nächster Nähe.

Und wenn das Kind im Weg war, würde Vern ihn erledigen. Mit einem Schuss aus fünfzehn Meter Entfernung, in der Dunkelheit.

Eine andere Möglichkeit gab es nicht.

Als er die anderen in seinen Plan einweihte, kamen Einwände. Aber nachdem sie darüber gesprochen hatten und keine Alternativen sahen, stimmten alle zu. Danach ging jeder von ihnen in Gedanken durch, was er zu tun hatte.

Martha saß auf einer leeren Holzkiste und hatte den Arm um Davis gelegt, der neben ihr saß. Es war dunkel in dem Laden, die Nacht zeigte sich in der Tür und im Fenster hinter Janroe. Die Theke stand zwischen ihnen. Darauf lag, auf Martha und den Jungen gerichtet, die Schrotflinte. Sie war in Reichweite von Janroe, der auf einem hohen Hocker saß und den Revolver in der Hand hielt.

Davis rührte sich, was die Holzkiste zum Knarren brachte und Janroe veranlasste, zu ihnen herüberzuschauen. Marthas Hand streichelte Davis sanft. Von den anderen Kindern war kein Ton zu vernehmen. Sie waren immer noch im oberen Schlafzimmer eingesperrt, den ganzen Nachmittag über hatte Martha sie leise weinen gehört. Vielleicht schliefen sie jetzt, obwohl sie verängstigt waren und seit dem Frühstück nichts mehr gegessen hatten.

Das war schon so lange her.

Zuerst war Luz eingetroffen, Aufregung stand ihr ins Gesicht geschrieben, und sie hatte mit Janroe gesprochen.

Dann war sie in die Küche gekommen und hatte ihr gesagt, dass es vorbei war und dass Cable lebte.

Dann Janroe. Sie erinnerte sich an die Angst, die Verzweiflung in seinen Augen, als er sie die Treppe hinaufstieß und sie zur Eile drängte. Er hatte Davis gezwungen, im Schlafzimmer zu verschwinden, in dem Clare und Sandy spielten. Aber dann schien ihm ein anderer Gedanke gekommen zu sein, und er holte Davis wieder heraus und schloss die Tür ab. Er scheuchte sie wieder die Treppe hinunter, schloss die Küchentür und trat wütend dagegen, als er sah, dass sie kein Schloss hatte. Von der Küche aus führte er sie nach vorne in den Laden, wo sie nun saßen.

Als Cable zwischen den Bäumen hervorgekommen war und Janroe ihm zugerufen hatte, er solle stehen bleiben, war Martha aufgestanden. Sie hatte nur einen flüchtigen Blick auf ihren Mann werfen können, bevor Janroe ihr befahl, sich wieder zu setzen. Einmal war Cables Stimme bedrohlich laut geworden, und Martha wurde nervös, als sie wieder die angespannte Verzweiflung in Janroes Gesicht sah.

Doch als sich der Vormittag hinzog und es Nachmittag wurde, schien Janroe an Zuversicht zu gewinnen. Allmählich wurde sein Gesichtsausdruck entspannter, er saß ruhig auf dem Stuhl, und all seine Bewegungen, während er den Blick zwischen Hof und Martha hin- und herwandern ließ, waren nun weniger nervös und abrupt.

Martha bemerkte das. Sie beobachtete ihn genau und registrierte jede Veränderung in seinem Verhalten, während er sich seiner Sache immer sicherer wurde. Gelegentlich, wenn Janroe wieder nach draußen schaute, fiel ihr Blick auf die Schrotflinte. Sie lag nur einen Meter entfernt auf dem Tresen, nicht mehr, aber sie war direkt auf sie gerichtet. Sie würde nach ihr greifen und mit ihr auf Janroe zielen müssen, während er nur kurz seinen Revolver anzuheben und den Abzug zu drücken brauchte.

Zweimal fragte sie ihn, was passiert war, warum er sie hier eigentlich festhielt, aber beide Male weigerte er sich zu antworten.

Janroe erhob sich von seinem Hocker, als Luz' Stute von der Plattform zu den Bäumen wanderte. Er stand am Fenster und wandte seine Aufmerksamkeit länger als zuvor von Martha ab. Doch schließlich setzte er sich wieder hin.

»Mein Pferd hat mich verlassen«, sagte Janroe und sah Martha an. »Aber ich muss nur rufen, dann bringen sie es mir zurück.« Er schien sich selbst zu beruhigen.

Martha musterte ihn. »Dann reiten Sie also weg?«

»Wenn der richtige Moment gekommen ist.«

»Allein?«

»Das würde Ihnen so gefallen.«

»Damit habe ich auch nicht gerechnet.«

»Ihr Junge kommt mit mir.«

Martha zögerte. »Würden Sie mich stattdessen nehmen?«

Janroe schüttelte den Kopf. »Nein. Er ist groß genug, um sich festzuhalten, und klein genug, um ihn leicht handzuhaben.«

Martha spürte Davis in ihren Armen. Sie blickte hinunter auf seine kleine Hand, die in ihrem Schoß lag, dann wieder zu Janroe. »Was werden Sie mit ihm machen?«

»Das hängt von ihm ab. Sagen Sie ihm, wenn er schreit oder versucht, wegzulaufen, werde ich ihm schrecklich wehtun.« Janroes Blick wanderte von dem Jungen zu Martha. »Tot nützt er mir nichts, zumindest nicht, bevor ich von hier wegkomme.«

»Und danach?«

Janroe zuckte mit den Schultern. »Ich nehme an, ich werde ihn gehen lassen.«

»In dem Wissen, dass er dann verloren ist und vielleicht nie gefunden wird?«

»Meine Liebe, leider muss ich mich zuerst um mich selbst kümmern.«

»Wenn Sie ihn zurücklassen oder ihm in irgendeiner Weise Schaden zufügen«, sagte Martha leise, »wird mein Mann Sie umbringen.«

»Wenn er mich findet, wird er das sicher versuchen.«

»Er hat Ihnen sein Wort gegeben«, sagte Martha. »Wenn Sie uns freilassen, lässt er Sie ziehen.«

»Aber wird Vern das auch tun?«

»Reden Sie noch einmal mit meinem Mann«, drängte Martha. »Sagen Sie ihm, wo Sie unseren Jungen zurücklassen.«

»Dann kann ich mich ja gleich ergeben.«

Danach hatten sie nur noch wenige Worte gewechselt. Jetzt war es still im Zimmer, bis auf Davis' unruhige Bewegungen. Martha beobachtete Janroe, sein schweres, knochiges Profil vor dem trüben, grauen Licht hinter ihm.

Sie dachte an Clare und Sandy oben im Schlafzimmer und an Davis, ohne ihn anzusehen, aber sie spürte seinen kleinen Körper dicht an ihrer Seite. Wenn Janroe ihn mitnahm, würde sie ihren Sohn vielleicht nie wiedersehen. Janroe würde Davis opfern, um sein eigenes Leben zu retten. Das hatte er mit einem Achselzucken gesagt. Wie konnte das sein? Würde Gott so etwas zulassen?

Nein, dachte sie, gib nicht Gott die Schuld dafür.

Cable hatte dazu eine eindeutige Meinung. Die Menschen, sagte er, gaben immer Gott die Schuld an ihrem Unglück, weil sie immer irgendjemandem die Schuld geben mussten. Gegen manche Dinge kann man etwas tun, und mit Gottes Hilfe geht es sogar noch besser. Aber gegen andere kann man nichts tun, also wartet man ab und versucht, sich keine Sorgen zu machen und sich nicht selbst zu bemitleiden.

Was traf hier zu?

Du kannst etwas tun, dachte Martha. Weil du etwas tun musst.

Ihr Blick wanderte zu dem Gewehr. Ein matter, dünner Lichtstreifen zog sich vom Verschluss bis zum stumpfen Ende des Laufs. Zwei Schritte bis zum Tresen, dachte Martha. Mit der rechten Hand am Abzug würde sie die Waffe heben und auf Janroe richten. Drei Sekunden würde sie dafür brauchen. Höchstens vier. Aber er würde nur eine brauchen.

Janroe drehte sich vom Fenster weg. »In Ordnung. Sagen Sie ihm, dass er mit mir kommen soll.«

»Sie werden nicht mehr mit meinem Mann sprechen? Oder mit Vern?«

»Sagen Sie es ihm!«

Janroe wandte sich wieder dem Fenster zu und rief: »Cable, schick Luz mit dem Pferd her!« Er wartete. »Hörst du mich? Nur Luz! Wenn sonst noch jemand kommt, bringe ich deinen Jungen um!« Seine Stimme erhob sich zu einem Schrei. »Ich meine es ernst!«

Jetzt ist es so weit, dachte Martha. Sie spürte, wie ihr Herz klopfte, als sie sich zu Davis beugte und ihm etwas zuflüsterte. Der Junge wollte etwas sagen, aber sie berührte seinen Mund mit den Fingerspitzen, während ihre Lippen an seinem Ohr lagen. Sanft und mit ruhigen Worten erzählte sie ihm, was er zu tun hatte. Der Junge nickte, und Martha küsste ihn auf die Wange.

Janroe sah sie wieder an. »Ist er bereit?«

Martha nickte.

»Sobald sie mit dem Pferd losreitet, gehen wir auf die Plattform raus.«

Janroes Ellbogen ruhte auf dem Fensterbrett, seine rechte Schulter lehnte am Rahmen. Der Colt in seiner Hand lag dicht an seinem Körper, der Lauf zeigte auf die Oberkante der Theke.

Wenn er ihn bewegt, dachte Martha. In dem Moment, in dem er sich umdreht …

Janroe schaute hinaus, aber sein Colt blieb in der gleichen Position. Martha ließ ihn nicht aus den Augen. Sie hörte ihn wieder rufen: »Luz, bring das Pferd! Hörst du mich? Luz …«

Als Janroe herumfuhr, war Martha bereits am Tresen. Sie war nur einen Meter von ihm entfernt, hob die Flinte und richtete sie auf ihn. Er riss den Colt hoch und schlug damit den Gewehrlauf in dem Moment zur Seite, als Marthas Finger den Abzug drückte. Die Kugel hätte ihn fast im Gesicht getroffen, und er schlug erneut zu, bevor er gegen den Tresen stürzte. Die Wucht des Schlags brachte Martha aus dem Gleichgewicht.

»Janroe!«

Martha hörte Cables Stimme – und sah im selben Moment, wie Janroes Colt in die Richtung schwang, aus der sie kam. Cable stand in der Tür zum Wohnzimmer. Er feuerte und Janroe stolperte gegen die Wand. Cable feuerte noch einmal, traf aber nur den Fensterrahmen. Janroe kam auf die Beine. Er hatte eine Kugel abbekommen, aber er rettete sich zur Tür und lief hinaus auf die Plattform.

Vern trat hinter der Hausecke hervor. Er gab drei Schüsse ab, ruhig und mit Bedacht, jeder Schuss war ein Treffer, die letzte Kugel ließ Janroe die Laderampe hinunterstürzen.

Martha spürte, wie Cable an ihr vorbeihastete, schnell, fast geräuschlos auf seinen Strümpfen. Sie dachte an die Kinder im Obergeschoss.

»Davis, hol Clare und Sandy.«

Sie hörte, wie der Junge in den dunklen Nebenraum rannte, bevor sie sich umdrehte und nach draußen auf die Laderampe eilte, an deren Rand Cable stand. Martha blickte hinunter, aber sie hatte keine Augen für Janroe, der dort am Boden lag. Sie dachte an ihre Kinder, an ihren Mann und wollte in die Arme genommen werden.

Der Gewehrlauf glitt ihr langsam aus der Hand, bis der Kolben die Holzdielen berührte. Sie ließ das Gewehr fallen, als sie spürte, wie Cable seinen Arm um sie legte.

Pete Dexter
Deadwood

Aus dem Englischen von Jürgen Bürger und Kathrin Bielfeldt

Roman, 448 Seiten, ISBN 978-3-935890-82-3

Dakota-Territorium, 1876. Der legendäre Revolverheld Wild Bill Hickok und sein Freund Charlie Utter erreichen mit einem Treck, der aus Cheyenne kommt, die Goldgräberstadt Deadwood. Obgleich von Alter und Krankheit gezeichnet, ist Wild Bill immer noch in der Lage, jeden Mann in einem fairen Duell zur Strecke zu bringen. Er aber möchte nichts weiter, als seine Tage in Ruhe im Saloon verbringen. Nur ist Deadwood kein Ort, an dem man Ruhe findet. Hier herrscht das Gesetz des Stärkeren. Und so trachtet bald schon mehr als ein Mann nach Wild Bills Leben. Denn er ist einer der wenigen, die in dieser Stadt noch Recht von Unrecht unterscheiden können.
In »Deadwood« stützt sich Pete Dexter auf historische Quellen und schildert den Wilden Westen so, wie er tatsächlich war: schmutzig, korrupt, voller Gier und roher Gewalt. Doch seine Haltung ist die eines lakonisch erzählenden Chronisten. Und so wird aus einem Tatsachenroman über die Anfänge Amerikas fast beiläufig eine menschliche Komödie voller Melancholie und schwarzem Humor.

»Ein reicher Roman, so sinnlich, dass Sie den Staub der Straße auf der Zunge schmecken und das Brennen des Whiskeys in der Kehle spüren werden. In meinen Augen der beste Western aller Zeiten.« Denis Scheck, ARD DRUCKFRISCH

Daniel Woodrell
Zum Leben verdammt

Aus dem Englischen von Peter Torberg
Roman, 256 Seiten, ISBN 978-3-95438-094-7

1861, im Grenzland zwischen Missouri und Kansas. Der junge Jake Roedel hat sich einer Gruppe von Freischärlern angeschlossen, die aufseiten der Konföderierten kämpfen und im Land Angst und Schrecken verbreiten. Immer wieder planen sie Überfälle auf unionstreue Truppen und Sympathisanten. Weil Roedel deutschstämmig ist, begegnen ihm die anderen Rebellen mit Misstrauen, er aber erweist sich als gnadenloser Kämpfer und treuer Kamerad. Der Krieg jedoch zieht sich hin, und die Freischärler gebärden sich zunehmend wie gemeine Diebe, nicht wie Freiheitskämpfer. Roedel kommen Zweifel, ob er dem Weg, den seine Kameraden eingeschlagen haben, bis zum Ende folgen soll, und doch steckt er jeden Schicksalsschlag tapfer weg. Aber dann wird er zusammen mit dem ehemaligen Sklaven Holt in ein Abenteuer verwickelt, das seine schlimmsten Befürchtungen übersteigt. Die konföderierten Freischärler reiten mit mehreren Hundert Mann gegen eine unbewaffnete Stadt, um einen brutalen Vergeltungsschlag zu führen …

»Woodrell ist ein großer amerikanischer Erzähler.«
STUTTGARTER ZEITUNG

Die Originalausgabe erschien 1959 unter dem Titel
»Last Stand at Saber River« bei Dell Publishing, New York.

Umschlagmotiv: Robert McGinnis
Typografie und Satz: Frese Werkstatt, München
Herstellung und Umschlaggestaltung: Robert Gigler, München
Druck und Bindung: Friedrich Pustet, Regensburg

ISBN 978-3-95438-176-0